# 한국 현대 전향소설 연구

김인옥 著

국학자료원

# 한국 현대 전향소설 연구

인쇄일　초판 1쇄　2002년 4월 29일
발행일　초판 1쇄　2002년 5월 6일

저　자　김인옥
발행인　정찬용
발행처　**국학자료원**
등록일　1987. 12. 21, 제17-270호

총　무　김태범, 박아름, 황충기
영　업　한창남, 김상진
편　집　송명진, 정은경, 박애경
인터넷　이순주, 황현덕
홍　보　정구형, 박주화
인　쇄　박유복, 정명학, 한미애
물　류　정근용

서울시 강동구 암사동 462-1 준제빌딩 4층
Tel : 442-4623～6, Fax : 442-4625
www.kookhak.co.kr
E - mail : kookhak@kornet.net
　　　　　kookhak@orgio.net

ISBN　89-8206-681-0, 93810

가 격 12,000원

# 책 머리에

　내가 전향소설에 관심을 가지기 시작한 것은 문학공부를 본격적으로
시작했던 1980년대 후반의 분위기와 무관하지 않다. 석사과정을 막 시
작했던 그 무렵의 현대 문학 권의 분위기는 그동안 금기시 되어 오던
월북 또는 납북문인들이 해금되면서 그 문인들의 작품에 대한 연구가
활발히 진행되고 있었고 게다가 당시의 사회적인 분위기와 맞물려 그
어느 때 보다도 프로문학에 대한 관심이 팽배해 있었다. 나 역시 프로
문학을 알지 못하고는 한국 현대문학에 대해 온전히 균형 잡힌 시각을
갖을 수 없다는 판단 아래 그러한 문학 연구의 흐름을 멀리할 수 없었
고 한동안 프로문학에 열중해 있었다. 그런데 이후 지속적으로 프로문학
에 관심을 가지면 가질수록 나는 프로문학의 전성기보다는 쇠퇴기에, 그
리고 그들의 사상적 변화과정에 관심이 갔다. 프로문학이란 당시의 역사
적 사회적 결과물로서 이데올로기를 수단으로 한 작가들의 현실과의 치
열한 대결정신을 보여준 문학이라고 한다면, 작가들의 그러한 대결정신
의 진정한 면모는 '歲寒然後 知松栢之後彫也'라는 논어의 글귀처럼 사
상의 포기 또는 굴절이라는 시련과정에서 오히려 깊이 있게 만날 수 있
으리라는 기대 때문이었다. 그러한 관심은 전향소설연구라는 박사학위논
문 주제로까지 이어졌다.

이 책의 1부에는 바로 박사학위논문을 수정 게재하였고, 2부는 박사학위 논문에서 제외되었던 전향소설에 대한 연구를 보완하여 일제 강점기 하 전향소설의 전체적 윤곽을 조망해 보고자 하였다.

부족한 글을 책으로 엮어 세상 빛을 보게 하려니 부끄러움이 앞서고 부끄러운 만큼 아쉬움도 남는다. 하지만 땀과 노력의 결실이기에 소중하고 뿌듯한 마음도 있다.

먼저 이제까지 학문의 울타리가 되어 주신 채훈 교수님께 깊이 감사를 드린다. 친정에 온 것처럼 늘 푸근하게 대해주시는 임동철 교수님, 성현자 교수님을 비롯해 모교의 은사님들께도 감사를 드린다. 그리고 부족한 글을 선뜻 책으로 엮어 주신 정찬용 사장님과 편집부 송명진 차장님께도 감사의 말을 전하고 싶다. 끝으로 공부한답시고 아내 노릇 엄마 노릇 언제나 뒷전인데도 늘 불평 한마디 없던 가족들에게 이 책이 그나마 위로가 되었으면 좋겠다.

2002년 봄
저자.

# 목  차

# 제 2 부

# 제 1 부

# I. 서 론

## 1. 문제제기 및 연구사 검토

한국문학사에서 전향소설이 등장한 것은 1930년대 중반이다. 카프 제2차 사건으로 검거되었던 프로작가들이 집행유예로 석방된 후 자신들의 전향체험[1]을 창작으로 형상화시키면서부터이다. 따라서 이 무렵부터 사상문제로 고민하는 소설양식이 전향소설의 형태로 형성되어 40년대 암흑기에 이르기까지 집중적으로 발표된다.[2]

전향소설이 발표된 1930년대 중·후반기는 주지하다시피 문학에서 사상성 또는 이념성이 현저히 퇴조하는 가운데 새롭게 문단을 이끌어갈 思潮가 분명히 형성되지 않은 '문학계의 정신적 구조일반의 공백지대'[3]라 할 수 있다. 국외적으로 파시즘의 대두에 따른 불안사조의 심화와 국내적으로 일제의 사상탄압에 의해 강제된 카프작가들의 전향 및 카프의 해체는 프로문학의 퇴조를 가져왔을 뿐만 아니라 문학계 일반에 하

---

1) 당시 치안유지법 위반으로 유죄판결을 받은 카프 盟員들은 전원 집행유예로 출감함으로써 실제적으로는 모두 전향자로 공인받게 된다. (김동환, 「1930年代 韓國轉向小說硏究」(서울대 석사논문, 1987), pp.10～11 참조)
2) 金允植, 『韓國近代文學思想史』(한길사, 1984), p.288.
3) 金允植, 『韓國近代文藝批評史硏究』(일지사, 1988), p.202.

나의 위기로 작용한다.

따라서 20년대 중반 이후부터 민족주의 문학과 프로문학으로 이원적 대립양상을 띠어왔던 문단은 이후 주류를 상실한 채 다양한 경향의 소설이 혼류하게 된다. 특히 카프 해체이후 '行動文學의 特徵이던 全體와 組織體를 따라서 街頭로 나온 格'[4]인 프로작가들은 통일된 방향을 상실한 채 개인적 경향의 亂調를 보이게 된다.[5] 이제 舊카프작가들은 개별적인 창작활동을 통해 새롭게 자신의 문학태도를 모색하지 않으면 안 되었던 것이다.

그런데 이와 같이 舊카프작가들이 집단성을 상실한 후 새로운 문학방향을 모색해 가는 과정에서 舊카프맹원들에 의해 '意識生活로부터 현실 생활에 옮긴 후'[6]의 지식인들의 고민을 다룬 소설들이 창작된다. 이 소설들은 이른바 '전향소설'로서 특히 작가자신과 같은 전향지식인을 문제 삼고 있어 주목된다. 왜냐하면 이와 같이 이 소설들의 주인공이 반드시 작가와 일치하지는 않지만 작가의 분신과도 같은 전향지식인으로 되어 있는 점은 일제 파시즘의 대두와 사상운동에 대한 일제의 통제와 탄압 등 시대상황과 관련한 1930년대 후반 舊카프작가들의 의식구조를 간접적으로 드러내는 것이라 볼 수 있기 때문이다.

한국문학사에서 이 전향소설처럼 많은 의미를 내포하고 있는 경우도 드물다. 먼저 전향소설은 폭넓게는 그것이 한국근대사상사에 관련되며, 한편으로는 식민지 지식인으로서의 윤리성의 문제와 직결된다는 점에서 중요한 의미를 갖는다. 그리고 한국근대소설사의 맥락에서는 프로문학이 힘겹게 쌓아올린 성과가 카프해산 이후 전향소설에 이르러 여지없이 무너지고 있으므로, 프로문학의 한계를 드러내고 있다는 점에서는 역조명의 의미조차 지니고 있다.[7] 뿐만 아니라 한국근대문학의 정통성 확보라

---

4) 白鐵, 『朝鮮新文學思潮史』(白楊堂, 1949), p.261.
5) 金南天, 「고발의 정신과 작가」, <조선일보>, 1937.5.30.
6) 박영희, 「현대조선문학사」, 『박영희 연구』(열음사, 1989), p.285.
7) 정호웅, 「리얼리즘문학 연구사검토」(『韓國學報』 50집, 1988), pp.147~148.

는 측면에서도 매우 중요한 의미를 띤다. 왜냐하면 해방직후 문단에서 야기된 계급문학운동의 정통성 시비문제를 상기할 때, 카프해체 이후 굴절과 변모라는 과도기의 문학현상의 하나인 전향소설은 문학의 연속성이라는 측면에서도 중요한 의미를 갖지 않을 수 없다.

이와 같은 중요성을 내포하고 있음에도 불구하고 그간의 전향소설연구는 매우 영성한 편이다. 전향소설만을 대상으로 한 연구가 서너 편에 지나지 않고, 그 가운데 학위논문으로 이루어진 것은 겨우 두 편에 불과하다.

그동안 전향소설에 대한 연구가 부진할 수밖에 없었던 주원인은 무엇보다도 전향소설을 바라보는 연구자들의 시각에 있다고 생각된다. 이제까지 연구자들은 대개 전향소설을 단지 카프시기의 프로문학을 기준으로 분석 및 평가함으로써 작가의 윤리문제나 프로문학의 범주에 한정시켜 왔다. 프로문학은 문학의 현실적 효용성을 극도로 강조하는 소설유형으로서 문학의 예술성보다는 작가의 정치적 입장이나 이념을 작품 가운데 표명하는 것을 그 특성으로 한다.

이러한 프로문학의 관점에서 이념이나 사상포기의 문제를 다룬 전향소설은 부정적으로 평가될 수밖에 없고, 특히 이념이나 사상의 포기가 일제의 강요에 의해 이루어진 것이라는 점에서는 단순히 작가의 윤리문제로 한정된다. 윤리의 영역을 벗어날 경우에도 프로문학의 시각에서 본 전향소설이란 이념이 제거되거나 퇴색된 프로문학 퇴조기의 문학현상의 차원을 벗어나기 힘들다. 따라서 이러한 관점에서의 전향소설 연구는 더 이상 발전적 논의가 불가능하다.

이러한 기왕의 문제를 극복하기 위해서는 전향소설을 바라보는 관점의 새로운 전환이 요구된다. 일제 하 카프를 중심으로 한 프로문학운동은 계급의식과 사회적 기능성에 대한 강조에 치중함으로써 문학의 예술성을 도외시한 문제점을 지니고 있지만, 오늘날 그 의의를 결코 부인할 수 없는 것은 일제 하 프로문학운동이 식민지 상황에서 노정된 현실적 모순을 비판하고, 일제의 침략정책에 정신적으로 대응할 수 있는 실천적

의지를 문학을 통해 구현하고자 했다는 사실 때문이다.[8]

즉 프로문학운동이 우리 문학사에서 긍정적 위치에 자리하고 있는 것은 이념이나 사상 자체 때문이 아니라 일제 식민지지배에 대한 문학의 정신적 대응논리로서 보다 넓은 의미의 저항적인 민족문학 운동이라는 범주에서 이해되고 있기 때문이다. 이런 점에서 볼 때, 전향소설 역시 이념이나 사상문제를 기준으로 평가할 것이 아니라, 프로작가들이 이념이나 사상의 포기를 강요당한 전향의 소용돌이 속에서 어떻게 현실을 극복하고자 노력했는가 하는 현실에 대한 대응정신의 관점에서 바라보는 보다 긍정적이고 적극적인 시각이 요구된다고 하겠다.

전향소설에 대한 지금까지의 연구를 검토해 보면, 전향소설에 대한 연구는 80년대 초까지 거의 전무한 상태였다. 물론 당대의 林和나 해방직후 朴英熙[9]에 의해 부분적인 논의가 이루어지긴 했으나 그 이후에는 프로문학 퇴조기의 현상으로 단순히 취급[10]되거나 지식인 소설의 범주 내에서 단편적으로 논의[11]될 뿐 한국근대문학사에 있어서 뚜렷한 하나의 경향으로 인식되지 못해 왔다.

김윤식은 『韓國近代文學思想史』[12]에서 처음으로 전향문학에 대한 원론적 고찰을 시도하였다. 이미 앞서 그는 '日本이나 한국에 있어서의 마르크스주의 좌절은 轉向軸을 에워싼 그 퍼스펙티브의 파악에서 비로소 그 구조를 들여다 볼 수 있을 것'[13]이라며 프로문예비평사의 한 부분으로 '轉向論'을 다룬 바 있는데, 여기서 제기되었던 전향의 의미와 전향

---

8) 권영민, 「카프시대 계급문학운동의 성격」, 『한국민족문학론연구』 (민음사, 1988), p.205.
9) 林仁植, 「現代小說의 主人公」, 『文學의 論理』 (學藝社, 1940), p.419.
   박영희, 「현대조선문학사」, 김윤식, 『박영희 연구』 (열음사, 1989), pp.284～286.
10) 白鐵, 『朝鮮新文學思潮史』, 앞의 책, pp.261～270.
11) 曹南鉉, 『韓國知識人小說研究』 (一志社, 1984), pp.164.
    李東夏, 「1940년대 전후의 소설에 나타난 지식인상」(『국어국문학』, 1986)
12) 金允植, 앞의 책, pp.259～306.
13) 金允植, 『韓國近代文藝批評史研究』 (一志社, 1984), p.164.

문제의 핵심이 그 글에서 본격적인 전향소설 논의로 이어짐으로써 전향문학의 전체적인 윤곽을 가늠할 수 있게 되었다. 따라서 김윤식의 글은 한국 전향소설연구에 초석을 놓은 선구적 업적으로 평가된다.

그는 이 글에서 전향문제가 1930년대를 전후한 일본의 사상계에서 비롯되었다는 사실을 전제로 일본의 전향론과 전향소설을 소개한 뒤 일본 전향문학의 흐름과 범주 내에서 한국의 전향론과 전향소설을 논의하고 있다. 이러한 시각은 일본의 전향개념이 일반적으로 '권력에 의해 강제되었기 때문에 일어난 사상변화'[14]를 의미하고 있고, 한국의 경우 역시 이러한 개념규정의 범위에서 벗어나지 않으므로 일면 타당성이 있다고 생각한다. 왜냐하면 일제하 한국의 전향이 권력의 강제에 의해 이루어졌고, 그 권력의 주체가 바로 일본제국주의 자체였기 때문이다.

그러나 전향소설이 발표된 1930년대 후반기는 친일문학으로 수렴되어 간 40년대 전반과 시기적으로 구분된다. 이 시기에 작가들은 일제 파시즘의 강화에 의한 사상탄압으로 문학에 있어서 정치성 또는 이념성을 배제시키거나 약화시키지만 나름대로 현실극복을 위한 여러 가지 노력을 시도한다. 특히 프로작가들은 과거 카프문학에 대한 반성과 사회주의 퇴조후의 새로운 인식틀의 모색 차원에서 창작활동을 벌임으로써 소설문단의 골격을 유지해 간다.[15] 1930년대 후반기의 프로작가들에 의해 창작된 소설을 이와 같이 규정해 볼 때, 이 시기 프로작가들의 소설의 한 경향인 전향소설 역시 단순히 마르크스주의 사상이나 프롤레타리아 운동의 좌절, 또는 '전향'이라는 작가로서의 정신적 시련을 다룬 소설로 인식하는 것은 일정한 한계를 지닐 수밖에 없다. 왜냐하면 이와 같이 일본의 전향문학론과 같은 시각으로 우리의 전향소설을 바라보는 것은 1930년대 후기 한국전향소설이 내포하고 있는 문제의 본질을 가리거나 특성을 단순화시키는 것이 될 수 있기 때문이다.

한편, 김윤식에 이어 전향소설을 본격적으로 연구한 김동환[16]은 일제

---

14) 鶴見俊輔,「轉向の共同硏究について」,『轉向』上(平凡社, 1959), p.5.
15) 권보드래, 앞의 논문, p.3.

하 전향소설의 등장을 30년대 전기에 진행된 경향문학론의 변모에서 보다 본질적인 근거를 찾음으로써 한국근대문학의 전개과정 속에서 전향소설의 특성을 밝힐 수 있는 새로운 시각을 제시하였다.

이 글에서 그는 1930년대 후반기에 전향소설을 비롯한 '傾向性이 현저히 退潮된' 소설들이 창작된 주된 근거를 외적 상황의 변화에서 찾는 것은 '論理와 名分을 중시한 카프작가들의 對문학적 태도가 배제된다는 점에서 설득력이 부족하다'고 지적한다.[17] 외적 상황보다는 30년대 전반기 카프조직 내부에서 벌어진 金南天의 「물」을 둘러싼 논쟁이나 전향론에서 각각 '창작과 실천의 분리 가능성'과 '創作優先' 원칙이 30년대 후반에 전향소설이 등장할 수 있는 여건이 되었다는 것이다.

김동환의 글은 일제 하 전향소설이 창작되게 된 배경을 한국프로문학의 전개과정 속에서 찾음으로써 문학의 연속성을 중시했다는 점에서 의의를 지닌다. 그러나 실제 작품분석에서 전향소설에 나타난 현실이 사상의 대치개념, 즉 작가들에게 전향 후에 생긴 '思想의 空白을 補塡해 주는 역할을 담당'[18]하고 있다고 봄으로써 구카프작가들이 과거의 인식론적 기반을 버리지 않고 새로운 문학적 모색을 시도한 점을 간과하고 있다. 그러나 김동환의 논문은 전향소설의 소설사적 의의를 '프로문학에 대한 反省的 意味' 그리고 카프문인들에 의해 지향되어온 리얼리즘 소설에 새로운 전기를 제공했다고 평가함으로써 앞으로의 전향소설에 대한 연구방향을 올바로 제시하는, 나름대로의 커다란 의의를 지닌다.

그런데 80년대의 이러한 연구업적에도 불구하고 전향소설이 한국근대문학사의 중요한 의미망으로 떠오르게 된 것은 90년도를 전후해서이다. 80년대 초까지 전향소설에 대한 논의가 거의 이루어지지 않았던 이유중의 하나로 꼽혔던 프로문학연구가 이 무렵에는 이미 상당한 수준에 달한 상태였으므로, 이러한 프로문학연구의 성과와 맞물려 프로문인들의

---

16) 김동환, 「1930년대 한국전향소설연구」 (서울대 석사논문, 1987)
17) 위의 논문, p.13.
18) 위의 논문, p.38.

전향문제를 다룬 전향소설을 재평가하려는 시도가 이루어지기 시작했다.

특히 프로문학을 이전 또는 이후의 문학과의 연속성 속에서 파악하고자 하는 노력이 이루어지면서 카프해체 이후 과도기적 의미를 지니는 전향소설에 대한 새로운 인식이 싹트기 시작했다. 일제하의 전향작가의 내면풍경, 즉 사상의 포기에 따른 카프문인들의 회의, 절망, 고민의 양상이 해방직 후 그대로 표출되고 있다는 사실에 따라 30년대 중·후반기 전향소설은 이와 같은 연속성 속에서 그 의미가 증폭되고, 또 깊이 있는 평가를 요구받게 된 것이다. 그러나 90년대에는 이러한 관점에 따라 그 연구가 전향소설만에 국한되지 않고 작가의 전향문제 전반으로 확대되는 경향을 보였다.

이러한 시각의 논의는 김윤식[19]에 의해 먼저 이루어졌다. 그는 '전향소설이 과도기적 인간형에 관련'되고 있으며, 우리문학에 있어서 전향의 문제가 1930년대 중·후반을 지나 해방직 후 표출돼 정치적 체제선택으로까지 연결된다는 사실에 주목하고, 이에 따라 한국의 전향문제에 대한 본질이 각 문인의 '근소한 차이로서의 등차'에 있음을 역설하였다.

이 글에서 설정된 '근소한 차이'라는 개념은 일본의 전향문학론에서 논의된 개념을 카프작가들의 전향문제에 적용시킨 것으로써 舊카프작가들이 실제 모두 전향했음에도 불구하고 이들이 정신적 논리에 있어서는 다양한 편차를 지니고 있었음을 밝히고 있다. 김윤식의 논의는 이후의 연구자들에게 많은 영향을 끼쳐 카프작가들의 전향문제를 다룸에 있어 주로 작가개인의 정신구조를 밝히는데 관심이 모아졌다. 따라서 전향소설 자체만을 연구하기 보다는 작가의 전향문제 또는 작가의 전향문제를 넘어서서 프로문학의 굴절이라는 보다 폭넓은 시각에서 논의하는 경우가 대부분이었다.

이 점에서 볼 때, 다음에 제시되는 연구업적들은 본고와는 일정한 거리가 있는 것들이다. 그러나 이 논의들이 전향소설의 의미규정이나 가치

---

19) 김윤식, 「1930년대 카프문인들의 전향유형 분석」 (韓國學報 59집, 90년 여름)

평가 등 전향소설연구에 나름대로 중요한 기여를 하고 있다는 필자의 판단에 따라 전향소설연구사의 영역에 포함시켜 다루기로 한다.

이와 관련하여 주목되는 논의로는 정호웅, 이상갑 등의 논의가 있다. 먼저, 정호웅[20]은 한설야의 장편 「청춘기」를 논하는 가운데 카프해체 이후 전향국면에서의 미묘한 입장차이에 주목하여 편의상 전향축과 비전향축 문인으로의 구분을 시도하고 있다. 즉 舊카프작가들이 실제 모두 전향했으므로 전향축 또는 비전향축을 명료하게 구분할 수 없는 것이 우리 문학사의 현실이지만 작품을 통해 확인되는 '당대 작가들의 고뇌와 혼돈을 뚫고 새 길을 열려는 고통스러운 모색'의 면모가 백철, 박영희 등 완전 전향자와 대비된다는 점에서 전향축과 비전향축의 분리가 능성을 제시하고 있다.[21]

또한 이상갑[22]은 1930년대 후반기 프로문학의 구체적 실상을 이론과 창작을 병행해 논하는 가운데 1930년대 후반의 문학은 식민지라는 한국적 특수성 때문에 전향문제 속에 이미 비전향의 본질적 계기가 내포되어 있다고 전제한다. 그러므로 이 시기의 문학적 상황을 전향문제로 일괄하여 처리하는 데는 문제가 있으며, 이를 재검토할 필요가 있음을 역설하고 있다.

이들의 논의는 1930년대 후반 문단전체를 지배한 위기의식과 방향감각의 혼란 속에서도 몇몇 작가들이 내면적으로는 프로작가로서의 문학적 지향성을 포기하지 않은 점에 주목함으로써 舊카프작가들의 전향문제를 재인식하는 계기가 되었다는 점에서 긍정적으로 평가된다. 그러나 비전향의 일면을 지나치게 강조함으로써 전향의 의미를 축소시키고 있는 한계점을 드러내고 있다.

카프작가의 전향문제와 관련하여 전향의 범주에서 비전향의 일면을

---

20) 정호웅, 「直實의 윤리-한설야의 「청춘기」論」, 『장편소설로 보는 새로운 민족문학사』, (열음사, 1993).
21) 위의 글, p.181.
22) 李相甲, 「1930년대 後半期 創作方法論硏究」 (고려대 박사논문, 1994.)

포착해 냄으로써 이를 전향축과 비전향축(또는 전향파와 비전향파)의 구도로 보려는 위의 입장과 달리, 식민지 지식인으로서 겪을 수밖에 없었던 전향의 사상사적 의미를 경시하지 않는 가운데 전향소설을 비롯한 1930년대 후반의 문학을 사회주의 이념의 포기 이후 시도된 현실에 대한 새로운 인식틀이나 사유구조에 대한 모색의 하나로 보려는 관점이 제기된다. 대표적인 것이 권보드래와 김외곤의 논문이다.

권보드래[23]는 1930년대 후반 프로작가에 의해 창작된 여러 경향의 소설들을 세가지 유형으로 나누어 고찰하는 가운데, 그 세 가지 유형 가운데 하나인 '전향소설'은 카프시대의 이념으로서는 현실을 제어하거나 해석할 수 없다는 두려움을 느끼게 된 프로작가들이 새로운 인식틀을 모색하는 과정에서 주체 재정립의 노력을 보여준 소설들로 규정한다. 따라서 이 글에서는 전향체험 이후 프로작가들에게서 사회주의 이념에 대한 확신은 사라지지만, 친일문학으로 나아가기까지 일정한 시간동안 변화된 현실과 대결하려는 노력이 시도되었음을 강조하고 있다.

김외곤[24] 역시 일제 하 전향의 사상사적 의미를 훼손시키지 않으려는 입장에서 카프해산 이후 김남천의 문학활동에 대한 논의를 '마르크스주의에 입각한 문학적 사유구조의 붕괴와 그를 대체할만한 새로운 사유구조의 모색의 계기'로 보려는 관점에서 출발한다.

먼저 이 글에서 주체개념의 변모과정을 중심으로 김남천의 창작방법론을 논의한 그는 그 특징으로써 마르크스주의 문학이념 붕괴이후 어떠한 사상이나 세계관도 거부되었다는 점을 지적한다. 이 점이 실제 창작과정에서 작품으로 구체적으로 형상화되었음을 검토한 뒤, 결국 김남천의 전향문제에 관해 '마르크스주의로부터 전향은 했을지언정 대동아공영권 사상으로의 전향은 하지 않았던 것'으로 결론 내리고 있다.

이상에서 살펴본, 전향소설을 작가의 전향문제 또는 프로문학의 굴절이라는 보다 폭넓은 시각에서 다룬 연구들은 이제까지 프로문학 퇴조기

---

23) 권보드래, 「1930년대 후반의 프롤레타리아작가 소설 연구」 (서울대 석사논문, 1993)
24) 김외곤, 「근대문학의 주체개념 비판 -김남천을 중심으로」 (서울대 박사논문, 1995)

의 문학현상으로 단순히 이해되어 오던 1930년대 후반의 전향소설을 새로운 모색의 의미를 갖는 과도기의 문학현상으로 인식하는 계기가 된다. 특히 1930년대 후반의 문학현상을 작가의 정신적 논리나 현실대응문제 등 보다 적극적이고 긍정적 시각에서 접근한 점은 전향소설연구의 지평을 넓혔다는 점에서 매우 큰 의의를 지닌다.

그러나 이러한 연구들은 앞에서 지적한 바와 같이 전향소설만을 대상으로 한 연구가 아니라는 점에서 본고와는 일정한 거리가 있는 연구업적들이다. 즉 전향소설을 다루고 있다고 하더라도 전향소설을 작가의 전향문제, 또는 1930년대 후반 舊카프작가들의 문학의 일부분으로 논의하고 있는 것이 대부분이다. 90년대에 들어 전향소설만을 다룬 논의가 전혀 없었던 것은 아니다. 김용선25)과 김인옥26)이 각각 전향소설에 관한 연구를 시도했는데, 이들의 연구는 1930년대 후기 전향소설 전체를 대상으로 한 것이 아니라 어느 한 작가, 즉 김남천과 한설야의 전향소설만을 논의의 대상으로 삼고 있어 1930년대 한국 전향소설의 총체적 연구라고 보기는 어렵다고 하겠다.

본고는 이상의 연구성과를 수용함과 더불어 앞에 제기한 문제의식 즉, 전향소설을 이념이나 사상을 기준으로 평가하기보다는 전향기의 상황에 문학적으로 어떻게 대처해 나갔는가 하는 현실대응 정신의 관점에서 1930년대 후기 한국전향소설을 연구하고자 한다.

한편, 본고의 대상이 되는 일제하 전향소설은 '카프해체 이후 구 카프작가들에 의해 쓰어진 사상운동가들의 전향을 다룬 작품'을 가리킨다. 일제하에 발표된 작품 가운데 이와 유사한 범주의 작품으로 1920년대 말기 『朝鮮之光』 등에 발표된 '과거의 사상운동가'의 출옥을 그린 일련의 작품, 그리고 김남천이 카프 1차 사건으로 검거되었다가 출옥한 후에 쓴 「男便 그의 同志」, 「물」등, 그 외에 동반자 작가나 非카프작가가 쓴

---

25) 김용선, 「김남천 전향소설연구」 (한국교원대 석사논문, 1991)
26) 김인옥, 「한설야 후기소설연구-전향소설을 중심으로-」 (『語文論集』 제 5집, 숙명여대, 1995.12)

'전향문제를 다룬 작품' 등27)이 있다. 그러나 이 작품들은 전향소설을 카프해체 이후 구카프작가들이 현실대결을 위해 새로운 방향을 모색해 가는 과정에서 창작된 소설들로 보는 본고의 입장과는 일정한 거리가 있는 작품들이다.28) 물론 동반자작가나 非카프작가가 쓴 작품 가운데는 전향의 심리를 날카롭게 묘파하거나 과거 좌익사상운동가의 전향문제를 심도 있게 그리고 있다는 점에서 구카프작가들에 의해 씌어진 전향소설 못지 않게 주목되는 점이 있으나, 이러한 이유로 본 논의에서는 제외될 수밖에 없다. 이에 덧붙여 구카프작가들에 의해 씌어진 전향소설이라 하더라도 친일문학이 강요된 1941년 이후의 작품 역시 제외하고자 한다. 두 차례에 걸친 카프 검거사건을 계기로 카프작가들은 일차 전향하게 되며, 중일전쟁 이후 다시 신체제문학으로 전향29)하기에 이르는데, 이 점에서 볼 때 카프해체를 전후한 전향을 문제삼은 전향소설과 국책문학 으로서의 전향소설과는 일단 구분해 볼 필요가 있다. 따라서 본고에서는 카프해체 후, 특히 카프 2차 검거사건에서 풀려난 1935년 12월부터 친 일문학이 강요되기 이전까지, 즉 『문장』과 『인문평론』이 폐간되는 1941 년 초30)까지의 사이에 구카프작가들에 의해 발표된 전향소설31)만을 연

---

27) 해당 작품의 목록은 김동환, 앞의 논문, p.32, 주 42)를 참조할 것.
28) 김윤식 교수는 동반자작가나 비카프작가가 쓴 전향소설에 대해 "경향소설의 형성·전개·쇠퇴과정을 문제삼은 소설사적 시각에서는 별다른 의미를 갖지 못한다"고 지적한 바 있다.(김윤식·정호웅 공저,『한국소설사』(예하, 1993), p.152)
29) 김윤식,『박영희 연구』, p.20.
30) 1930년대 후반 일제에 의해 문학의 政論性이 혹독하게 탄압되었던 것은 사실이지만『문장』(1939.1~1941.4)과『인문평론』(1939.7~1941.4)이 폐간되는 1941년 초에 이르기까지 작가들에게 '최소한의 자율성'이 허용되고 있었다. (권보드래, 앞의 논문, p.1 참조)
31) 이 시기에 발표된 구카프작가들의 전향소설은 총 29편에 이른다. 작가별로 보면, 김남천 9편[「처를 때리고」(『조선문학』, 37.6),「춤추는 남편」(『여성』, 37.10),「제퇴선」(『조광』, 37.10),「요지경」(『조광』, 38.2),「포화」(『광업조선』, 38.11),「녹성당」(『문장』, 39.3),「속요」(『광업조선』, 40.1~5),「경영」(『문장』, 40.10),「맥」(『춘추』, 41.12) 등], 이기영 6편[「적막」(『조광』, 36.7),「돈」(『조광』, 37.10),「설」(『조광』, 38.5),「수석」(『조광』, 39.3),「고물철학」(『문장』, 39.7),「형제」(『청색지』, 39.12)

구대상으로 한다.

## 2. 연구목적 및 방법

본고는 1930년대 후기 한국전향소설에 나타난 주체 재정립의 문제를 살펴봄으로써 전향기 상황에 대한 작가들의 현실대응 양상 및 그 문학 사적 의의를 밝히는데 목적을 두고자 한다. 전향소설이 발표된 1930년 대 후반기는 한국문학사에서 카프의 해체와 프로작가의 전향으로 말미 암아 근대문학운동의 구심점이었던 프로문학이 분열되어 갔다는 점에서 부정적 의미를 지니는 시기이다. 그러나 이제까지의 카프적 정치주의, 즉 카프의 정론성(政論性)으로부터 탈피하여 새로운 모색의 단계로 나아 갔다는 점에서는 그 나름의 긍정적 의미를 가진다고 할 수 있다.

본고는 1930년대 후반에 창작된 전향소설을 이와 같이 새로운 모색이 라는 문학의 질적 변화과정 속에서 이해하고자 한다. 그럼으로써 지금까 지 일제의 강요에 의한 문학이념의 포기라는 점에서 부정적이고 소극적 으로만 평가되어 오던 전향소설을 보다 긍정적이고 적극적인 시각에서 연구하고자 한다.

1930년대 후기 한국전향소설에 내포된 의미를 이와 같이 긍정적이고 적극적인 시각에서 파악하려는 본고의 시도는 전향소설의 개념이나 전 향소설의 구성적 특징, 그리고 전향소설을 창작한 작가의 문학적 성향을

---

등], 한설야 10편「태양」(『조광』, 36.2), 「임금」(『신동아』, 36.3), 「딸」(『조광』, 36.4), 「철로교차점」(『조광』, 36.6), 「귀향」(『야담』, 39.2~7), 「이녕」(『문장』, 39.5), 「술집」(『문장』, 39.7), 「모색」(『인문평론』, 40.3), 「파도」(『인문평론』, 40.11), 「숙 명」(『조광』, 40.11) 등], 이동규 1편[「신경쇠약」(『풍림』, 37.4)], 최정희 1편[「지맥」 (『문장』, 39.9)], 백철 1편[「전망」(『인문평론』, 40.1)], 박영희 1편[「명암」(『문장』, 40.2)] 등이다.(여기서 최정희, 백철, 박영희의 전향소설은 시기적으로는 본고의 대상 작품으로 포함되나, 본고의 논의 방향과는 거리가 있어 이에 대한 분석은 다음 기회 로 미루기로 한다.)

면밀히 검토해 볼 때 보다 큰 설득력을 지닌다.

전향소설이란 일반적으로 "전향문제를 취급하거나 혹은 전향문제를 작품의 주요제작 동기로 하는 소설"로 정의되고 있다.[32] 그런데 이러한 개념은 1930년대 후기 한국전향소설에는 알맞지 않는 개념이라 할 수 있다.

1930년대 후기 한국전향소설은 "전향한 구카프작가의 작품 가운데 과거 사상운동에 투신하였다가 투옥된 경험이 있는 인물을 주인공으로 한 소설"로 정의된다. 1930년대 후기 한국전향소설은 일본의 전향소설처럼 전향하기까지의 과정이나 전향심리를 다루기보다는 현실로의 복귀과정에서 여러 가지 장애를 극복하고 새로운 삶을 모색·선택한다는 구성상의 특징을 공통적으로 보여준다.[33] 즉 전향하느냐 하지 않느냐 하는 전향문제 자체에 대한 고민과 갈등은 취급되지 않고 전향한 인물의 생활세계에서의 갈등, 방황, 모색의 과정이 주로 형상화되어 있다. 뿐만 아니라 1930년대 후기 전향소설 속에는 등장인물이 전향자임이 구체적으로 제시되어 있지 않다. 다만 등장인물이 과거 사상운동에 투신하였다가 투옥된 경험이 있다는 사실을 근거로 그를 전향자로 파악하게 될 뿐이다. 이와 같이 전향소설 속에 전향문제가 회피되거나 등장인물이 전향자임이 구체적으로 명시되고 있지 않은 점은 실제로는 전향자임에도 불구하고 심리적으로 자신의 전향을 인정하지 않으려는 구카프작가들의 의식을 반영하고 있는 것이라고 생각된다.

1930년대 후기 한국전향소설의 대부분은 김남천, 이기영, 한설야 등에 의해 창작되고 있다. 이들은 구카프의 중심세력이었고 카프해체 이후에도 다양한 시도와 모색의 과정을 거치면서 1940년대 초까지 프로작가로서의 성실성을 끝까지 지킨 작가들이다.[34] 이 점에서 볼 때 이들에 의

---

32) 전향소설에 대한 이같은 개념규정은 일본 전향문학론에서 이루어진 것인데 현재 우리의 전향소설연구에서도 일반적으로 사용되고 있는 개념이다. (本多秋五, 『轉向文學論』(未來社, 1976, 제 3판), pp.190~191)

33) 張星秀, 「1930年代 傾向小說硏究」 (고려대 박사논문, 1989), p.134.

해 전향소설이 다수 창작된 것은 작가들이 전향체험에 대해 결코 자유로울 수 없었을 뿐만 아니라 전향을 초극하는데 문학적 초점을 두었음을 입증하는 것이라 할 수 있다.

이러한 사실은 한편으로 전향소설이 단순히 작가자신의 전향체험이나 전향후의 소시민적 삶을 다루는데 그치지 않고 그 이상의 적극적 의미를 띠고 있다는 점을 뒷받침해 준다. 이와 같은 전향소설의 의미는 당시 시대상황 및 문단상황과 관련지을 때 보다 구체적으로 드러난다.

이미 알려진 바와 같이 카프를 중심으로 한 프롤레타리아 문학운동이 급격히 정체되기 시작하여 마침내 해체에 이르기까지 주요원인이 된 것은 카프 1차 검거사건(1931)과 카프 2차 검거사건(1934) 등 일제에 의해 강화된 사상탄압이다. 이 가운데 특히 전주사건으로 불리어 지는 카프 2차 검거사건은 프로작가들로 하여금 중대한 문학적 시련을 맞게 한다. 약 2년여 동안의 사건처리과정에서 구속된 맹원 대부분이 비공식적이라도 전향을 표명[35]함으로써 프로작가들은 마침내 조직적 문학운동가로서의 삶을 포기하기에 이른다. 이것은 바로 실천적 의미로서의 사회주의 사상의 포기를 의미하는 것이었다.

한편, 이로 인해 문단 전체에는 위기의식과 방향감각의 혼란이 야기되는데, 문단내부에서는 이를 계기로 과거의 문학운동 자체를 반성하는 움직임이 일어나게 된다. 즉 이러한 위기와 혼란이 이식과 모방에만 급급하여 우리의 특수성을 몰각했다는 인식, 요컨대 우리의 특수성을 고려하지 않고 서구와 일본을 모방하기에 급급했던 것이 결정적 원인이라는 지적이 프로문학, 모더니즘문학, 순수문학 등 문학권 전반에서 두루 제기된다.[36]

---

34) 권보드래, 「1930년대 후반의 프롤레타리아작가 소설연구」 (서울대 석사논문, 1993), p.8.
35) 구속된 盟員 가운데 몇사람은 獄中에서 전향선언문을 발표, 전향을 공표한 경우도 있지만 대부분은 비공식적인 표명을 한 것으로 보인다. (김동환, 앞의글, p.11 참조)
36) 하정일, 「1930년대 후반 문학비평의 변모와 근대성」, 『민족문학과 근대성』 (문학과 지성사, 1995), pp.366~367.

이 가운데 특히 프로문학 내부에서는 카프의 해체와 프로작가의 전향 등 프로문인들에게 닥친 위기와 혼란이 물론 외압에 직접적인 원인이 있지만, 보다 근본적으로는 작가들의 주체화되지 못한 세계관 또는 신념에 있다는 자기반성이 일어나게 된다. 말하자면 카프문학이념인 마르크스주의가 주체화된 이념이 아닌 관념적으로 수용된 문학이념이었고, 작가들은 이와 같이 외래사상을 단지 관념적으로만 수용함으로써 객관적 정세가 악화되자 최후의 위기를 맞이하게 되었다는 것이다.[37]

이러한 인식은 프로작가들로 하여금 과거의 문학운동에 대해 근본적인 물음을 던지게 함으로써 외압에 의해 사회주의 문학운동이 포기된 상황에서 문학적 재출발을 시도하도록 하는 계기가 된다. 따라서 프로문학 내부에서는 일제의 강요에 의해 어떤 형식으로든 카프문학으로부터의 변화가 불가피한 상황에서 주체적으로 프로문학의 질적 변화를 모색하는 새로운 국면을 맞이하게 된다. 이 때 주요 관심사로 등장한 것이 주체의 문제이다.

이 문제는 비평계와 창작계 양쪽 모두에서 확산되는데, 비평계에서는 김남천, 임화, 안함광 등에 의해 '주체'에 대한 논의로 전개되며, 창작계에서는 전향소설을 비롯해 이 시기 구카프작가들에 의해 창작된 일련의 소설을 통해 내면화된다. 특히 전향소설에서 작가들은 작가자신과 같은 전향지식인을 주인공으로 내세워 작가 스스로의 주체를 문제삼고 있다. 뿐만 아니라 전향지식인, 즉 소시민적 주인공을 통해 객관세계에 대한 새로운 인식태도를 보여준다.

이와 같은 관점에서 볼 때, 일제 강점기 하 전향소설에 담긴 의미를 전향자의 생활세계로의 적응과정이라는 단순한 문제로 한정할 수는 없다고 본다. 40년대 이후 결국 신체제문학으로 나아가게 되지만 1930년대 중반이후부터 그 이전까지 구카프작가들은 사상운동이라는 자신들이 지금까지 의식적으로 지향해 왔던 세계와 격리되었을 때 이를 반성의

---

37) 安含光, 「조선문학정신 검찰」(『조선일보』, 1938.8.28)

계기로 삼아 새롭게 현실과 대결하고자 하였다. 즉 사상운동의 포기를 계기로 과거 카프시기에 소홀히 했던 세계에 대한 새로운 관심과 그 속에서 현실의 힘을 재인식하고자 하였다.[38] 이러한 노력은 앞에서 말한 바와 같이 주체를 재정립함으로써 현실에 새롭게 맞서고자 하는 시도로 나타났다. 그러므로 이 점에 주목해보면 1930년대 후기 한국전향소설에는 무엇보다도 작가자신의 주체를 재정립함으로써 전향심리를 초극할 뿐만 아니라, 더 나아가 이를 통해 문학적으로 재출발하려는 구카프작가들의 의도가 내포되어 있다고 하겠다.

지금까지 1930년대 후기 한국전향소설이 내포하고 있는 의미를 구체적으로 살펴보았거니와, 이에 따라 본고에서는 1930년대 후기 전향소설에 주체 재정립의 시도와 좌절의 과정이 제시되어 있다고 보고 이를 중심으로 살펴보고자 한다.

이와 같은 논의 방향에 따르면 1930년대 후기 전향소설은 세 단계로 구분이 가능하다. 첫째는 작가들이 주체적 자아, 즉 지식인으로서의 소시민성을 발견함과 더불어 생활의 세계에 대한 관심을  드러내기 시작한 단계의 소설들이다. 과거 사상운동을 한 작가들이 전향체험 이후 곧바로 직면하게 되는 것은 생활의 세계이다. 따라서 이 생활의 세계를 새롭게 현실에 맞서기 위한 출발점으로 삼는다. 그러나 이 단계에서는 작가들의 인식이 과거에서 벗어나지 못함에 따라 생활의 세계에서의 구체적인 시도는 이루어지지 않는다. 다만, 지식인으로서의 소시민성을 발견하거나 생활세계에 대한 관심을 드러내는 등 주체 재정립을 위한 초기적인 태도만을 보여준다.

둘째는 주체 재정립을 위한 모색이 본격적으로 시도되고 있는 단계의 작품들이다. 1930년대 후기 전향소설 가운데 많은 작품들이 여기에 속하는데, 이 작품들을 통해 작가들은 적극적 전향자에 대한 비판, 소시민 지식인의 자기비판과 고발의 문제, 그리고 과거 프로문학에서와 같은 이

---

38) 이상갑, 앞의 논문, p.86.

넘적 인물이나 보다 의식이 강화된 인물을 등장시킴으로써 생활의 세계 속에서 주체를 재정립하기 위한 다각적인 모색을 시도하고 있다.

셋째는 현실에 대해 무력화되는 주체의 단면을 드러낸 작품들이다. 이 단계에 이르면 현실의 불가항력적 힘에 의해 병적 세계 인식을 드러냄으로써 작가들의 주체 재정립을 위한 노력과 시도가 좌절되어 감이 드러나고 있다.

본고에서는 주체 재정립을 위한 시도와 좌절의 과정이 뚜렷하게 구분되는 것은 아니지만 일정한 흐름을 형성하고 있다는 판단에 따라 위에 제시한 세단계로 나누어 살펴볼 것이다.

# II. 전향의 논리적 배경

## 1. 시대적 및 사회적 배경

1930년대는 1920년대 후반부터 불어닥친 세계적 공황으로 인해 정치적으로 좌·우의 양극화 현상이 두드러졌던 시기이다.[1] 즉 전 세계적인 공황으로 말미암아 농업공황과 대량의 실업사태가 촉발됨으로써 경제적인 위기상황이 조성되고 있었는데, 이는 정치에도 영향을 미쳐 한편으로 극우파시즘의 대두와 또 한편으로는 공산주의를 극좌노선으로 선회하도록 하는 요인이 된다.[2] 이러한 국제적 상황은 국내에 영향을 미치게 되는데, 한국은 특히 일제에 의해 결정적인 영향을 받게 된다.

일본은 세계적 공황으로 인해 심각한 경제위기에 직면하게 되자 1931년 만주사변을 전후하여 본격적인 파쇼정권을 수립하고, 치안유지와 사상통제를 강화한다. 이에 따라 한국내의 사상운동 또는 사회운동에 대한

---

1) 서중석, 『한국현대민족운동연구』(역사비평사, 1991), pp.116~117.
2) 세계공산주의 전략을 총괄하는 코민테른은 국제적인 경제공황의 발생을 세계자본주의의 위기상황으로 간주하고, 이에 따라 세계혁명의 시기가 임박했다는 낙관적인 판단아래 급진노선을 추구하게 된다. (벤자민 I. 슈워츠 (권영빈 역), 『중국 공산주의 운동사』(형성사, 1983), p.192 참조

혹심한 탄압이 전개되는데, 이와 같은 사상통제와 탄압이 문단내의 사건으로 구체화 된 것이 1931년 6월에 발생한 카프 1차 검거사건과 1934년 5월의 세칭 '신건설사 사건'으로 불리는 카프 2차 검거사건이다. 이후 카프는 결국 유명무실해지고 1935년 마침내 해체에 이르게 되는데, 이 과정에서 카프와 관련된 프로문인들이 대거 전향하기에 이른다.

일제의 사회주의자들에 대한 탄압과 검거는 이미 자국인 일본 내에서 이루어지고 있었다. 1928년의 3.15 검거, 1929년의 4.16 검거 등 일본에서도 사회주의자들에 대한 대량검거가 있었는데 일본에서의 이 같은 사상통제의 법적 근거가 된 것은 1925년에 제정된 치안유지법이다. 치안유지법이 제정된 것은 당시 일본의 지도자들이 자신들의 정치적 지위뿐만 아니라 근대화를 추진해 가는 과정에서 최대의 걸림돌로 대두한 좌익과격사상을 통제하기 위해서였다.

이 치안유지법 제정의 결정적인 계기가 된 것은 동경제국대학 교수 모리토 타츠오(森戶辰男)의 재판사건이다. 이 사건은 1920년 1월『경제학연구』창간호에 실린 모리토 교수의 논문「크로포트킨(kropotkin)의 사회사상의 연구」의 발표에서 비롯된다. 이 논문의 내용은 크로포트킨의 무정부공산주의를 요약한 것인데, 그는 이 글에서 '무정부공산주의는 그것이 현재 바로 실행할 수 있느냐 아니냐의 문제와는 별도로, 장래 인류의 발달과 함께 실현될 수 있고 또 실현되지 않아서는 안될 사회이상일 수 있는 것임을 명백히 한 것'이라고 주장한다[3] 모리토는 이로 인해 기소되어 결국 유죄판결을 받게 되는데, 이 사건은 형사적 사실 이면에 국가에 의한 언론과 출판에 대한 새로운 한계의 포고인 동시에 전통적 도덕을 촉진하기 위한 조처의 강구로서의 의미를 지니게 된다. 즉 사건의 내용 자체보다는 천황제와 코쿠타이(國體)관념이 쟁점으로 부각되던 것이다.

치안유지법의 제정은 일본에서 정치적 사회적으로 매우 중요한 의미

3) 리차드 H. 미첼, 김윤식 옮김,『日帝의 思想統制』(一志社, 1982), p.42.

를 지니는데, 그것은 이 법률이 사상범을 억압한다는 정치적 목적 외에 사회를 진정시키고 통합에로 향하게 하는 윤리적 목적을 함께 지니고 있었기 때문이다.4) 이 점은 치안유지법의 제 1조의 내용에서 구체적으로 드러나는데, 그 내용을 보면 "코쿠타이(國體) 또는 세이타이(政體)를 변혁하거나 사유재산제도를 부인함을 목적으로 결사를 조직하거나 이를 알고도 이에 가입한 자는 10년 이하의 징역 또는 금고에 처한다"5)로 되어 있다. 여기서 「코쿠타이」라는 말을 사용한 것은 매우 주목된다. 그것은 일본 정부가 근대화, 서구화 속에서도 일본적 전통의 유지 또는 일본적 생활양식의 유지, 즉 '일본주의'를 법률적 차원에서 천명한 것이라 볼 수 있기 때문이다. 1928년과 1929년에 걸친 공산주의자에 대한 검거는 바로 이 치안유지법하에서 이루어진 것이었다.

그런데 이 때 검거된 사상범의 처벌과정에서 특별조처가 검토된다. 그 이유는 검거자수가 수천 명에 달할 뿐만 아니라 검거된 과격분자 가운데는 그 이전의 무정부주의적 과격분자와 다를 뿐만 아니라 기존 권위체제의 일원인 '정부당국자와 같은 엘리트코스인 제국대학생'이 많았기 때문이다.6) 이에 따라 사법성은 형벌 대신에 사상개조, 실형 대신에 집행유예의 필요성 등 기본적으로 대다수의 사상범을 보석하여 사회에 재결합하는 적극적인 정책을 꾀하게 된다. '전향'은 바로 이러한 정책에 의해 등장한 방법인데, 1931년 치안유지법 위반사건 취급방법으로서 정식으로 인정되기에 이른다. 이후 당국은 사상범에 대해 대량의 투옥, 사형집행, 또는 추방이라는 가혹한 정책보다는 '전향'정책을 적용하게 된다. 물론 여기에는 앞에서도 언급한 바와 같이 당국이 피의자도 결국 일본인이라고 느끼고 있는 점, 즉 갱생의 개념이 뿌리깊게 자리잡고 있었던 것이다.

1925년 제정된 치안유지법에 덧붙여진 이 전향제도는 효율적인 사상

---

4) 위의 책, p.75.
5) 위의 책, p.70.
6) 위의 책, p.120.

통제장치로써 정비되어 가면서 실시되는데 1934년 이후 실제 법 운용상에서 문제점이 드러남에 따라 1934년 2월에는 보호관찰처분과 예방구금에 관한 조항이 첨가되는가 하면, 1936년에는 사상범 보호관찰법에 의해보완된다. 이후 이 '전향'정책은 1937년 중일전쟁과 1941년 미국과의 외교위기를 거치면서 사상범이 일본정신을 적극적으로 받아들여 애국주의를적극적으로 증명하거나 또는 일본사상을 매일 실천에 옮겨 '코쿠타이' 관념을 완전히 인정하는 등 보다 완전하고 적극적인 방향으로 추진되어 간다.

이상으로 전향과 갱생을 기본으로 하는 일본의 사상통제방법에 대해살펴보았거니와 앞에서 살펴본 바에 의하면, 일본의 사상통제책이 좌익으로부터 일본인으로 복귀시키기 위한 '어머니 아버지 같은 정책'7)이었음을 알 수 있다. 그러나 이것은 표면적 양상이고 실제로는 취조, 검거,기소, 구금, 징역, 고문 등 폭력과 강제행위가 이에 뒤따랐다는 점 또한간과될 수 없다. 치안유지법이 사법관료나 경찰관료에 의해 공판을 거쳐형벌을 부과하는 통상의 법으로서보다는 행정적 수법, 즉 치안유지법 위반자에게 압력을 가하여 전향으로 몰고 가거나 또는 사회질서를 큰 혼란에 빠뜨릴 위험이 있는 인물을 진압키 위한 위협으로 활용되었기 때문이다.8) 따라서 심문과정에서 자백을 강요하기 위해 고문이 행해지지않을 수 없었으며, 반드시 고문이 가해지지 않았더라도 유치장의 가혹한생활환경은 공판까지의 부정기의 구류기간에의 불안과 함께 일종의 '심리적 고문'으로 작용하였다.9) 따라서 이 '심리적 고문'이야말로 폭력행위보다도 전향을 이끄는데 보다 효과적이었다고 한다.

이와 같은 전향에의 압력 또는 협박이 식민지 한국인에게는 더욱 가혹

---

7) 위의 책, p.170.

8) 위의 책, p.146.

9) "특고경찰은 행정집행법상의 검속이나 위경죄(違警罪), 즉 결례의 유용에 의하여 보통 100일 정도, 길면 1년 가량 신병을 유치시켰는데, 이것은 사상범에게 고문 못지않게 고통스러웠다. 전향의 정도도 구금생활의 길고 짧음에 비례하여 구금생활이 길수록 그 전향상태가 높다고 했다." (서준식, 「전향, 무엇이 문제인가-영광과 오욕의 날카로운 대치점」 (『역사비평』 22호, 1993 가을), p.20.

하게 작용했음은 말할 것도 없다. 이것이 구체화되어 나타난 것이 1931 년 6월에 발생한 '제 1차 카프사건'과 1934년 5월의 세칭 '신건설사 사건'으로 불리는 제 2차 카프사건 등 카프검거 선풍이다. 카프 1차 사건은 1931년 2월부터 8월 사이 잡지 『무산자』의 국내배포사건, 영화 「지하촌 (地下村)」사건 등으로 카프맹원들이 검거를 당하면서 시작된다. 이 사건은 일제가 카프맹원들을 공산당을 재조직하기 위한 '조선 공산주의자 협의회'란 모임에 연루시킴으로써 발생한 것인데, 종로경찰서에 박영희가 검거되는 것을 시작으로 임화, 안막, 윤기정, 권환, 이기영, 송영, 김남천, 김기진 등이 일제히 검거되기에 이른다. 이후 검거된 맹원들은 1931년 10월 전원 석방되고 김남천 만이 유일하게 유죄판결을 받고 2년 간 복역하게 된다. 이 카프 1차 사건은 카프맹원들의 실천 및 조직활동과 연관된 것으로서 이를 계기로 카프의 실제적인 조직활동은 곤경에 빠지게 된다.10)

한편, '신건설사 사건'으로 불리는 카프 2차 검거사건은 일제의 전면적인 탄압의 일환으로 행해진 사건으로 우연한 사건을 확대한 경우11)이다. 이 사건으로 1934년 6월부터 1935년 12월까지 카프맹원 대부분이 체포, 치안유지법 위반으로 기소되는데 이 때 기소된 자는 총 23명이며 이 가운데 작가로 활동한 사람으로는 윤기정, 이기영, 송영, 한설야, 정청산, 이동규, 황장복, 최정희 등12)이 있다. 이 사건은 1935년 12월 이기영, 박영희 등 네 명이 2년 징역의 유죄판결을 받고 그 외는 모두가 집

10) 역사문제연구소 문학사 연구모임, 『카프문학운동연구』 (역사비평사, 1989), p.244.
11) 카프산하 연극동맹의 전속극단인 <新建設>이 1934년 3월 전주공연을 하는 도중 중간에서 선전비리가 발각되어 단원 전부가 전주경찰서에 검거당하는 일이 발생하게 되는데, 이 일은 그해 5월 확대되어 극단의 모체인 카프의 간부들을 검거하는 데로 불길이 번진다. (白鐵, 『眞理와 現實』(博英社, 1975), pp.300~303)
12) 그외의 명단을 보이면 다음과 같다. 박영희, 박완식, 권환, 이갑기, 이상춘, 김유영, 백철, 김형갑, 김귀영, 김유협, 변효식, 나준영, 추완호, 석재홍, 이의식 등이다. 임화는 병중이므로 검거에서 제외, 김남천은 제 1차 검거의 집행유예 중이어서 불기소되었다. (김윤식, 『한국근대문예비평사연구』, 앞의 책, p.193 참조)

행유예로 출옥[13]하면서 종결된다. 그런데 이 사건에서 주목되는 점은 검거된 카프맹원들이 모두 재판에 회부되지 않고 예심(豫審)으로 대부분의 구속기간을 보냈다는 점이다. 이 예심이란 한정이 있는 것이 아니고 검찰당국이 2년이고 3년이고 피의자를 내버려둘 수 있는 제도[14]였는데, 이 점은 일제당국이 피의자를 처벌하기 보다는 스스로 굴복하여 전향으로 이끄는데 목적이 있었음을 드러내는 것이다. 다음의 글은 이러한 사실을 짐작할 수 있게 한다.

> 이 감방으로 옮아와서 1년동안 예심판사가 형무소로 출장을 나와서 경찰의 조서를 재확인하였다. 별로 새로운 사실을 조사하는 것 같지 않고 그저 경찰에서 넘어온 조서를 재확인하는 정도인 것 같았다. 그러면서 좀처럼 일을 진척시키지 않고 자꾸 시일만을 끄는 것 같았다. 그리하여 봄이 가고 여름이 가고, 또 가을이 늦어간 것이다.[15]

결국 기소된 맹원 대부분이 유죄판결을 받고 집행유예로 출감하게 되는데, 이 집행유예의 성격은 앞에서 살펴본 바와 같이 전향과 갱생을 전제로 한 것이었다. 즉 일제는 사상범의 전향에 관심을 갖고 가혹한 징역형보다는 적극적인 가석방정책, 즉 집행유예의 방식을 적용했던 것이다. 집행유예로 출감한 카프맹원들은 이후 모두 전향자로 공인 받게 된다.[16]

---

13) 白鐵, 『眞理와 現實』, 앞의 책, 1975, p.330.
14) 위의 책, p.321.
15) 위의 책, p.327~328.
16) 김동환, 앞의 논문, p.11 참조
　　"당시로서는 치안유지법 위반자가 재판에 회부되어 유죄판결을 받은 후 집행유예로 풀려나오게 되는 경우 '전향자'로 공인되는 것이 일반적 감각이었다."

## 2. '전향'의 의미

'전향(轉向)'은 사법당국이 만들어낸 정치적 용어로서 본래 일본에서 만들어진 개념이다. 이 말은 일본에서 정치적 사상적 의미를 띠고 처음 사용된 이후 전향문제 또는 전향문학을 바라보는 연구자의 시각에 따라 변화를 거듭해 왔는데, 오늘날에는 '권력에 의해 강제되었기 때문에 일어난 사상의 변화'라는 정의가 일본에 있어서의 '전향'개념의 최대공약수를 나타내고 있다.[17]

일제 하에서 발생한 한국의 '전향'개념은 일본의 '전향'개념 규정 범위에서 크게 벗어나지 않는다. 앞에서 지적한 바와 같이 일제 강점기 하 한국에서 발생한 전향이 권력의 강제에 의해 이루어졌고 그 권력의 주체가 일본제국주의 자체였기 때문이다. 그러나 이와 같은 일본적 전향개념이 그 나라의 역사적·사회적 성격과 불가분의 관계에 있는 것처럼 일본과 역사적·사회적 제 조건이 다른 한국에 있어서의 전향개념은 일본의 전향개념과 미묘한 차이가 있을 수밖에 없다. 따라서 본고에서는 일본의 '전향개념'과 한국의 전향개념을 각각 비교 고찰함으로써 일제 강점기 하 한국에서 발생한 전향의 의미의 특징을 보다 구체적으로 밝히고자 한다.

일본에서 '전향'이라는 말이 사상적으로 특별한 의미를 지니고 나타난 것은 대정말기, 즉 프롤레타리아 운동의 '방향전환'이 논의되던 과정에서였다. 이 때, '전향'이란 말을 처음 사용한 사람이 후쿠모토(福本化夫)이다.

후쿠모토가 말한 '전향'의 의미는 권력에 의한 외적 강제로서가 아닌 완전히 주체적인 개념이었다. 즉 어떤 상황 속으로 뛰어들어가서 상황 자체를 목적 의식적으로 바꾸기 위해 주체적이며 능동적으로 轉化하는 것을 의미했다.

---

17) 磯田光一, 『比較轉向論序說』, (勁草書房, 1980), p.4.

우리들은 지금까지 한 단계를 건너뛰어 앞쪽에만 시야를 두었던 것이다. 우리들은 지금 후퇴하여 그 한 단계에서부터 현실에서 밟아 나가야 할 것이다. 지금 이 轉向을 해야만 하는 순간에 다다른 것이다.[18]

그러나 후쿠모토가 사용한 이와 같은 전향의 의미는 일본 사법당국에 의해 역이용된다. 후쿠모토의 '전향'개념이 내포하고 있는 적극적인 측면을 사상범의 취급방식에 있어서 검거와 처벌이라는 소극적 방법에 용접시킴으로써[19] 새로운 전향개념을 만들어 내었던 것이다. 이에 따라 '전향'은 '일본체제에 정통한 국민철학을 잊어버리고 실현 불가능한 <완전히 공상이라고 할만한. ……외국의 사상에 현혹>된자(공산당 검거에 관하여 昭和 3년 6월 27일에 原法相이 행한 담화)가 자기 비판하여 다시 체제에 의해 인정되는 국민사상의 소유주(주인)에 복귀하는 것'[20]을 의미하게 된다. 일본 사상사에서 특수한 기초범주의 하나로 생겨난 이 때의 전향은 주체적으로 '비 국민적 행동'을 중지하고 천황제 일본의 상황에 적극적으로 순응해 가는 것을 의미했다.[21]

1933년에 발생한 사노, 나베야마의 전향은 이러한 전향개념을 구체적으로 확립시키는 계기가 된다. 1933년 6월 8일 일본 공산당의 최고지도자이며 당시 당 내외로부터 주목받고 있던 사노마나부(佐野學)와 나베야마 사다치카(鍋山貞親)가 '일본국가에 의한 만주침략의 수행을 지지하고, 일본 공산당이 코민테른(국제공산당)으로부터 이탈할 것을 요구'하는 두 사람의 공동성명에 의한 성명서「공동피고동지에게 고하는 글(共同被告同志に告ぐる書)」을 작성한 바 있는데, 이후 이것을 일본사회에서 '전향'이라 부르게 된다.

그런데 이와 같이 일본 사법당국에 의해 만들어진 전향개념은 이후

---

18) 思想の科學硏究會 編,『轉向』上 (平凡社, 1962(제 7판)), p.33~34.
19) 리차드 H. 미첼(김윤식 역),『日帝의 思想統制』(一志社, 1982), p.138.
20)『轉向』上, 앞의 책, p.34.
21) 위의 책, p.34.

사노와 나베야마의 전향을 중심으로 전향문제를 바라보는 논자의 입장 또한 시각에 따라 크게 달라진다. 특히 전후 1950년대에 들어 전향에 대한 연구가 활발해지면서, 전향의 주 요인을 무엇으로 보느냐에 따라 그 개념규정에 있어 다양한 차이를 드러내게 된다.

전향문제를 문학적 입장에서 논의한 혼다 슈우고(本多秋五)는 「전향문학론(轉向文學論)」이라는 글에서 이제까지 주체적이고 능동적인 개념으로 이해되고 있던 전향을 권력에 의한 강제라는 측면에서 바라봄으로써 전향의 개념을 새롭게 파악한다. 이 글에서 혼다는 사노, 나베야마의 전향에 대해 그 원인을 오직 '일본 공산당의 운동방침의 관념성'만으로 보는 히라노 켄(平野謙)의 견해에 이의를 제기하며 그러한 내적 원인과 더불어 '옥중생활의 고통, 일본국가에 의한 압박강제 내지 유도라고 하는 외적 조건'이 전향을 발생시킨 주요 원인임을 지적하고 있다.[22] 전향이 다름 아닌 바로 치안유지법 하에서 만들어진 개념임을 환기시키고 있다. 따라서 이러한 관점 아래 그는 일본의 전향을 유럽의 전향에 비교하여 유럽의 전향을 '양심의 이름에 따라' 행해진 것으로, 일본의 전향을 '양심에 반(反)하여' 행해진 것으로 각각 규정하고 있다.

한편, 그가 이념을 최고의 선으로 기준 삼아 전향을 평가한 '근대문학'파의 사고[23]에 따라 일본의 전향을 '양심에 반한' 것으로, 그리고 전향의 최대 원인을 검거, 투옥, 고문, 사형 등 치안유지법에 의한 외적 강제에 두면서도 운동이론의 관념성과 대중의 전향이라는 내적 요인에 대해서도 간과하지 않고 있는 점은 매우 주목된다. 왜냐하면 전향의 의미를 외래사상의 토착화라는 관점에서 살펴봄으로써 전향을 서구적 근대의 극복이라는 과제와 연결시키고 있기 때문이다.[24] 이쯤에 이르면 혼다 슈유고가 제시한 전향의 의미 역시 단지 공산주의나 합리주의 사상의 포기에 그치지 않고 결국은 일본 천황제로의 귀의를 의미하는 것이

---

22) 本多秋五, 『轉向文學論』 (未來社, 1976(제 3판)), pp.186~187.
23) 磯田光一, 앞의 책, p.5.
24) 김외곤, 『한국 근대리얼리즘문학 비판』 (태학사, 1995), p.309.

라 볼 수 있다.

이와 같은 전향의 내적 요인에 보다 주목한 사람이 요시모토 다카아키(吉本隆明)이다. 그는 권력에 의한 외적 강제를 전향의 주 요인으로 보는 종래의 전향론에 대하여 '대중으로부터의 고립감'이야말로 전향의 가장 큰 요인을 형성했다고 주장하였다. 그는 전향이란 '일본의 근대사회의 구조를 총체의 비전으로 파악하고자 시도하다가 실패했기 때문에 인텔리겐챠 사이에서 일어난 사상변환'[25]이라 규정한다. 그 구체적 동인이 바로 대중과의 연대감으로부터의 고립이다. 일본 지식인의 경우 국민 대다수와의 연대감에서 고립된다는 형이상학적인 의식면에서의 두려움이 탄압, 박해, 고문 등과 같은 형이하학적인 요인보다 우위를 차지하고 있다는 것이다.[26]

이것은 '적의 포로가 되느니 죽음을 택한다는 행동의 원칙'이 삶의 철학으로 되어 있는 군국주의 밑에서의 일본인의 의식, 즉 일본사회의 봉건적 성격에 대한 성찰이 바탕에 깔려있는 것이라고 할 수 있다.[27]

따라서 이 경우 전향이란 강제력에 의해서 라기 보다는 일본인 특유의 의식구조에서 비롯된 것이라 할 수 있다. 혼다와 요시모토이후 일본의 전향연구를 집대성한 '사상의 과학연구회(思想の科學研究會)'는 전향의 의미를 '권력에 의해 강제되었기 때문에 일어난 사상의 변화'로 개념 규정하기에 이른다. 이 경우 역시 전향의 원인을 내적 요인보다 외적 강제에 두고 있는데, 이 점으로 볼 때 사상의 과학연구회의 관점에도 혼다슈우고와 같은 근대문학파의 시각이 내재해 있음을 알 수 있다.

이상의 논의를 종합해 보면, 일본의 전향문제 속에는 권력에 의한 강제나 내적 요인에 의한 자발적인 측면이 모두 포함되며 전향이 천황제로의 귀의를 의미하는 것으로 볼 때 결국은 '사상의 변화'로 정의된다.

한국의 '전향' 개념은 전향의 동기가 '권력에 의한 강제'라는 점에서

---

25) 吉本隆明, 「轉向論」, 『예술적 전향과 좌절』(未來社, 1959), p.168.
26) 磯田光一, 앞의 책, p.8.
27) 앞의 책, p.8.

일본의 전향범주에서 벗어나지 않는다. 그러나 일본의 경우 전향이 사상을 포기하고 결국에는 천황제로 귀속되는 '사상의 전환'을 의미한다는 점에서 그 의미는 크게 달라진다. 한국의 '전향' 개념을 밝히기 위해서는 먼저 일제 강점기 하 한국의 지식인들이 경도되었던 마르크스주의 또는 사회주의 운동에 대한 이해가 요구된다.

한국에 사회주의가 급속히 전파되고 강한 영향력을 갖기 시작한 것은 1920년대 초기이다. 당시 일제하의 상황은 사회주의가 급속하게 퍼져 나갈 수 있는 좋은 여건을 갖추고 있었다. 일제로부터 독립을 쟁취하고자 하는 끊임없는 노력은 3.1운동, 워싱턴회의를 통해 무력감과 제국주의 열강에 대한 강한 배반감만을 느끼게 됨으로써 혼미와 침체 속에 빠지게 되었고, 농촌과 도시근로자들은 일제 식민지 지배정책에 의해 수탈과 억압의 대상이 되어 갔다. 이러한 가운데 사회주의는 혼미 속에서 헤매는 독립운동에 참신한 자극을 주었고, 착취 없는 세상, 정의와 평등을 약속한다는 점에서 농민, 노동운동에 급속히 파고들게 된다.

그리고 이후 본격적으로 제국주의의 침략논리, 강자의 지배논리에 이론적으로 대항할 수 있는 최상의 무기, '과학적인 반제투쟁'으로서의 의미를 지니게 된다.[28] 이러한 점에서 일제 하에서의 사회주의는 외래사조로 작용하기보다는 일제 강점기하의 현실을 타개하기 위한 새로운 활로로 받아들여진 것이라 할 수 있다. 물론 1931년 이후 사회주의가 극좌적 경향을 보임으로써 당시의 현실과 유리되어 가지만 본질적으로 민족해방운동과 분리된 것은 아니었다.[29]

바로 이 민족해방운동의 일환으로 전개된 것이 카프의 문학운동이었

---

28) 서중석, 『한국현대민족운동연구』(역사비평사, 1991), p.88.
29) 다음의 글은 이러한 사실을 구체적으로 입증해 준다. "더욱이 조선에서의 공산주의 운동은 민족적 불평불만과 결합하여 혁명의식이 한층 높고, 그 운동은 다분히 위험성을 내포하여 조선통치에 대한 또는 사회조직에 대한 반역적 행위는 일본의 사상 운동과 결코 비교할 수 없다."(竝木眞人 외 편집부 엮음, 「일제하 조선의 치안상황(1933)」,『1930년대 민족해방운동』(거름, 1984), p.55.)

고, 일제 강점기 하 프로문학자들의 정신적 뿌리는 이 점에서 일본의 사회주의자들이 가진 천황제에 대한 거부와는 근본적으로 궤를 달리했다. 그러므로 사상탄압에의 대응 역시 다를 수밖에 없었다. 당시 카프문인의 경우 권력에 의한 사상의 포기를 강요당했다는 점에서 일본의 전향자들과 같은 전철을 밟았지만 일본의 경우처럼 자발적인 측면이나 천황제에의 귀의로서의 전향을 기대하기 어려웠음은 짐작하고도 남는 바이다.

먼저 일제 강점기 하 한국의 전향문제에서 자발성의 측면을 검토해보면, 앞에서 언급한 바와 같이 당시 사회주의 운동이 민족해방운동의 의미를 띠고 있는 이상 그 운동의 바탕이 된 이념 또는 사상의 포기는 민족해방운동의 포기와 다름 없었다. 이와 같이 이념이나 사상포기가 부정적으로 평가될 뿐만 아니라 일본처럼 대중과의 고립감도 존재하지 않는 상황에서 자발적인 측면이 존재했다고 보기는 어렵다. 이 점은 천황제 일국사회주의를 주장한 사노, 나베야마의 전향이 많은 일본공산주의자들에게 영향을 끼쳐 대량전향의 사태를 가져오지만 1930년대 초 이에 뒤따른 한국인들이 거의 없었던 사실30)에서 증명된다.

뿐만 아니라 전향의 동기에 관한 통계자료31)에서도 구체적으로 확인된다. 통계수치를 보면, 한국인의 경우 전향의 가장 큰 동기가 된 것이

---

30) 이와 관련된 글을 참고하면 다음과 같다. "즉 1933년 여름이래 일본에서는 비상시국에 자극을 받아 일본공산당원이 속속 사상전향을 표명하고 있는데 반해 조선인주의자들은 '국가적 관념과 정치적 환경을 근본적으로 달리하는 조선의 사회운동에는 아무런 영향이 없다'라고 냉담한 반응을 보이고 있다. 아마도 이것이 조선인 좌익분자의 거짓 없는 속마음이라고 단정해도 지나치지 않을 것이다."(竝木眞人외 편집부 엮음, 앞의 글, p.55)

31) 다음의 통계표를 참조하기 바람(배성찬, 『식민지시대 사회운동론 연구』(돌베개, 1987), p.423, 『轉向』上, p.19에서 각각 인용한 것임.

| 전향의 동기 | 신앙상의 이유 | 근친애 및 가정관계 | 이론적 모순의 발견 | 국민적 자각 | 건강/성격 등의 신상관계 | 구금에 의한 후회 | 기타 |
|---|---|---|---|---|---|---|---|
| 朝鮮(1935) | 2.2% | 41.6% | 5.6% | 6.7% | 6.7% | 27.0% | 10.1% |
| 日本(1942) | 2.2% | 28.2% | 12.4% | 32.0% | 9.7% | 12.1% | 3.0% |

근친애 및 가정관계이며, 다음이 구금에 대한 후회 순으로 나타나 있다. 여기서 근친애 및 가정관계는 앞에서 살펴본 '사상범보호관찰법'이라는 제도적 장치를 고려할 때 생활문제 또는 취업문제라는 경제적 이유와 밀접한 관련이 있는 것으로 추측이 가능하고, 구금에 의한 후회는 신체의 억압에서 비롯된 것이라 할 수 있다.

반면, 일본의 경우는 국민적 자각, 근친애 및 가정관계, 그리고 이론적 모순의 발견 순으로 되어 있는데, 이 가운데에서 국민적 자각과 이론적 모순의 발견이 거의 50%에 가까운 비율을 차지하고 있다. 이러한 사실을 비교해 볼 때, 많은 일본인들이 사상문제로 전향했음에 반해, 일제 강점기 하 한국의 전향은 사상의 선택문제이기 이전에 본능적인 생존문제에서 비롯된 것임을 알 수 있다. 사상문제로 전향했다는 사실은 사상이라는 것이 개인의 이론, 주장, 학설과 관련된 것이기에 어느 정도 자발적인 측면을 갖게 된다. 그러나 본능적인 생존문제에서 비롯된 전향이란 강제성 이외에 여지가 없다. 따라서 일제 강점기 하 전향의 범주에서 '권력에 의한 강제'외에 자발성의 측면을 포함시키기는 어렵다고 하겠다.

한편, 일본의 전향자들이 사상의 포기 이후 천황제를 중심으로 한 일국사회주의라는 또 다른 사상으로 전환해 갔다고 볼 때, 이 역시 당시의 한국의 전향자들이 받아들이기에 용이한 것은 아니었다. 왜냐하면 일본의 전향자들처럼 사회주의를 포기하고 천황제로 귀속되는 것은 일제 하 한국의 지식인들에게는 바로 반민족적 행위가 되었기 때문이다. 일본의 경우 전향이 코민테른이라는 소련의 세계정책에서 벗어나 일국 사회주의, 즉 자신의 조국에 안기는 민족주의적 행동이었던 것에 반해, 한국의 경우는 사정이 이와 판이하게 달랐던 것이다.

말하자면 당시 한국의 전향자들에게는 사노, 나베야마나 하야시 후사오 등이 전향하여 포근히 안긴 '코쿠타이의 품'은 존재하지 않았던 것이다.[32] "일본에 있어서의 전향자는 전향 후에 떳떳이 돌아갈 조국이 있었지만, 한국에 있어서의 전향자는 돌아갈 조국, 그것이 없다"[33]는 하야시 후사오(林房雄)의 발언은 이러한 일제 하 한국의 전향자들의 딜레마, 전향의 한국적 특수성을 지적한 것이라 하겠다. 이러한 사실을 토대로 결론적으로 한국의 전향개념을 설정하면, '권력에 의해 강제된 사상의 포기'로 규정된다.

카프문인의 전향문제에서 이러한 개념은 보다 구체적으로 드러난다. 이른바 전주사건을 전후하여 카프작가들은 실제로 모두 전향하기에 이른다. 제도적으로 볼 때, 이 경우 전향은 필연적으로 일본 군국 파시즘에의 귀착을 의미하는 것이 된다.[34) 그러나 카프작가들의 전향을 단선적인 친일에의 귀속이라 할 수는 없다. 카프작가들은 중일전쟁이후 결국 신체제문학으로 나아가게 되지만, 카프해산 전후로부터 이 시기까지 각기 나름대로 복잡하고 다기한 모색의 과정을 거친다. 오늘날 비전향축 또는 비전향파로 통칭되는 문인은 물론이고 전향축의 대표적 인물로 분류[35)되는 박영희의 경우에도 그가 친일활동을 시작한 1938년 이전의 문학활동은 그 이전의 시기와 뚜렷이 구분된다. 따라서 1930년대 카프검거사건을 중심으로 발생한 한국의 전향은 자발적인 측면이 어느 정도 인정되거나 또는 그 의미에 있어서 사상의 전환을 내포하는 일본적 전향의 의미와는 크게 다르다고 하겠다. 특히 구카프작가들 가운데 몇몇 작가들은, 실천적 운동으로서의 문학은 포기하였지만 내면적으로는 여전히 이념을 간직한 모습을 보여주고 있다. 그러므로 이들에 있어서 전향의 의미는 구체적으로 '권력에 의해 강제된 실천적 이념의 포기'로 규정된다고 하겠다.

---

32) 노상래, 「전향론연구」 (영남어문학 26집, 1994), p.282.
33) 林房雄, 「轉向に就いて」, 『文學界』 1941.3, p.13. (김윤식, 『박영희연구』 (열음사, 1989) p.89에서 재인용)
34) 김윤식, 『박영희 연구』, 위의책, p.97.
35) 金寅玉, 「한설야후기소설연구」(숙명여자대학교 어문논집 제 5집, 1995.12), pp.95~100 참조

## 3.동시기의 평론계와 전향론의 전개

1930년대 중반 카프작가들의 전향논리는 파시즘의 대두에 따른 불안과 일제의 사상탄압으로 인한 위기상황을 어떻게 대처해 나갔는가 하는 대응논리와 일치한다. 앞에서 살펴본 바와 같이 카프작가들의 활동에 결정적 영향을 미친 카프 1차, 2차 검거사건을 통해 카프맹원 모두는 공식 또는 비공식으로 전향을 표명하게 되는데, 이로써 실제적으로는 모두 전향자로 공인 받기에 이른다. 그러므로 일제의 탄압에 대한 카프작가들의 대응논리는 결국 전향으로 나아갈 수밖에 없었던 작가 나름의 논리, 즉 전향의 논리로 귀결된다고 할 수 있다.

카프문인들의 전향의 논리는 이제까지 카프문학이 추구해 왔던 이데올로기나 당파성을 전면적으로 부정하는 경우와 카프의 실천적 이념을 포기하되 카프문학이 남긴 유산을 비판적으로 계승하여 이를 대체할만한 새로운 문학을 모색하는 경우 등 크게 두 가지로 대별된다.[36] 카프문인들이 이와 같이 변모하는 데 결정적 계기가 된 것은 1933년에 진행된 사회주의 리얼리즘 논의이다.

사회주의 리얼리즘론이 전향의 계기가 된 것을 이해하기 위해서는 1920년대 이후 프로문학운동사에서 진행되어온 리얼리즘의 전개과정을 살펴볼 필요가 있다.

먼저 제 1차 방향전환 이후로 거슬러 올라가면 1929년 프로작가들 사이에 '프롤레타리아 리얼리즘'이 창작방법론으로 채택되기에 이른다. 이 프롤레타리아 리얼리즘은 프롤레타리아적이며 대중성 있는 작품의 생산을 위한 새로운 형식이 요구됨에 따라 제기된 것이었는데, 이어서 '유물변증법적 창작론'으로 발전하게 된다. 이 유물변증법적 창작방법론은 작가에게 현실을 유물변증법적으로 인식하는 데서 나아가 이 이론을 창작

---

36) 물론 이 두가지 분류외에 작가 개인의 의식이나 문학적 경향의 편차에 따라 그 이상의 세분화도 가능하다. 그러나 본고에서는 논의의 편의상 보다 큰 편차가 인정되는 두 가지 경우로 나누어 살펴볼 것이다.

방법으로 할 것을 강요하게 된다. 이에 따라 작가들은 창작방법과 세계관을 동일하게 인식하게 됨으로써 관념적이고 공식적인 작품을 생산할 수밖에 없었으며 '무기로서의 예술', 즉 문학을 단순히 변혁의 무기로서만 간주하려는 경향이 지배적으로 자리하게 된다. 이 같은 상황에서 1933년 구 소련에서 유입된 '사회주의 리얼리즘'은 카프문학의 도식성이나 관념성에 갇혀있던 작가들에게 새로운 활로를 열어주게 된다. 특히 '생활의 진실을 그려라'라는 사회주의 리얼리즘의 구호는 막다른 골목에 쫓긴 프로문학에 탈출구로 작용하여 '자율적 비판력의 회복과 전향론의 소지'를 마련[37]하게 된다.

이와 같이 사회주의 리얼리즘을 계기로 한 작가들의 변모 또는 새 출발은 한편에서는 문학의 계급성이나 당파성을 전적으로 부정하려는 경향으로, 다른 한편에서는 지금까지 노정했던 프로문학의 질곡과 도식성을 극복하려는 노력으로 나타나게 된다. 여기서 전자의 대표적 인물이 박영희와 백철이다. 박영희가 사회주의 리얼리즘을 계기로 문학에서 사상성이나 계급성을 부정하는 태도를 보여 주었다면, 백철은 인간주의론을 통해 사상성을 부정하는 전향파로서의 면모를 구체적으로 드러낸다.

먼저 박영희는 사회주의 리얼리즘이 제기되자 곧바로 카프 탈퇴서를 제출하고 자신의 전향을 선언한다. 그가 자신의 전향문제를 문학론적 차원에서 밝힌 글이 「최근 문예이론의 신전개와 그 경향」(『동아일보』, 1934.1.2～1.12)이라는 글이다. 그는 이 글에서 카프이론가들의 횡포와 독단 그리고 이에 따른 창작의 고정화 문제 등 이제까지 카프의 활동에서 표면적으로 나타났던 문제 등을 검토·비판하여 이를 카프 탈퇴의 이유, 즉 자신의 전향논리로 활용하고 있다.

그는 신유인, 한설야, 백철 등이 다소 차이점은 있으나 카프의 지도성에 대해 동일한 불평과 절규를 드러내고 있으며, 추백이나 임화 역시 고정화된 창작방법론의 강요보다는 작가 개인의 특성에 의한 구체적 형

---

37) 김윤식, 『한국근대문예비평사연구』, 앞의 책, p.85.

상화의 중요성을 강조하고 있음을 지적하고 그들이 카프에 관해 제시한 문제점들을 요약·분류하고 있다.

이 글에서 지적되고 있는 카프의 오류 또는 문제점들은 일면 타당성이 있는 것으로 보여진다. 즉 지도적 비평에 의한 창작의 억눌림, 편협한 종파주의, 창작의 고정화, 정치주의 등 그동안 카프의 문제점을 적절하게 비판하고 있다.

그런데 여기서 한가지 간과할 수 없는 것은 그가 프로문학을 부르조아문학의 계승자로 보고 있다는 사실이다. 프로문학을 부르조아문학의 계승자로 볼 경우 카프의 오류 또는 문제점에 대한 지적은 프로문학의 진정한 발전을 위한 것이라기 보다는 이를 청산하려는 의도에서 비롯된 것이라고 할 수밖에 없다. 그의 이러한 태도는 "정치가로서 예술을 생각해 본 일이 없다"는 말과 "다만 얻은 것은 이데올로기며 상실한 것은 예술 자신이었다"는 단정적 선언에서 보다 확연히 드러난다. 뿐만 아니라 그는 이 글에서 카프의 문제점을 예술의 사회사적 활동에 근거한 것으로 보고 있다. 말하자면 카프의 평론가들이 창작적 활동을 사회운동의 일종으로 생각하는 카프 평론가들의 태도가 카프자체의 질곡을 가져왔다는 것이다. 이에 따라 그는 이 글에서 문학사를 사회사와 분리, 개별적 특수적 성질을 가진 것으로 인식하는 태도를 보이고 있다. 이는 결국 그가 문학에서 사상성 또는 계급성 자체를 부정하는 것으로 볼 수밖에 없다.

박영희가 이와 같이 자신의 전향을 합리화하기 위해 신유인, 한설야, 백철 등의 소론을 끌어들이고 카프의 문제점들을 낱낱이 지적하는 등 논리 정연한 태도를 보여주었다면, 백철의 경우는 다분히 감상주의적이고 신변잡기적 성격을 띠고 있다.

백철의 전향론은 카프 2차 검거사건으로 기소되었다가 집행유예로 출감한 직후 그 '출감기(出監記)'의 형식으로 씌어진 「비애의 성사(城舍)─출감하고서 느낀 일들」(『동아일보』, 1935.12.22∼12.27)이라는 글이다. 이 글에서 그가 전향의 구실로 삼고 있는 것은 크게 두 가지이다. 첫째는 수인(囚人)으로서의 고독과 이에 따른 사회와 현실에 대한 향수로 '인간으로 귀환'하겠다는 것이다. 둘째는 자신의 전향이 시대적 변화에 대한 순응에서 비롯되었다는 것이다.

그는 먼저 이 글에서 카프맹원들이 재판과정에서 '정치주의'를 버리고 '문학의 진실'로 돌아가겠다고 진술하였는데, 이 문학적 태도의 변화는 이미 카프 내부에서 자발적으로 이루어진 것이라는 점을 간접적으로 드러낸다. 그리고 이 때 '정치주의'를 버린다는 말은 문학에 있어서 정치로부터 비판적 거리를 유지하겠다는 것이며, 이것이 바로 시대적 대세임을 강조하고 있다. 이 글의 의미를 문맥 그대로 해석하면 문학의 사상성이나 정치성을 모두 부정하는 것이 아니라 다만 정치주의로부터 한발 물러서겠다는 의미로 해석된다. 그러나 그의 이러한 논리는 첫 번째 '인간으로 귀환'하겠다는 논리와 연결시킬 때 그 논리의 허점이 드러난다.

백철은 박영희가 카프가 볼세비키화 되는 1929년경부터 카프에 대한 회의를 갖기 시작했듯, 그 역시 전향선언 이전부터 카프의 문학운동관 내지 문학이론에 대해 다소 비판적이었는데, 그는 때마침 유행하고 있던 사회주의 리얼리즘을 계기로 카프로부터의 이탈을 모색하게 된다. 이 때 이러한 의도 하에서 제기한 것이 '인간묘사론'이다. 그는 1933년부터 「인간묘사시대」[38], 「인간탐구의 도정」[39] 등의 글을 통해 이 '인간묘사론'을 펼쳐 나가는데, 「인간묘사시대」에서는 먼저 예술작품의 우수성이 '인간의 우수한 묘사'에 있다는 점을 강조한다. 그리고 '프롤레타리아 문학만이 현대 및 미래의 진실한 인간의 타입을 발견하여 묘사할 수 있'으며, 특히 사회주의 리얼리즘이 인간묘사에 주력할 수 있는 창작방법임을 밝히고 있다.

이 점에서 볼 때 이 '인간묘사론'은 프로문학의 한계를 극복할 수 있는 새로운 방법론의 제시라는 점에서 나름대로 의의를 지닌다. 그러나 문제는 본말이 전도되고 있는 점이다. 프로문학을 '인간묘사'라는 문학

---

38) 백철, 『조선일보』, 1933.8.29～9.1.
39) 백철, 『동아일보』, 1934.5.24～6.2.

적 과제를 대표적으로 이행할 문학이라 평가하면서도 결론에 이르러서는 현대의 문학적 성격을 '인간묘사'로 규정하고, '사회주의 리얼리즘'을 부르조아문학의 '심리주의적 리얼리즘'과 함께 '인간묘사'를 위한 문학적 수법으로 제시하고 있다. 여기에서 그가 말하는 사회주의 리얼리즘이란 것이 단순한 기법이상의 의미를 지니지 않고 있음을 알 수 있다. 이 점은 「인간탐구의 도정」에서도 마찬가지로 드러난다.

그러므로 이와 같이 '인간묘사론'의 연장선상에서 볼 때, 그가 「비애의 성사」에서 '인간으로 귀환'하겠다는 의미는 카프의 이념, 즉 문학의 정치성이나 사상성 자체를 부정하는 것이라 할 수 있다. 또한 사회주의 리얼리즘이란 사회주의적 이념의 실현을 창작정신의 근간으로 하는 창작방법으로서 이념을 사상해 버린 창작방법만의 강조가 무의미함에도 불구하고 결국 그가 사회주의 리얼리즘을 왜곡화하는 데서 전향의 정당한 구실을 찾고 있는 것이라고 하겠다.

이상으로 살펴본 바와 같이 박영희와 백철이 카프의 유물변증법적 창작방법에 대한 비판을 빌미로 하여 정치운동에서 '부르조아 예술관'으로 회귀[40]했다면, 그 외의 구 카프작가들은 카프 이념의 포기를 인정할 수밖에 없는 상황에서도 다양한 개별적 활동을 통해 과거 프로문학의 한계를 발전적으로 극복하기 위한 노력을 지속한다. 특히 이들 가운데 오늘날 '비전향축' 또는 '비전향파'로 통칭되는 문인들[41]은 카프가 해산된 이후에도 운동과 조직에 결부되지 않은 채 개별적인 이론 작업이나 창작활동을 통해 '전경향을 살리면서도 그것을 극복하고 전진을 위한 별개의 세력면'[42]을 유지해 간다. 그들이 보여준 이론적 노력이 바로 1930년대 후반기에 진행

---

40) 김윤식, 『한국근대문예비평사연구』, 앞의 책, p.187.
41) 앞에서 살펴본 바와 같이 구카프작가들은 실제로 모두 전향자에 포함된다. 그러나 카프해체 이후 객관적 정세의 악화로 인한 굴절과 과거의 문학운동에 대한 반성으로 그 이전과 비교해 약간의 차이를 드러내지만, 몇몇 작가들은 내면적으로는 여전히 동일한 이념세계를 보여준다. 따라서 공식적으로 전향을 선언한 박영희, 백철 등과 구별해 이들을 일반적으로 '비전향축' 또는 '비전향파'로 통칭하고 있다.
42) 백철, 앞의 책, p.262.

된 창작방법론이다.

이 창작방법론은 달리 '주체론'이라 불려지기도 하는데[43], 그것은 당시의 위기상황에서 주체를 정립하는 문제가 무엇보다도 중요한 문제로 제기되었기 때문이다. 앞에서 살펴본 바와 같이 1930년대 후반에 전개된 주체에 대한 논의는 일제의 탄압으로 말미암아 무력화된 주체를 회복함과 동시에 과거 프로문학의 문제점, 즉 공식성이나 도식성을 극복하고 새로운 활로를 찾기 위한 노력으로 등장한 것[44]이라 볼 수 있다.

1930년대 후반에 전개된 이 주체에 대한 논의는 임화, 안함광, 김남천을 중심으로 이루어진다. 여기서 임화, 안함광 등은 김남천의 '고발문학론'에 대한 자신의 견해를 밝히는 형식으로 논리를 전개한다. 따라서 본고에서는 김남천의 고발문학론을 중심으로 주체에 대한 논의를 살펴보고자 한다.

김남천이 이 시기에 정치와 문학의 분리를 겪는 가운데 특히 자각한 것은 '주체의 분열'이다. 그는 이 주체의 분열을 초극하기 위해 창작방법론의 탐구로 나아갔는데, 고발문학론은 카프해체를 전후한 사회주의 리얼리즘 논의에서 일관된 창작방법을 획득하지 못하자 이를 타개하기 위해 제시된 창작방법론이라 할 수 있다.

김남천의 「지식계급 전형의 창조와 『고향』 주인공에 대한 감상」은 '이기영 『고향』의 일면적 비평'이라는 소재가 붙은 글로 이기영의 「고향」에 대한 작품론의 성격을 띤 글이지만, 문학주체인 지식인 작가에 초점을 맞추고 있다는 점에서 1930년대 후반에 전개된 주체 논의의 단초를 마련한 글이다. 이 글의 핵심은 과거 프로문학에 나타난 문제점을 극복하기 위한 것으로서 '가면 박탈'의 방법을 제시한 데 있다. 그가 과거 프로문학의 문제점을 비판한 사실은 다음의 글에서 구체적으로 드러난다.

　─'일꾼'과 '투사'라고 일컬어지는 인간은 모든 인간적인 욕망과 정
　서를 상실한 나무로 깎어놓은 목탁이었고 오직 일률적으로 기성된

---

43) 이상갑, 「1930년대 후반기 창작방법론 연구」 (고려대 박사논문, 1994), p.38.
44) 위의 글, p.38.

한가지 눈 한가지 코 한가지 마음 한가지 행동을 하는 아무 개별적 성격과 특징도 없는 인간들이었다.[45]

그는 이 글에서 과거 프로작가들이 작중인물에 대한 편애와 관념적 이상화에 빠져 개성이 무시된 추상적 인간만을 창조한 점을 비판하고 있다. 이같은 형상화의 모순이 '가면 박탈'의 방법을 통해 극복될 수 있다고 본다. 이 '가면 박탈'론은 바로 '고발문학론'의 뿌리라고도 할 수 있는데, 본격적인 고발문학론의 단계에 들어가는 「고발의 정신과 작가― 신창작이론의 구체화를 위하여」(『조선일보』, 1937.5.30～1937.6.5)라는 글에서는 이 가면 박탈의 정신이 보다 구체적으로 전개되고 있다.

그는 이 글에서 먼저 박영희와 백철 등의 최근의 '사상적 경향'에 대해 주목하고 있다. 김남천은 이들이 프로문학의 퇴조를 강요하는 역사적 현실 앞에서 자기 비판이나 자기 반성 대신 소시민 지식인으로서의 자기합리화에 급급하고 있음을 비판하고 있다.

즉 그는 이 글에서 '지식인 소시민이 자신의 문제를 완전히 해결하여 자멸을 방어하는 길'은 박영희 백철 등과 같이 '문단'에의 종속으로 '지식인 자신이 해결해야 할 문제를 헛되이 남에게 의탁'하는 것이 아니라 이 집단성 가운데서 자신을 살려야한다는 점을 분명히 한다. 여기서 과거 프로문학의 도식화나 관념적 추상화 경향을 비판하면서도 과거의 신념이나 사상 자체를 부정하지 않으려는 그의 정신적, 논리적 거점을 확인할 수 있다.

그는 이 글에서 지식인 소시민이 '자기변호의 문학이나 자조적 문학이나 자기경멸의 문학'으로 떨어지지 않고 '리얼리즘'의 영역을 지킬 수 있는 방법이 '자기폭로' '자기격파'의 길에 있음을 강조하고 있다. 이 때 리얼리즘은 물론 사회주의 리얼리즘을 가리킨다. 그는 이 '자기폭로' '자기격파' 등의 창작기준에 의해 고민, 회의, 불안과 같은 지식인의 유약

---

45) 김남천, 「지식계급전형의 창조와 『고향』주인공에 대한 감상」 (『조선중앙일보』, 1935.6.30)

성이나 양심 등이 부서지고 그것이 문학적으로 형상화될 수 있다고 보는데, 아울러 이 기준은 작가자신과 육체적 관련성을 가진 작중인물을 택할 때만이 가능하다는 점 또한 덧붙인다. 즉 그는 이 글에서 고발의 정신을 바탕으로 한 창작방법을 구체적으로 제시하고 있다.

「창작방법의 신(新)국면-고발의 문학에 대한 재론-」(『조선일보』, 1937. 7.10~7.15)이라는 글에서는 그가 제시한 '고발의 정신', 즉 그 방법론을 구체적으로 엿볼 수 있다.

앞에서 과거 프로문학의 문제점을 지적하고 이를 비판해 오던 그는 이 글에서 그러한 원인이 외적 조건보다는 작가의 창작과정에 있다고 분석하고 이를 극복할 수 있는 구체적 방법을 제시하고 있다.

그는 근래 프로문학의 중요작가에게 있어 공통된 특징으로 찾아볼 수 있는 '사상성의 저하, 비속한 리얼리즘에의 일탈, 시대적 반영의 결여' 등 작가의 창작태도가 이완한 중요한 원인이 '아이디얼리스트적인 과오'에 있다고 지적한다. 그리고 자신이 주장하는 리얼리즘을 '객관적 현실에 주관을 종속시키려는 창작태도'로, 아이디얼리즘을 '주관적 관념에 의하여 객관적 현실을 재단하려는 태도'로 각각 규정하고 있다. 고발문학은 바로 이 아이디얼리즘의 침범으로부터 리얼리즘을 옹호하는 것이다. 그리고 그는 과거 프로작가들이 소시민지식인 이었다는 사실에 주목한다. 과거 이들에게 세계관이 완전히 소화, 체득되지 못함에 따라 추상화된 공식을 가지고 현실을 재단하는 사태를 가져왔다고 지적한다. 따라서 그가 주장하는 '고발문학'은 이러한 과거의 문제점을 극복할 수 있는 구체적 방법으로서의 의미를 지닌다. 즉 '추상적 주관을 가지고 객관적 현실을 재단하는 것이 아니라 끝까지 객관적 현실에 작가의 주관을 종속'시키는 것을 의미한다.

고발문학론에서 제기된 '객관적 현실에 주관을 종속'시키려는 김남천의 창작방법론은 고발문학론의 한계에 대한 스스로의 인식에 따라 모랄·풍속론, 로만개조론, 관찰문학론으로 나아가면서 조금씩 변모된다. 모랄론의 선두인 「유다적인 것과 문학-소시민출신 작가의 최초 모랄-」

(『조선일보』, 1937.12.14~12.18)에서는 지식인의 소시민성을 고발, 비판했던 '고발문학론'에서 한걸음 나아가 '작가자신의 개조'를 주장하기에 이른다.

이 글은 유다에 관한 성서의 내용을 인용하여 작가의 모랄을 논하고 있는데, 그는 유다에게서 어떤 문학정신, 즉 '소시민출신 작가가 제출하여야 할 최초의 모랄'을 발견할 수 있다고 말한다. 그리고 그는 '유다적인 것'의 의미는 '소시민적 지식인이 신봉하던 어떤 사상이나 주의에서 이탈하거나 배반한다는 등의 저급한 곳에 있어서 제출될 상식적인 것이 아니라 자기 자신의 매각이라는 고도의 성찰과 더불어 제출되는 문제'임을 강조한다. 여기서 '자기 자신의 매각'이란 말은 그가 고발문학론에서 주장했던 자기폭로 또는 가면박탈과 같은 의미임은 말할 것도 없다. 따라서 '모랄론' 역시 '고발문학론'의 연장선상에 있다고 볼 수 있다.

한편, 그는 이 글에서 유다에 비유한 작가자신의 고발문제를 작가자신의 개조문제와 연결시키고 있다. 즉 작가가 '자기 속에 깃들이고 있는 유다적인 것의 적발'은 '작가자신의 인간적 개조'가 가능하다는 전제 없이는 있을 수 없다고 지적한다. 이렇게 볼 때, 김남천의 주체에 관한 논의의 핵심이 작가의 소시민성을 폭로, 비판하여 결국에는 그것을 극복하는데 놓여있다는 사실을 알 수 있다.

이와 같이 '작가 자신의 개조'라는 방향에서 모랄론을 제기한 그는「자기분열의 초극-문학에 있어서의 주체와 객체」(『조선일보』, 1938.1.26~1938.2.2)라는 글에서 모랄론의 관점에 입각한 주체의 문제를 보다 본격적으로 다루고 있다. 그는 이 글에서 먼저 개인과 사회의 모순이라든가 이상과 현실의 분열이 없는 희랍시대의 예술을 가장 이상적인 예술로 상정하고 있다. 그리고 이 희랍예술과 대비되는 것으로 보들레르와 이상을 예로 들고 있다. 그에 따르면 보들레르는 극도의 염세주의와 구할 수 없는 허무주의와 데카당스의 이론가이며, 이상은 '무기력, 무능력, 무의미를 신비화하고 가장한' '단명한 데카단'이다. 그는 보들레르와 이상처럼 분열을 향락하거나 모순에서 도피할 것이 아니라 이 분열과 모순의 초극과 통일을 강조한다. 이 가운데 특히 그는 '자기분열'이나 '주체성찰'을 해결해야 할 중요한 과제로 제시하고 있다.

> 그러기 때문에 우리들에게 있어서는 객관세계의 모순이나 분열이 문제인 것보다도 주체자신의 타고난 운명에 의한 동요와 자기분열이 중심이 되어 우리 앞에 대사(大寫)되었다. 아니 객관세계의 모순을 극복하노라고 자기 자신을 돌보지 않았던 주체가 한 번 뼈아프게 차질을 맛보는 순간 비로소 자기의 속에서 분열과 모순을 발견하게 되었던 것이며 이것의 정립과 재건 없이는 객관세계와 호흡을 같이할 수는 없으리라는 자각이 그의 마음을 혼란케 하는 과정으로 정시(呈示)되었다는 것이 보다 정확한 관찰일 것이다.[46]

그는 앞에서 제시한 희랍시대 예술에서의 주체와 객관에 문학적 통일의 문제가 이 주체의 분열을 초극하기 위한 고발정신, 즉 주체의 성찰 위에서 비로소 논의될 수 있다고 본다.

그렇다면 그가 지향하는 주체와 객관의 문학적 통일이 이 고발의 정신만으로 저절로 이루어진다고 볼 수 있는 가. 그는 이 문제에 대해 다음과 같은 해답을 제시하고 있다. 즉 고발의 정신이 '현실의 암흑면만을 보고 긍정적인 면은 보지 못하므로 일면적이고 부정적인 리얼리즘'이라 인식할 수도 있으나 여기서의 부정적인 면은 변증법적 인식에 따른 긍정을 지향하는 부정이라는 점을 강조하고 있다.

> 그러나 대체 이러한 변증법이 나는 얼마나 훌륭한 것인지를 아직도 깨닫지 못하고 있다. 한편에는 긍정적인 면이 있고 또 한편엔 부정적인 면이 있다. 예술은 이중의 어느 한편만을 그려서는 아니 된다. 그것은 일면적이다.-이러한 평등이론, 공중(公中)주의를 나는 변증법이라고 부를 아량이 없다. 나에게 있어서 필요한 것은 부정의 부정이 긍정이라는 것, 지양 위에서는 높은 긍정만이 이해되어야 한다

---

46) 김남천, 「자기분열의 초극 - 문학에 있어서의 주체와 객체」(『조선일보』, 1938.1.30)

는 것 이것이다. 47)

　그가 제시한 고발의 정신은 바로 이러한 부정의 부정으로서 긍정을 지향하는 것이다. 한편, 이상으로 논의된 주체의 문제를 바탕으로 그는 작가의 생활적 실천에 주목하는데, 작가에게 있어서 생활적 실천이란 문학적 예술의 실천이라 천명한다. 즉 작가는 '정치가나 사회운동가가 되는 것에 의하여 그의 생활적 실천을 가지는 것이 아니라 문학적 실천, 문학가적 생활에 의하여 사회와 인류의 봉사하는 것'이라고 함으로써 정치적 실천과 문학적 실천을 뚜렷이 구분하고 있다. 이 부분은 이 시기의 김남천의 의식의 거점을 확인할 수 있는 대목이다. 그런데 작가의 임무를 문학적 실천으로 한정시키고 있는 그의 이러한 사고의 근원은 '물 논쟁'으로 까지 거슬러 올라간다.

　김남천의 단편 「물」(『大衆』, 1933.6)을 둘러싸고 김남천과 임화 및 그 외 작가·평론가들 사이에 벌어진 이 논쟁은 이미 잘 알려져 있는 바와 같이 구카프작가들에게 전향의 계기를 만들어 준 논쟁이다. 이 논쟁을 간단히 요약해 보면, 먼저 이 「물」에 대한 논쟁은 카프 1차 검거 사건으로 카프맹원 가운데 유일하게 투옥되었던 김남천이 감옥에서의 경험을 토대로 쓴 「물」이라는 작품을 발표하자 임화가 이 작품에 대해 혹평을 가함으로써 시작된다.

　임화는 창작월평의 성격을 띤 「六月中의 創作」(『조선일보』, 1933.7.18～7.19)이란 평론에서 김남천의 「물」이라는 작품이 감옥살이하는 사람들의 물에 대한 고조된 욕망과 유치장 생활의 일부를 암시하는 등 현실의 전부가 아닌 일부분을 그리고 있다고 평한다. 뿐만 아니라 이러한 작품경향으로 볼 때 김남천 역시 프로문학의 정치성과 당파성을 비판함으로써 우익적 경향으로 일탈해 간 신유인 등의 부류에 흘러들어가고 있으며, 따라서 소설 「물」은 계급적 인간이 '산 인간' '구체적 인간'이라는 미명

---

47) 위의 글, 『조선일보』, 1938.2.1.

아래 대치되어 있고 물에 대한 '산 인간'의 욕망만이 약동하고 있다고 혹평한다.

그는 「임화적 창작평과 자기비판」(『조선일보』, 1933.7.29～8.4)이라는 글에서 임화가 작품을 평함에 있어 작가의 실천을 염두에 두지 않고 단지 작품만을 대상으로 하는 것은 과오라고 지적한다. 즉 그가 자신의 작품 「물」에 대해 '우익적 일화견주의(日和見主義)'나 '문화주의'라고 비판한 것은 철학적 문학적인 지적에 지나지 않는다는 것이다. 이와 같이 먼저 임화의 비평적 태도를 문제삼고 있는 그는, 그러나 임화가 자신의 「물」이라는 작품이 진실한 프로문학작품이 아니며 우익적 경향을 드러내고 있다고 평한 점에 대해서는 나름대로 인정한다. 따라서 이와 같이 작품상에 드러난 우익적 편향에 대한 비판이 작가의 실천과 연관되어 이루어져야 한다고 지적한다. 그는 스스로 이에 대한 해명을 시도하고 있는데, 자신의 우익적 편향의 원인으로 첫째, 자신이 장구한 시일 간의 옥중생활에 의하여 실제적인 실천과 창작생활로부터 유리되어 있다는 사실, 둘째, 과거에 단 시일 간의 조직훈련 때문에 그의 세계관이 불 확고하다는 사실, 셋째, 자신이 출옥 후에도 노력대중과 하등의 관련 없는 생활을 하고 있다는 사실, 이 세 가지를 들고 있다.

그가 제시하고 있는 이 세 가지의 원인은 일면 김남천이 자기개인의 문제점을 지적하거나 비판한 것으로 보인다. 그러나 문맥을 좀더 자세히 들여다보면 그의 비판의 화살이 결국은 자신을 둘러싼 외부의 정황이나 카프라는 조직 내부에 돌려지고 있음을 알 수 있다. 이와 같은 문제점에 주목하면서 그는 '작품을 결정하는 것은 작가이며 작가를 결정하는 것은 어떤 혹자의 이론보다도 그 당자의 실천'이므로 '작품을 논평하는 기준은 그의 실천에 두어야'한다는 점을 강조한다. 앞에서 임화의 「물」에 대한 혹평에 반론을 제기하며 작품의 평가에 있어서 작가의 실천과의 관련성을 주장해 오던 그는 여기서 작가의 실천과 작품을 분리될 수 없는 것으로 더욱 강조함으로써 오히려 역설적으로 창작과 실천에 대한 이분법적 인식을 드러내게 된다. 즉 여기서 그는 작가의 실천에 의해서 작품이 규정된다고 보는 동시에 작가의 실천여부에 따라 작품의 평가가 이루어져야 한다고 봄으로써 자신과 같이 옥중생활 등 개인의 의지와 상관없이 불가피하게 실천을 할 수 없는 경우 그러한 작가의 작품을 합리화하는 근거를 마련한다. 이 점은 결과적으로 창작과 실천을 분리할 뿐만 아니라 당시 카프가 내세운 창작방법론을 소화해 내지 못하고 침묵을 지키거나 불만을 가지고 있던 카프 소속작가들이 부르조아적 작가로 변신하게 되는 부정적 결과를 낳게 된다.[48]

한편, 그는 이 글에서 「물」 속의 인물을 일면적인 인간, 생물학적 인간이라 지적할 뿐만 아니라 자신을 '단순한 비속한 소극적인 리얼리스트'로 보는 임화의 견해에 대해 자신이 검열 관계를 생각했다는 것, 즉 김팔봉, 유진오의 '연장을 수그려라'류에 합류되어 있다며 이의를 제기한다. 그리고 그는 자신이 유진오를 비판하면서 한편으로 이와 같이 유진오류의 과오를 범하고 있는 것이 다름 아닌 바로 조직 훈련의 부족으로 인한 '세계관의 불 확고'와 '자신의 실천생활' 때문이라고 강조한다. 이 점에서 볼 때 김남천이 자신의 창작에서 나타난 문제의 원인을 자기 자신보다는 카프 내부의 문제로 돌리고 있음을 알 수 있다. 이러한 카프에 대한 비판은 앞에서 제기한 창작과 실천의 이분법적 인식과도 연관되는 것임은 물론이다.

김남천의 반론에 임화는 「비평에 있어서 작가와 그 실천의 문제 -N에게 주는 편지를 대신하여」(『동아일보』 1933.12.19.~12.21)라는 답변 형식의 글을 발표하는데, 그의 글은 김남천의 반론을 회피하는 격이 되어 오히려 김남천의 입지를 보다 높여주는 결과만을 낳게 된다. 이후 이 논쟁에는 김남천과 임화 외에 박승극, 안함광, 김팔봉, 이기영 등이 가세하여 전 프로문단의 관심사로 확대되기에 이른다.

이상으로 김남천과 임화 사이에서 벌어진 「물」 논쟁을 간략하게 살펴보았거니와, 이 논쟁과 관련하여 특히 주목되는 점은 김남천이 이 논쟁

---

48) 김동환, 앞의 글, p.19 주 20) 참조.

을 통해 카프에 대한 불만을 노골적으로 드러내고 있으며, 뿐만 아니라 카프에 대한 비판을 토대로 창작과 실천을 분리하는 이분법적 인식태도를 드러내고 있다는 점이다. 이 점은 앞에서도 지적한 바와 같이 카프의 창작방법론에 불만을 지니고 있던 카프작가들이 부르조아작가로 변신하는, 즉 전향의 계기가 되었을 뿐만 아니라 김남천 자신 역시 문학적 태도변화의 단초를 마련하게 된다.

따라서 앞에서 살펴본 주체논의에서 나타난 김남천의 정치적 실천이 아닌 문학적 실천을 하겠다는 주장은 「물」논쟁에서 드러난 그의 의식과 맥이 닿아 있으며, 그것이 구체적으로 드러난 것이라 볼 수 있다. 그러나 그가 문학적 실천을 하겠다는 주장은 곧바로 부르조아작가로의 변신을 의미하지는 않는다. 그가 고발문학론을 비롯한 주체논의에서 끊임없이 제기하고 있는 바와 같이 가면박탈, 자기폭로, 자기격파 등 주체의 해체를 통해 다시 주체를 정립하는 것이다.

그가 고발의 정신을 통해 주장하는 주체의 해체론은 일면 작가의 추상적인 관념이나 세계관 자체를 해체하는 것으로 이해된다.[49] 그러나 앞에서 살펴본 바와 같이 그가 「자기분열의 초극」이라는 글에서 자신이 제시한 고발의 정신이 긍정 지향하는 부정이라고 밝히고 있는 점은 그가 주장하는 주체의 해체가 결국 변증법적 인식을 전제로 한 것임을 의미한다고 하겠다. 따라서 이러한 점으로 볼 때, 김남천이 이전의 카프에서처럼 세계관의 선차성과 주도성[50]을 거부하지만 그의 의식내부에는 여전히 이념적 시각, 즉 그 잔재가 남아있음을 알 수 있다.

이상으로 살펴본 바와 같이 김남천이 주체에 대한 논의를 통해 자신의 문학론을 개진해 나간 것과는 달리 서로 성격을 달리하는 단편적인 글을 통해 자신의 문학방향을 드러내고 있지만, 한설야 역시 그 의식의

---

49) 김외곤은 김남천의 고발문학론을 '세계관이라는 의식을 미리 전제하는 것 자체를 거부하는, 이른바 프롤레타리아 문학운동 시기의 주체개념을 완전히 해체하는 새로운 주체론'이라 규정한다. (김외곤, 앞의 책, p.77)
50) 위의 책, p.76.

단면을 볼 때 김남천과 동일한 점이 발견된다.

1934년 카프 제 2차 검거사건으로 구속된 뒤 2 년 만에 출감하여 귀향한 한설야는 「고향에 돌아와서」(『조선문학』, 1936.8)라는 귀향소감 형식의 글을 발표하는데, 이 글에는 2 년 간의 공백기를 거친 뒤 1936년 문학적 재출발을 시도하는 그의 의식세계의 면모가 구체적으로 드러나고 있다. 그는 이 글에서 먼저 고향의 생활세계로 복귀할 것을 다짐하면서 자신의 의식의 거점을 다음과 같이 밝히고 있다.

> R형 !
> 우리는 한때 라듸칼한 인식-이라는 말 부르짖은 일이 있었고 또 스스로 그러한 認識을 把握하였다는 自矜을 拘懷한 일도 있었읍니다. 라듸칼한 認識-이라는 것은 複雜無雙 多岐多端한 現實 卽 本質的인 底流와 現象의인 皮相을 달리하는 現實에 대한 態度로서는 過去나 現在나 未來를 通하야 그 언제나 不變하는 根源的 方法論일 것입니다.
> 현실이란 실로 말할 수없이 複雜한 것이며 거기서 明滅하는 事物이란 제각각 色度와 音響 消長과 浮沈 深淺輕重을 달리하는 것이니만치 그러한 方法論은 絶對性을 가지고 要求되는 것입니다. 이것이 없이는 한 개의 보리알을 다만 한 개의 보리알로만 보는데 끝일 것이요 그것이 땅에 들어가서 싹으로 이삭으로 轉變하는 것은 모르고 말 것입니다. 이 地方의 無知沒覺한 女人들의 넉두리에서도 「한알이 열알이 되고 百알이 되는」 生辰과 發展의 理致를 엿들을 수 있으되 往往히 識者로서 自處하는 그네들에게서 우리는 도리여 한알을 한알로 보는데 끈치고 現象을 現象으로 보는데 끈침을 보고 있지 않읍니까? 그들은 生辰과 發展을 모르고 더욱이 飛躍을 모릅니다. 어둠속에서 光明을 보지 못하고 光明에서 어둠을 보지 못합니다. 一瞬間도 쉼이 없이 흐름을 보면서도 밤이 있으면 낮이 있다는 것을 보면서도……51)

---

51) 한설야, 「고향에 돌아와서」(『조선문학』, 1936.8), p.103.

이 글에서 그는 '라듸칼한 인식'이 현실을 인식하는 근원적 방법론임을 강조하고 있는데, 여기서 그가 말하는 '라듸칼한 인식'이라는 것은 글의 내용으로 볼 때, 현실에 대한 변증법적 인식을 의미하는 것으로 파악된다. 이 점은 그가 전향이후에도 여전히 내면에 이념을 간직하고 있음을 의미하는 것이라고 할 수 있다. 그가 일제의 강요에 의한 전향을 피해가지 못했음에도 불구하고 이 글의 서두에서 '평범한 고향'이나 '하찮은 생활'에서 '새로 발견하는 기쁨과 놀람과 강개'를 느낀다면서 남다른 의욕을 보여주는 것은 바로 이와 같이 자신의 내면에 이념적 세계를 유지하고 있었기 때문인 것으로 이해된다.

뿐만 아니라 그는 이 글에서 자신과 같은 현실인식 태도를 갖추지 못한 '識者'들에 대해 부정적 시선을 드러내고 있는데, 이러한 사실은 구체적으로 '人間에의 귀환'을 주창하고 나선 백철에 대한 비난으로 나타난다. 즉 그는 백철이 '事物을 任意의 否定과 任意의 肯定-卽一元論的으로 생각하는' 대표적 인물이라 지적하며 그가 현재 '가장 나쁜 글과 가장 값없는 글과 가장 無知한 소리'를 부르짖고 있다고 비난하고 있다. 한설야 자신 역시 전향자의 한사람임에도 불구하고 이러한 비난을 가할 수 있었던 점 또한 자신의 내면에 간직한 이념적 지향에 대한 일종의 자부심 때문이었던 것으로 생각된다.

1936년 문학적 재출발 이후의 그의 의식의 거점은 「조선문학의 새방향」(『조선일보』, 1937.1.1～1.8)이라는 글에서 본격적으로 드러난다. 여기서 그는 문학의 진정한 가치는 '인간생활에 대한 지도성'을 가진데 있다고 본다. 따라서 낭만정신이나 심리묘사나 인간탐구의 심화 등 기성질서의 범위 내에 있는 인식으로서는 현실의 본질적인 새 방향을 파악할 진취적인 지도성을 갖을 수 없다고 비판한다. 이러한 기성질서내의 인식을 타개할 수 있는 것으로 그는 '부정의 정신'을 제기한다.

새삼스레 변증법이나 엥겔스의 '보리알'의 예를 끌어올 것 없이 여기서 말하는 이른바 '부정'은 아나키스트적 임의의 부정이나 임의의 말살을 의미하는 것이 아니라 선행과정의 충분한 인식과 구명과 비판과 그리고 그 지양으로서 오는 부정을 말하는 것이다. 모든 사상(사상)은 이미 그 자체중의 소극면을 부정하는 적극적인 요소를 가지고 있는 것이니 그러므로 선행과정의 진실한 비판과 섭취는 곧 후행과정의 맹아가 되는 것이다. 문학전통에 있어서 보아도 그 변천은 역시 이러한 과정을 과정하는 것이니 그러므로 문학이 금일의 부정으로부터 명일의 긍정을 가지지 못하고 다만 기성질서 안에서 기성인식질서에 향하는 내성적인 문학인 이상 그것은 문학의 퇴보를 의미하는 것이요 문학전통으로 보아서 주조를 이룰 수 없는 것이며 따라서 후발문학의 계승자가 될 수 없는 것이다.[52]

그는 이 글에서 자신이 말하는 '부정'이 임의의 부정이 아닌 변증법적 인식으로서의 부정임을 강조하고 있다. 그런데 여기서 주목되는 점은 그가 이 '부정'의 의미를 작가의 의식을 지배하는 주도적 또는 선차적 이념으로서가 아니라 현실 자체내의 필연적 과정으로 파악하고 있다는 점이다. 그의 이러한 현실부정의 인식방법은 변증법적 인식을 전제로 주체의 해체를 주장한 김남천의 경우와 동일하다고 볼 수 있다. 그가 결론적으로 이러한 현실부정의 변증법적 인식태도를 바탕으로 제시하고 있는 문학의 새 방향이 '현실부정의 문학'이다

그러면 문학의 주조, 문학의 새 방향은 무엇인가 하는 것이 당연히 다음으로 올 문제 것이오 이 소론이 마땅히 가져야할 결론일 것이다. 한말로 그치자면 나는 현실부정의 문학이라고 하고 싶다. 이것은 '현실'이라는 말을 유일한 주문으로 부르짖는 감이 있던 우리들 리얼리스트의 종래의 태도에 어그러지는 말 같으나 사실은 결코 그렇지 않다.[53]

이 '현실부정의 문학'은 작가의 공식적인 문학활동에 있어서 이념이

---

52) 한설야, 「조선문학의 새방향」(『조선일보』, 1937.1.8)
53) 위의 글.

차단된 상태에서 현실적 방안으로써 작가에 의해 고안된 리얼리즘의 방법인 것이다. 즉 생활의 세계를 불가피하게 받아들여야 했던 이 시기에 이러한 세계를 부정되어야 할 현실로 파악함으로써 새로운 문학적 돌파구를 마련하게 된 것이라고 할 수 있다. 작가가 이와 같이 새로운 문학적 방법론을 모색할 수 있었던 것은 작가의 의식 내에 이념적 시각이 내재해 있기 때문이다. 그런데 이 경우 이념이란 카프시기부터 이제까지 정치와 문학을 관계 지우거나, 또는 작가의 세계관과 창작방법을 선차적으로 규정해온 것으로서의 이념이 아니라 문학의 범주 내에서 작가가 현실을 인식하는 하나의 시각이나 수단으로서 작용하게 된다. 이 점은 앞에서 살펴본 바와 같이 김남천이나 한설야의 경우 모두 동일하다고 하겠다.

이상으로 1930년대 후기 전향소설의 창작배경이 되는 전향 발생의 역사적, 사회적 배경, 당대 구카프작가들에게 전향이 어떻게 받아들여졌는가 하는 전향의 의미, 그리고 평론을 중심으로 전향에 대한 구카프문인들의 대응논리를 각각 살펴보았다.

1930년대 중반에 발생한 전향은 치안유지법을 비롯한 일제의 사상통제책에서 비롯된 것으로서 카프 1차, 2차 검거사건 등 탄압과 강요에 의해 이루어진 것이었다. 당시 프로문학운동을 비롯한 사회주의운동은 민족해방운동의 의미를 띠고 있는 이상 그 운동의 바탕이 된 이념이나 사상의 포기는 부정적으로 평가될 수밖에 없었다. 이와 같은 일제의 사상포기의 강요와 그것의 수용이 어떠한 이유로도 정당화될 수 없다는 것이 당시 작가들에게 놓인 딜레마였다. 따라서 이들은 일제의 강요에 의해 사상을 포기함으로써 실제로는 전향자가 되었음에도 불구하고 자신의 전향 자체를 인정하지 않거나 이를 극복하려는 노력을 보여준다. 특히 비전향파로 통칭되는 문인들은 일제의 사상탄압에 의해 실천적 이념은 포기하였지만 내면에 간직한 이념적 의식을 바탕으로 이러한 위기를 극복하고자 한다. 대표적으로 김남천은 고발문학론을 비롯한 주체논의를 통해 문학주체인 지식인 작가를 문제삼고 있다. 그의 논의는 어떻게 주체가 다시 현실과 대결하여 새로운 세계를 얻어내는가가 주된 관심사였는데[54], 이러한 새로운 문학방향의 모색은 궁극적으로는 자신의 의식내부에 남아있는 이념적 시각을 바탕으로 한 것이라 볼 수 있다. 한설야 역시 실천적 이념을 바탕으로 한 문학활동이 불가능한 상황에서 내면에 간직한 이념을 바탕으로 '현실부정의 문학'을 새로운 문학방향으로 제시하고 있는데, 작가의 내면에 남아있는 이념을 바탕으로 현실을 새롭게 반영하고자 했던 이들의 노력은 창작과 연관하여 살펴 봄으로써 그 실체를 보다 구체적으로 엿볼 수 있다.

---

54) 서경석, 「생활문학과 신념의 세계」, 『한국문학의 리얼리즘과 모더니즘』(민음사, 1989), p.262.

# III. 주체 재정립의 시도와
## 작가의식의 다양한 표현

1930년대 후기 한국전향소설에는 주체 재정립을 통해 현실에 새롭게 대응하려는 작가들의 시도와 좌절의 과정이 제시되어 있다는 본고의 관점에 따라, 본 장에서는 전향소설을 크게 세 단계로 나누어 살펴보고자 한다. 첫째, 주체적 자아의 발견과 생활세계에의 관심, 둘째, 주체 재정립과 새로운 방향 모색, 셋째, 주체의 무력화와 상상력의 병리 등이 그것이다. 이러한 구분은 주체 재정립의 시도와 좌절의 과정이 뚜렷이 제시되어 있는 작품을 대상으로 하여, 그 전개양상을 밝히는데 초점을 맞추었다.

## 1. 주체적 자아의 발견과 생활세계의 관심

카프 2차 검거사건을 계기로 실천적, 조직적 운동을 포기한 구카프작가들은 이후 '사회에서 가정으로, 사회인에서 생활인으로 귀환'[1]하게 된다. 그들이 사회에서 가정으로 돌아왔다는 것은 사상운동을 포기하고 가

---

1) 이상갑, 앞의 논문, p.87.

족의 세계, 즉 생활의 세계로 귀환했음을 의미하며 한편으로는 '소시민'으로 돌아왔음을 뜻하기도 한다. 따라서 작가들은 소시민 지식인으로서 이 생활의 세계에서 새로운 출발을 시도하게 된다.

과거 카프시절 프로작가들은 현실의 본질과 그 발전과정을 드러낸다는 미명아래 계급적 현실에 몰두하여 생활의 세계 또는 일상성의 세계를 무시해 왔다. 그런데 현실은 '현상으로서의 생활과 본질로서의 역사를 한꺼번에 통합한 抽象物'[2]로서, 생활의 세계는 이 현실로부터 분리 또는 대립되는 것이 아니라 바로 현실의 한 부분을 차지하는 것이라 할 수 있다. 이에 따라 이념을 바탕으로 한 실천적 문학운동이 포기된 상황에서 작가들은 과거 문학운동에 대한 이러한 비판을 전제로 이 일상성의 세계 속에서 새로운 문학적 의의를 발견해 내고자 한다. 당시 구 카프작가들은 이 같은 생활현실에 대한 '솔직한 시찰과 인식'을 세계관의 주체화 과정으로 보았다.[3]

> 今後 誠實히 주로 創作에 힘쓰려고 생각한 나는 내가 開拓하기에 가장 좋은 處女地를 스스로 抛棄하고 있었든데에 想到하게 되었습니다. 내가 스스로 내 足跡을 찍어논 나의 生活과 直接間接으로 機緣을 가지고 있는 周圍環境과 그리고 내가 가장 깊은 印象을 가지고 있는 故鄕을 再認識 再吟味할 것을 나는 속깊이 다짐두었습니다. 그것은 自古로 豊富한 想과 潑剌한 才氣를 가지지 못한 나와 같은 作家가 恒常 自己와 自己周圍를 凝視再現함에서 幾多의 特筆한 大作名作을 내었다는 史實의 發見과 그리고 朝鮮現實의 一局部로서 내 故鄕은 幾多의 훌륭한 題材를 가지고 있다는 事實의 摸索에서 나는 決心을 더욱 굳게 하였습니다.[4]

이처럼 고향이나 신변세계와 같은 생활의 세계 속에서 작가들은 새로

---

2) 임화, 「生活의 發見」, 위의 책, p.200.
3) 안함광, 「조선문학정신검찰」(『조선일보』, 1938.8.31)
4) 한설야, 「故鄕에 돌아와서」(『朝鮮文學』, 1936.8)

운 의미를 발견하게 되는데, 작가들이 소시민으로서의 주체적 자아를 발견하고 생활의 세계에 대한 관심을 드러내기 시작한 첫 번째 단계의 소설들에는 이러한 작가들의 태도가 주인공 속에 그대로 투사되어 있다.[5]

과거 사상운동에 투신하였다가 감옥에 다녀온 주인공은 곧바로 가족의 세계, 즉 생활의 세계로 들어서게 된다. 이 때의 생활세계란 '우리가 어떠한 경우에도 거기서 헤어날 수 없고 어떠한 이상도 그 속에서 일개의 시련에 부닥드리지 아니할 수 없는'[6] 일상의 세계다. 임화는 전향소설을 '현재의 인물에겐 지나치게 화려한 과거를 가진 인간들의 고뇌로 일관한 문학'[7]이라 정의한 바 있거니와, 이 사상운동에의 가담이라는 화려한 과거를 가진 인물들은 더 이상의 이념적 활동이 불가능한 상황에 처하게 되자 바로 이 일상성의 세계에서 새로운 출발을 다짐하게 된다.

> 요컨데 화려한 과거를 가진 주인공들은 자기 자신이 추악한 시정인이 되리라고는 아직 생각하고 있지 아니했다. 그러나 인간은 과거를 회상하고만 살수는 없는 법이다. 현재가 언제나 생의 마당이요, 원천이었다.[8]

이와 같이 출옥 후 부딪히게 된 일상성의 세계에서 새로운 출발을 시도하는 인물을 주인공으로 한 작품으로는 한설야의 「太陽」(『조광』, 1936.2), 이기영의 「寂寞」(『조광』, 1936.7), 김남천의 「祭退膳」(『조광』, 1937.10) 등이 있다. 그런데 이 작품들의 주인공은 생활의 세계 속에서 새 출발을 시도하려 하지만 사상운동을 하던 과거의 세계로부터

---

5) 전향소설의 주인공이 작가로 설정되어 있든 아니든 작가의 내면이 그대로 투사되어 있는 것은 전향에서 오는 지극한 굴욕감으로 인해 전향일반을 냉정하게 바라볼 수 있는 객관적 거리를 확보하는 것이 불가능했기 때문인 것으로 추측된다. (김윤식·정호웅 공저, 『韓國小說史』, 앞의 책, p.152)
6) 임화, 「生活의 發見」, 『文學의 論理』(瑞音出版社, 1989), p.200.
7) 임화, 「現代小說의 主人公」, 위의 책, p.249.
8) 위의 글, p.50.

완전히 벗어나지 못한 인물들이라 할 수 있다. 그러므로 이들은 생활의 세계로 돌아왔지만 의식적으로는 생활의 세계 자체를 거부하는 모습을 보여준다.

구카프작가들이 발표한 전향소설 가운데 최초의 단편인 「태양」은 과거에 사상운동을 했던 것으로 추측되는 주인공이 출옥하여 일상생활로 돌아가기까지의 과정을 그린 작품이다. 이 작품에서 일상적 현실에 첫발을 들여놓은 주인공은 '회고와 흥분과 전망', 즉 과거와 현재 미래의 시간들이 교차되는 가운데 혼란된 의식을 보여준다.

주인공인 '그'는 먼저 '아! 여기에는 태양이 있다. ……기인 밤을 지나서 아침을 맞이하려는 행복된 시대의 사람같이'라며 '붉은 빛의 도성(都城)'[9]을 나온 해방감을 만끽한다. 이러한 해방감은 감옥의 생활과 대조되면서 더욱 강조된다. 즉 주인공은 감옥에서의 자신이 '몸동이 없는 커다란 머리만 가진 한 개의 괴물'[10]이었음을 토로한다. 이와 같이 출옥으로 인한 해방감과 고통스러운 감옥생활에 대한 기억으로 의식의 혼란을 겪는 가운데, 그는 옛동지들과 해후하게 된다. 이 해후를 통해 '자기를 반성할 기회를 얻고 자기를 잘 살릴 방법과 계시(啓示)'[11]를 얻게 된다. 이것을 계기로 그는 지금까지의 혼란된 의식을 정돈하고 새로운 출발을 다짐하게 된다. 그런데 이처럼 앞날에 대한 희망으로 주인공을 들뜨게 하는 새로운 방법과 계시의 의미는 구체적으로 나타나 있지 않다. 다만, 주인공의 의식의 전후 맥락을 통해서 짐작해 볼수 있을 뿐이다.

점심시간도 되기 전엔 그는 「변또」 하나를 샀다. 흰밥 구경하는 것이 꼭 1년만이다.그 안에서는 돈만 있으면 쌀밥은 물론이려니와 고기, 우유, 빵 게란, 실과 같은 것을 마음대로 사먹을 수 있다. 청구해 본 일도 없고 따라서 남은 음식을 그들에게 주어본 일도 없는 그는

---

9) 한설야, 「태양」(『조광』, 1936.2), p.83.
10) 「태양」, p.83.
11) 「태양」, p.88.

따라서 그만치 소제부들의 호의를 받을 수 없었다. 소제부들은 면도 할 때마다 소홀한 부주의 자국을 그의 면상에 적지않게 남겨주는 것 이었다.

더욱이 이런 사람에게 대한 붉은 옷입은 소제부들의 존경은 놀랄 만하다. ……있고 없는 차별이 그 안에서는 더욱 분명히 뵈여진다. 있는 사람에 따라 다니는 존경이라고 할지 전망(展望)이라고 할지가 결코 철문에 의하야 맥혀지지 안는 것이다.[12]

이 글은 감옥에서의 생활을 회고하는 부분인데, 주인공이 출옥 후에도 여전히 자신의 내면에 계급적 의식을 소유하고 있음을 보여주고 있다. 이 점은 주인공이 사상운동을 포기하였지만 그의 의식이 아직 과거의 세계에서 벗어나지 못하고 있음을 짐작하게 하는 부분이다. 이 점으로 볼 때, '자기를 잘살릴 방법과 계시'라는 것은 과거의 의식세계를 기반 으로 하는 것이라고 할 수 있겠다. 따라서 주인공의 귀향은 현실에의 순응이나 타협이 아니라 자신을 되살리기 위한 새 출발의 의미를 갖는 다. 그러나 며칠 후 실제 귀향한 그는 그곳에서 비루하게 살아가는 가 족의 생활을 목도하고 자신의 의지와 현실사이에 괴리를 느낀다. 즉 그 는 '비습한 마을'의 한곳에서 더 이상 굴러 떨어질 데 없이 전락한 자신 의 집과 빚쟁이에게 시달리며 살아가는 '늙은 어머니와 처자'의 모습을 보고 '서울에서처럼 단순'한 마음을 갖을 수 없게 된다. 결국 주인공은 앞날에 대한 나름대로의 포부를 가지고 귀향하여 가족과의 생활로 돌아 왔지만 결국 자신의 의지를 실현하지 못하고 만다. 다만, 주인공은 '계 사(鷄舍)'를 열고 풀어놓은 닭이 전보다 더 큰 알을 낳게 되자, 그는 이 일을 계기로 삶의 의미를 새로이 발견하게 된다.

나무와 나무사이를 새여오는 조고만 해볕에서 자기가 뿌려주는 나 락을 쪼아먹는 닭들을 보며 그는 모-팟산의 「녀자의 일생」의 한 장

---

12) 「태양」, pp.85~86.

면을—욱어진 수목 사이를 흐르는 째지는 해빛을 따라서 일음도 없는 여러 가지의 벌네들이 모여드는 그 장면을 련상하였다. 그리고 수도 원에서 나온 「잔누」가 동쪽 수림우에 금반과 같이 소사오른 달을 바라보며 그리고 제방에 흐르는 그 달빛의 시내를 건너며 잠을 이루지 못하는 것과 처음으로 자기가 그 「붉은 빛의 도성(都城)」에서 나오 든 날 금음밤 하늘의 별들을 헤이든 것을 비겨 생각하였다.

「만일 사람이 저만 귀를 기울여 들을려고 하기만 하면 이 조고마한 미물이라도 이 한폭의 해빛이라도 얼마든지 자미있는 얘기를 속색여 주는 거야」

그는 혼잣말로 중얼 그렸다.13)

이 글에 나타나 있는 바와 같이 주인공이 삶의 의미를 새롭게 발견한 곳은 자연의 세계이다. 주인공이 새로운 삶의 방향으로 택한 이 자연의 세계는 생활의 세계를 둘러싸고 있는 것이지만 생활의 논리가 지배하는 세계는 아니다. 따라서 주인공은 생활의 세계에서 새로운 출발을 다짐했지만 결과적으로는 이 생활의 세계에서의 어떠한 대결이나 모색도 시도하지 않고 다만 추상적 세계를 지향하는 모습을 보여주고 있다.

이기영의 「적막」과 김남천의 「제퇴선」 역시 과거의 이념적 인물도 아니고 현재화된 생활세계에 순응한 인물도 아닌 이러한 과도기적 인물을 그리고 있다. 형기를 마치고 출감한 주인공들은 이제 사상운동가로서의 삶은 불가능하고 일상의 세계로 복귀하지만 이를 쉽게 받아들이지 않는다. 즉 그들은 생활세계와의 타협이나 순응을 거부한다. 그들이 생활세계와의 타협을 거부하면서 찾아낸 것이 예술성의 세계 또는 인도주의와 같은 추상적인 가치들이다. 이 점은 「태양」에서의 주인공이 자연의 세계에서 새로운 삶의 의미를 찾게 되는 것과 유사하다고 할 수 있다. 주인공들은 현실적 가치를 벗어난 곳에서 그들이 과거 사상운동의 포기로 상실했던 도덕성 회복에의 노력을 보여주고 있다. 임화는 이 두 작품에 등장하는 인물의 성격에 주목하여 다음과 같이 평가한 바 있다.

---

13) 「태양」, p.91.

한 사람은 새 세계 앞에 다못 경탄할 따름이고, 한 사람은 새 세계의 두려움을 체험했다. 그러나 경탄하고, 恐畏했음에도 불구하고, 아직 그들은 새 세계자체의 인간은 아니었다.

「寂寞」의 주인공이나 「祭退膳」의 주인공이나 다같이 그들 앞에 이미 死한 인간으로 변한 인물에게 혈연을 느끼고는 있지 아니했다. 그들의 思考는 한가지로 고독했고 결백했다.

허지만 현대의 인물은, 고독하고 결백한 주인공들이 아니라, 비속한 추악한 市井人들이었음을 작가들은 또한 부정하고 있지 아니했다. 그러나 思考의 중심은, 그 주인공들에게서 이미 볼 수 있는 것과 마찬가지로 의연히 그들의 두어깨에 질머지어서 처리될 바를 아지 못하는 과거 위에 있었다.14)

이 글에서 지적하고 있는 바와 같이 새로운 생활현실에 직면한 주인공들은 현실을 적극적으로 극복해 나가거나 용인하지도 못한 채 갈등하는 모습을 보여준다.

「적막」은 이기영의 첫 번째 전향소설인데, 당시 임화에 의해 대표적인 작품으로 선택되어 평가받은 바 있다.15) 이 작품은 과거 사상운동을 했던 것으로 추측되는 주인공이 출옥 후 달라진 세태에서 느끼는 고독감과 이러한 세태에 휩쓸리지 않으려는 주인공의 현실 극복의지를 보여주고 있는 작품이다.

주인공 명호는 3년 만에 출감하였지만 내면으로는 아직 과거의 신념을 버리지 않은 인물이다. 그의 의식은 서술자의 말을 통해 간접적으로 드러나고 있다.

그러나 명호의 생각에는 창규가 종시 그전의 신념을 버리지 않고 진실한 인간으로서 자기를 향상시켜 나가리라는 - 그런 노력과 대답

---

14) 임화, 「現代小說의 主人公」, 앞의 글, p.250
15) 임화, 「칠월의 창작월평」(『조선중앙일보』, 1936.7.19)

은 지금도 갖었으리라고 그는 믿고 있었다. 그리고 만일 지금에 있어서 그에게 다소 모호한 점이 있어 보인다면 그것은 전혀 일시 정책적인 임시변통에 불과할 것이라고 생각하였다.[16]

이 글은 옛 동지 창규에 대해 의문점을 갖게 되지만, 이를 부정하면서 그에 대한 자신의 믿음과 기대를 다시 확인하는 명호의 태도를 서술한 부분이다. 그런데 이 글에서 이러한 주인공의 태도를 통해 역설적으로 명호 자신이 과거의 신념을 버리지 않고 있는 인물임이 드러나고 있다. 이와 같이 자신의 내면에 여전히 신념을 간직하고 있는 주인공이 출옥 후 맨 처음 부딪히게 된 것은 시대의 변화이다. 이 시대의 변화는 이 작품에서 과거 사상운동을 같이 하던 옛 동지들의 변절로 구체화되고 있다. 즉 주인공 명호는 옛 동지 창규가 이전의 신념을 버리고 변절했다는 소문을 듣게 된다. 그러나 그는 이를 믿지 않고 창규 신변의 변화를 '마치 동물계의 보호색과 같은 그런 과정에 틀림없으리라고 생각'[17] 한다. 그의 이와 같은 기대는 창규와 직접 만나 대화를 나누게 되면서 여지없이 무너진다.

> 『참 자네도 요지음의 분위기를 느낄지 모르네마는 시대를 달러진줄이네. ……이런 시대에서 무엇을 하겠나? 생활이 바작바작 말러가는 사회에서 이러니 저러니해야 다 소용없는 짓인줄 아네……. 그래서 나는 무엇보다는 시급한 것은 경제적으로 실력을 양성할 필요가 있다고 생각하네. ……사람이란 대관절 먹어야만 사는 노릇이니까…… 먹고 나서 볼일이니까 ……그만큼 환경이 달러진줄 아네 ──』
> 『……………………………… 』
> 실력양성론 ! 명호는 새삼스레 창규의 입에서 이런 말을 드를 줄은 실로 천만의외였다.[18]

창규는 시대의 변화에 순응해야 함을 역설할 뿐만 아니라 실력양성론

---

16) 이기영, 「적막」(『조광』, 1936.7), p.239.
17) 「적막」, p.240.
18) 「적막」, p.242.

까지 주장하고 있는 것이다. 당시의 시대상황에 비추어 볼 때, 창규의 이러한 변모는 사회주의 이념을 포기할 뿐만 아니라 보다 적극적인 전향자로 변신했음을 의미하는 것이다. 창규의 이러한 적극적인 변신은 과거 한때 명호 자신이 생활난으로 금광을 하려할 때 생활현실의 극복을 강변하던 창규에 대한 회상으로 더욱 강조된다.

이와 같은 창규의 변신에 대해 자신의 '양심을 일조에 버리고 시정의 모리배와 다름없이 「배금종」이 되었다'[19]고 생각하는 주인공은 창규와 자신이 다시 접근할 수 없는 거리로 멀어지고 있음을 깨닫게 된다. 다음의 글에는 이 두 사람의 의식상의 차이가 잘 대비되어 나타나고 있다.

> 「사람이란 할 수 없는 게니 누구나 환경의 지배를 받는 게야 !」
> 하고 창규는 차차 얼근한 김에 —— 그동안에 자기의 주위에 있는 사람들이 역시 많이 변해 졌다는 것을 이야기하였다.[20]

> 「환경의 지배를 가장 완전히 받는 것이 아마 동물이겠지. —— 동물중에도 최하등 동물이라고 하겠지. 기생충이겠지. 그렇다면 인간은 순경을 이용하고 역경을 극복하랴는 것이 그의 떳떳한 본성이 않일까?」
> 명수는 자리를 이러설 때 무심코 이런 말을 부르짖고 슬쓸한 울음을 내배텃다.[21]

이 글에는 시대의 변화, 즉 옛 동지들이 변절해 가는 현실 속에서 이를 극복하려는 주인공의 의지가 드러나고 있다. 그러나 이러한 의지에도 불구하고 자신을 이끌어줄 인물을 상실한 명호는 '횡덩그렁한 광야(廣野)에 홀로헤매는 나그네와 같이 고독과 공허'[22]를 느낄뿐이다. 이러한

---

19) 「적막」, p.247.
20) 「적막」, p.248.
21) 「적막」, p.248.
22) 「적막」, p.249.

고독과 공허감 속에 주인공이 찾아낸 삶의 새 방향이 '예술'의 세계다.

주인공은 이 '예술이란 결국 인간의 사업이요 생명 발로'[23]일 뿐만 아니라 인간생명의 '결정'이라며 강변한다. 그러나 이와 같은 주인공의 자기합리화에도 불구하고 이 예술의 세계로의 귀의는 주인공의 현실 도피적 행위로 해석될 수밖에 없다. 이 점이 바로 주인공의 현실극복의지의 한계라고 할 수 있다.

앞의 두 작품 「태양」과 「적막」이 출감한 주인공이 새로운 삶의 방향을 찾기까지의 과정을 그리고 있다면, 김남천의 「제퇴선」은 주인공이 이미 선택한 세계에서 겪는 희망과 좌절의 과정을 보여주고 있다.

주인공 '박경호'는 의학전문학교 4년 재학 중 '독서회사건'에 연루되어 징역 이년을 선고받았으나 집행유예로 풀려난 과거를 가진 인물이다. 이 작품에는 주인공의 주변에 세 인물이 위치해 있다. 한 사람은 주인공 경호가 조수로 취직해 있는 병원의 원장 최형준으로, 그는 경호와 학교동창으로 가깝게 지냈으나 경호처럼 학생운동에는 관심이 없는 현실적 삶을 추구하는 인물이다. 또 한사람은 경호와 함께 학생운동을 하다가 사건에 연루되어 함께 옥살이를 한 학선이로 경호에게 과거의 이념적 삶을 환기시킬 뿐 아니라 현재 경호의 소시민적 삶에 대해서도 끊임없이 비판을 가하는 인물이다. 그리고 마지막으로 마약중독에 걸린 기생 향란이라는 인물들이다. 주인공 경호의 의식은 그에게 현실과의 타협, 즉 현실적 삶을 상징하는 최형준과 과거의 이념적 삶을 상징하는 학선이의 중간에 놓여 있다. 경호는 따라서 이와 같이 현실적 삶도 아닌 그렇다고 이념적 삶도 아닌 새로운 삶을 추구하려는 인물이다. 주인공 경호가 추구하려는 새로운 삶을 대표하는 인물이 바로 기생 향란이다.

향란은 병(아편중독)을 고치기 위해 병원에 입원하겠다며 경호에게 사정한다. 그러나 경호는 향란이의 요구를 거절하며 향란이가 입원하게 되면 가깝게 지내던 자신과 향란의 관계가 여러 사람 앞에 폭로될 것을

---

23) 「적막」, p.250.

두려워한다. 그러나 갈등 끝에 그는 그녀와의 관계를 현실에 대한 자신의 항의로 합리화한다.

> 경호는 총명하고 아름다운 여자를 이렇게 만든 현실에 대하야 항의한다고 생각해 본다. 기생이니까 글렀다. 「아펜쟁이」니까 죽일년이다. 이렇게 보는 눈은 속된 관찰이다. 적어도 경호는 이들보다 한발자국 앞설랴고 한다. 그들을 그렇게 만들어논 현실에 대하야 항의하는 방법은 이 불상한 가련한 여자를 옹호하고 그를 구해주는 것 이외에는 있을 수 없다. 사랑속에서 이를 완전한 인간으로 돌려 보내준 뒤에는 자기의 사명은 끝난다. 이때까지는 아무런 조소도 경멸도 자기는 참고 나가야 한다.[24]

여기서 현실에 대한 항의로서 향란의 병을 치유하겠다는 그의 결의에는 주인공이 지향하는 새로운 삶의 의미가 내포되어 있다. 그가 지향하는 새 삶은 실생활을 바탕으로 한 실천이다. 즉 실생활에서 모순을 찾아내고 그것을 해결하는 것이다. 주인공 경호가 지향하는 이러한 실천적 삶은 물론 과거의 '학생운동'과 같은 정치적 실천은 아니다. 그러나 이 생활적 실천은 정치적 실천이 불가능한 마당에 소시민 지식인이 할 수 있는 최소한의 현실 대결방법이다. 따라서 경호는 학선이가 자신의 이러한 태도에 대해 비판을 가하자 강하게 반발한다.

> 「옛날에 친구였고 지금두 친구라는 자신밑에서 이야기를 시작하네. 이지음 머 공부좀 하나」
> 경호는 학선이의 말할려는 뜻을 알어채인 만큼 좀 아니꺼웠으나,
> 「환자를 다루는 것이 공부지.」
> 라고 대답하였다. 학선이는 말문이 맥혔는지 훔——하고 잠간 잠잠하다.
> 「이렇게 아니라 군이 말할려는 걸 내가 먼즘 말하지. 내의 지금

---

24) 김남천, 「제퇴선」(『조광』, 1937.10), p.221.

생활에 대해서 충고를 할려는 게지. 그 마음씨는 고맙게 받네마는 군이나 나나 모든 친구를 합친 자기비판이라면 이 자리에서 이야기할 의의가 있지마는 김학선의 박경호에 대한 충고내지는 비판이라면 의미도 없을뿐더러 효과도 없네.」
  경호의 이 말에는 물론 네나 내나 오십보 백보이라 네가 나를 충고할 자격은 없다는 강렬한 반격이 꿈틀거리고 있었다······.25)

  경호는 학선이나 자신이나 모두 사상적 실천을 포기한 이때 보다 근본적인 문제인 '자기비판'은 외면하고 개인의 생활태도를 가지고 우열을 논한다는 것은 아무런 의미가 없다고 말한다. 특히 그는 학선이와 같이 그것의 실현이 불가능함에도 불구하고 과거의 이상에서 벗어나지 못하고 현재를 무의미하게 보내는 인물에 대해서도 비판적이다. 그에게는 오히려 '아무것도 안 하는 것보다는 다 —— 꺼꾸러져 가는 사람을 하나 바로잡는 행동이 훨씬 훌륭'하며 그것이 바로 소시민 지식인의 양심 있는 행동인 것이다. 이 생활 속에서의 양심 있는 행동, 즉 마약중독에 걸린 기생을 치료하여 새 인간으로 만들겠다는 인도주의적 행동은 주인공에게 있어 생활세계와의 타협을 거부하는 최소한의 저항선이며, 동시에 사상 운동하던 과거와의 대비에서 오는 현재의 굴욕적인 자신을 합리화하는 방법이다. 주인공이 이러한 행동을 사명감으로 느끼는 것은 바로 이 때문이다. 그러나 이와 같이 주인공의 인도주의적 행동이 진정한 인간애이기보다는 자기 자신을 견제하거나 합리화하는 수단으로 사용될 경우 그것이 실패한 뒤에는 더 큰 절망만이 따르게 된다. 즉 주인공 명호는 '새 사람이 되었노라고 희망에 가득' 찼던 향란이 여전히 약을 사용하고 있다는 사실을 알게 되자 충격에서 벗어나지 못한다.
  여기서 주인공 명호가 지향하는 생활적 실천의 한계가 드러난다. 그는 과거와 같은 정치적 실천이 불가능한 상황에서 생활세계에서의 실천을 새로운 삶의 방향으로 설정하고 있지만, 그가 지향하는 생활적 실천은

---

25) 「제퇴선」, p.225.

생활의 세계에 대한 진정한 모색이라고 볼 수 없다. 그것은 앞에서 나타난 바와 같이 인도주의적 성격을 띤 것으로 자신을 합리화하거나 견제하는 수단으로서의 의미를 지니고 있기 때문이다.

이상으로 「태양」과 「적막」, 그리고 「제퇴선」을 중심으로 작품에 나타난 인물의 성격과 인물이 지향하는 세계를 중심으로 살펴보았다. 이 세 작품의 주인공들은 사상운동을 하던 과거와 현재 사이에서 갈등하는 과도기적 인물로, 이들은 전향 후 부딪히게 된 생활의 세계에 적응하지 못한 채, 결국 자연의 세계, 예술의 세계, 인도주의를 지향하는 등 현실과 멀어지고 있다. 주인공의 이러한 모습은 전향체험 이후 새로운 출발을 시도하는 작가들의 정신적 입지점을 그대로 드러내는 것이라고 볼 수 있다.

구카프작가들은 일제의 사상탄압에 의해 사상의 포기 또는 과거의 실천적 문학운동을 포기할 수밖에 없게 되자 계급적 현실의 반영이라는 과거의 문학태도에서 벗어나 소시민 지식인으로서의 자신의 계급적 입장에서 현실에 새롭게 대응하고자 한다. 그러나 초기단계에서는 소시민적 자아의 발견이나 새로운 모색의 공간으로서의 생활의 세계의 발견 외에 구체적인 시도는 이루어지지 않는다. 작가들이 지금까지 의식적으로 지향해 왔던 세계로부터 벗어나 새로운 세계로 나아가기 위해서는 갈등의 단계를 거치지 않으면 안되었던 것이다.


## 2. 주체 재정립과 새로운 방향 모색

새로운 방향모색을 위한 작가들의 주체 재정립의 시도는 생활의 세계를 바탕으로 본격적으로 이루어지게 된다. 이미 앞에서 살펴본 바와 같이 작가들은 출옥 후 소시민으로서의 자아를 발견하고 이때 귀환하게된 생활의 세계에 관심을 드러낸다. 그러나 과거의 계급적 현실에 대한 집착으로 인해 갈등만이 증폭되고 결국은 생활세계에서의 구체적인 방향

모색은 회피되고 있다. 작가들의 이러한 태도는 주체 재정립을 위한 구체적인 인식과 노력이 심화되면서 극복된다.

작가들의 주체 재정립을 위한 노력은 생활의 세계에 대한 새로운 인식을 통해 이루어진다.

> 그러나 경향작가들이 생활에의 관심을 갖게된 것이 현실의 추구와 병행했거나 혹은 그것의 자연한 결과이냐 하면 그렇지 못하다. (……중략……인용자) 허지만 세태묘사의 문학이 외부의 생활을 섭렵하고 내성의 문학이 내부의 생활을 천착할라 한 대신 오늘날의 일부 경향이 통틀어 여태까지 우리가 중시해오지 아니했던 생활이란 것을 진실되게 평가하기 시작하였다면 문제의 성격은 약간 다르지 아니할 수 없다. 바꿔 말하면 현실 대신에 마지한 부득이한 세계로서의 생활이 아니라 역시 소중히 할 것으로서의 생활, 혹은 그것을 긍정하고 그 속에서 무슨 새 의의를 찾아보려는 세계로서 생활이 이 문학우에 등장하게 되면 그때는 여태까지 우리가 현실이란 것과 대비하야 생각해 오든 생활과 새로운 의미의 생활이 약간 의미가 달러진다. 그것은 임의 새롭은 오늘날이란 시대의 현실로서의 중요한 의미를 함축하게 된다.[26]

이 글에 나타나 있는 바와 같이 작가들은 생활의 세계를 부득이한 경우로서의 생활이 아니라 그 속에서 새로운 의미를 발견해 내기 위한 세계로서 인식하게 된 것이다. 따라서 작가들의 새로운 방향모색은 생활의 세계 속에서 주체를 어떻게 재정립시켜 나갈 것인가 하는 문제로 요약되어 나타나게 되는데 작가들의 이러한 관심사는 작품들 속에서 다음 세 가지 제재를 통해 제시되고 있다.

먼저 적극적 전향자에 대한 비판의 문제를 다룬 작품들을 보면, 이 작

---

26) 임화, 「문예시평-레알리즘의 변모」(『태양』, 1940.1), pp.69~70. (서경석, 「생활문학과 신념의 세계-한설야론」, 『한국문학의 리얼리즘과 모더니즘』 (민음사, 1989), p.262 재인용)

품의 주인공들은 자신이 이미 과거의 이념을 상실했거나 사상운동가의 자리에서 벗어났지만 적극적 전향자와는 다르며, 그들과는 일정한 거리가 있음을 강조하고 있다. 즉 적극적 전향 또는 완전 전향에 대해서 거부감을 보이고 있다. 1930년대 후기 전향소설들은 대개 이같이 적극 또는 완전 전향에 대해서는 일정한 거리감[27)]을 드러내고 있는데, 이 작품들에서는 이 문제가 보다 두드러진 양상으로 나타나고 있다. 이 적극적 전향 또는 완전 전향에 대한 부정이나 거부의 문제를 작가와 관련시켜 볼 경우, 이 문제는 주체 정립의 문제와 관련하여 작가가 간접적으로 자신의 정신적 논리적 태도를 제시하기 위한 것이라고 볼 수 있다.

둘째로 과거 사상운동가의 자기비판과 고발의 문제를 다룬 작품들로, 이 작품들에서는 과거 사상운동을 하던 전향자의 실직, 빈궁, 이중성 등 소시민 지식인의 부정적 측면이 고발 비판되고 있다. 이와 같은 창작경향 역시 작가가 자기비판을 통해서 새롭게 주체를 정립하려는 의도에서 비롯된 것이라 할 수 있다. 즉 전향체험 이후 작가들은 그 내면적 좌절을 어떠한 방향으로 극복해 나가느냐 하는 것이 무엇보다도 중요한 과제였는데, 그들은 과거 사상운동가의 부정적 측면을 남김없이 솔직히 파헤침으로 해서 주체를 새롭게 정립시키고자 한다.

셋째로 생활적 실천과 저항의 문제를 다룬 작품들로, 이 작품들에서는 과거 프로문학에서와 같은 이념을 간직한 인물이나 보다 의식이 강화된 인물들이 등장하고 있다. 이 인물들은 생활의 세계에서의 실천이나 저항적 행동을 통해 보다 적극적인 현실대결 의지를 보여주고 있다. 이 작품들 가운데 특히 이념을 간직한 인물들이 다시 등장하고 있는 것은 작가들이 실천적 의미로서의 이념은 포기하였지만 내면화된 이념을 바탕으로 그 이념의 형상화 방법을 지속적으로 탐구한데서 비롯되었다고 할

---

27) 이와 관련한 논의를 보이면 다음과 같다.
　　"……한국 근대문학사에서의 전향이 사실은 전체적으로 보아 부분전향이었으며 또 그러하기 때문에 광복과 함께 부분전향의 논리를 버리고 새롭게 집단적 분출현상을 보일 수 있었음을 증거하는 것이라 할 터이다."(김윤식·정호웅 공저, 앞의 책, p.154)

수 있다. 즉 과거의 이념을 생활의 세계속에서 어떻게 구체적으로 실현시킬 것인가 하는 이념과 생활세계의 정합성 여부를 실험하는 과정에서 이와 같은 이념적 인물들이 다시 등장하고 있는 것이라고 할 수 있겠다.

이상에서 살펴본 바와 같이 작가들의 현실에 대한 본격적인 모색은 주체를 재정립함과 동시에 생활의 세계 속에서 이념을 실현하려는 등 보다 적극적인 시도로 나타난다. 따라서 본고에서는 이 점에 주목하여 작품을 분석하고자 한다.

## (1) 적극적 전향자에 대한 비판

적극적 전향자 또는 완전 전향자에 대한 비판은 이기영의「적막」에서 이미 그 단초가 드러난 바 있다. 앞에서 살펴본 바와 같이 주인공 명호는 현실을 적극적으로 극복하지 못할 뿐만 아니라 그렇다고 생활의 세계를 거부하지도 못하는 인물이면서도 적극적 전향자에 대해서는 강한 거부감을 드러내고 있는 인물이다. 즉 이제까지 부정해 오던 가치를 적극적으로 쫓으며 그러한 자신의 행위를 '실력 양성론'과 같은 새로운 논리로 합리화하고 있는 창규와 같은 인물은 그에게 부정과 경멸의 대상이다. 그러므로 시대의 변화에 적극 순응해 가는 그런 인물들은 이 작품에서는 '환경의 지배를 가장 완전히 받는…… 동물 중에서도 최하등' 동물로 표현되고 있다.「적막」의 '창규'와 같은 인물들은 전향문제의 극복을 시도한 소설들에 오면 본격적으로 비판된다. 한설야의「이녕」(『문장』, 1939.5),「파도」(『인문평론』, 1940.11), 그리고 김남천의「경영」(『문장』, 1940.10),「맥」(『춘추』, 1941.12) 연작에서는 적극적 전향자에 대한 비판의 양상이 뚜렷하게 나타나고 있다.

「이녕」의 민우는 이제 사상 운동가의 자리에서 벗어나 생활의 세계 한 가운데 놓여 있지만 자신과 같은 처지에서 현실에 적극 참여해 가는 전향자에 대해서는 부정과 경멸의 시선을 멈추지 않는다. 이 작품에서 적극적 전향자들의 모습은 직접 드러나지 않고 아낙네들의 시선을 통해 간접적으로 전달되고 있다.

『그 사람 취직한 지 언제라구……. 건데 그 사람보다 청년회패 중에서는 그 전에 극장에서 연설두 하고 제일 똑똑하다던 박의선인가 한 사람은 출옥하자 얼마 안돼서 재판소 누구라나 한사람의 소개로 도청 무슨꽈에 취직했는데 월급도 그 패중에서 제일 많이 받는대』[28]

『참 세월 좋아졌어. 그전 같으면 거기 한 번 다녀오기만 하면 아무데두 명함낼 엄두를 못하드만서도 지금은 그런 사람이 외려 더 잘 씨이는구려 글쎄』[29]

『글세 신문기자도 요새는 세목이면 횡재가 생긴다는 구려. 관청에서랑 회사에서랑 다문 얼마씩이라두 찔러준다니…… 그 전에는 신문기자라면 제일 미워 하드니만서두』[30]

여기서 감옥에 다녀온 인물은 바로 과거 사상운동을 했던 인물을 의미하는데, 그러한 인물들이 과거 자신들이 부정했던 가치와 질서[31]를 적극적으로 받아들이고 있는 실상이 아내들의 대화속에서 드러나고 있다. 이와 같이 적극적 전향자의 모습이 아내에 의해 간접적으로 드러난다는 점에서 민우의 적극적 전향자에 대한 비판 역시 아내들에 대한 비판과 경멸로 우회적으로 나타난다. 이 글에서 아낙네들이 적극적 전향자에 대한 무분별한 인식을 갖고 있을 뿐만 아니라 경제적인 문제를 해결해 가고 있다는 이유로 그들을 높이 평가하고 있음을 알 수 있다. 이러한 인물들이 사는 세계를 민우는 삶의 진창이라 느낀다. 즉 전향자들이 현실

---

28) 한설야, 「이녕」(『문장』 1939.5), p.15.
29) 「이녕」, p.16.
30) 「이녕」, p.17.
31) 권보드래, 앞의 논문, p.23.

에 적극 타협해 가는 모습뿐만 아니라 그러한 인물들을 물질적, 경제적 가치기준에 의해 평가하는 아내들의 의식세계를 통틀어 '사람의 지혜를 진창으로 반죽해주랴는 무서운 우치(愚痴)의 세계'라고 탄식한다. 여기서 적극적 전향에 대해 부정적인 주인공의 의식을 엿볼 수 있다. 적극적 전향자에 대한 비판적 시각은 이어서 「파도」에서도 나타난다. 「파도」에서의 '박준'은 경쾌하고 재치있게 시대의 흐름을 쫓아가는 인물로 주인공 명수는 시대를 적극적으로 따라가는 그러한 인물에 대해 증오감을 드러낸다. 이 때 민우나 명수의 의식은 작가의 의식과 거의 동일하다.

한설야는 전향이후 현실에 대한 인식태도를 밝히는 가운데 '모든 사상 (事象)은 그 자체중의 소극면을 스스로 부정하는 적극적인 요소를 가지고 있는 것이니 그러므로 선행과정의 진실한 비판과 섭취는 곧 후행과정의 맹아가 되는 것'[32]이며 문학도 여기에서 벗어날 수 없음을 피력한 바 있다. 이러한 창작정신은 현실에 대한 변증법적 인식태도를 바탕으로 하는 것으로서 역사의 방향성을 암시적으로 드러내는데 그 목적을 둔 것이라 할 수 있다. 즉 역사의 방향성을 명백히 제시하지 않고 현실의 부정성을 부정함으로써 방향성을 암시하는[33] 방법적 태도라고 할 수 있다. 이것은 전향을 체험하기 이전의 태도에서 한 걸음 후퇴한 것이지만 현실과의 대결을 포기하지 않으려는 작가들의 힘겨운 노력의 결과라고 하겠다.

적극적 전향자에 대한 작가의 비판적 태도는 김남천의 「경영」, 「맥」 연작에서 보다 구체적으로 드러난다. 이 연작에는 정신적 지향점이나 가치관이 다른 세 인물, 즉 완전 전향자 오시형과 허무주의자 이관형, 그리고 이 두 인물 사이에 놓여있는 최무경이 등장하고 있다. 그런데 이

---

32) 한설야, 「조선문학의 새방향」, (『조선일보』, 1937.1.8)

33) 비판적 리얼리즘의 시각은 역사의 방향성을 명백히 제시하지 못하고 막연한 유토피아적 이상을 드러내지만, 현실을 충실히 묘사하면서 그 속에서도 절망에 빠지지 않도록 하는 기능을 한다.(조정래 · 나병철, 『소설이란 무엇인가』 (평민사, 1991), pp.90~91, 주) 15 참조)

작품에는 이 세인물의 관념적 목소리들이 서로 동등하게 표현됨으로써
독자로 하여금 누가 작품의 중심인물인가, 그리고 작가가 전달하려고 하
는 작품의 궁극적 의미는 무엇인가를 찾아내는데 어려움을 느끼게 하고
있다. 따라서 이와 같은 구조적 특징 때문에 이 연작에 대한 그동안의
평가와 분석은 연구자들 사이에 뚜렷한 차이를 보이고 있다. 특히 적극
적 전향자 또는 완전 전향자에 대한 비판의 문제, 그리고 이를 통하여
작가가 드러내고자 하는 지향성의 세계와 관련하여 서로 엇갈린 견해가
도출되고 있다. 대표적인 견해로는 김윤식, 이동하, 권보드래의 논의[34]가

---

34) 참고로 대표적인 견해를 보이면 다음과 같다.

(1) "이렇게 보아온다면 「맥」의 겉주제는 ①갈려서 당장 빵으로 되겠다는 전향자
오시형형 보리 ②흙속에 묻혀 꽃을 피우는 과정을 겪는 최무경형 보리 ③어느쪽이
나 어차피 마찬가지라는 이관형형 보리의 대비에서 찾아진다. 그러나 이 작품의 참
주제는 따로 있다. 그것은 작가가 무의식중에 드러낸 작중인물에 대한 애착에서 찾
아진다. 「경영」에서도 그러했듯 오시형의 부자가 단번에 화해한 사실을 작가가 지
나가는 말투로 지적함이 그러하다. 출감 일년후, 최무경에게 연락도 없이 서울에서
최종심의 재판을 받는 오시형의 모습이라든가, 재판관에게 다원사관을 피력하는 오
시형 옆에 오시형의 아버지와, 오시형과 약혼설이 있는 도지사의 딸이 나란히 있는
모습을 작가는 여전히 지나가는 말투로 그려놓았을 뿐이다. 바로 이러한 점이야말
로 작가가 최무경에게 갖는 애착이자 전향자 오시형에 대한 경멸의 표정에 다름아
니다."(김윤식, 『한국근대문학사상사』, 앞의 책, pp.298~299.)

(2) "그리고 철저한 서구중심주의자라는 점에서는 작가인 김남천 자신도 이관형과
별반 다르지 않은 인물이라는 사실을 우리는 기억할 필요가 있다. 김남천과 이관형
사이에 차이가 존재한다면 그것은 단지 서구에서 창출된 다양한 사상들 가운데 어
느 것을 자신의 중심이념으로 채용하느냐 하는 것일 따름이며, 그 중심이념의 원산
지가 서구라는 점에서는 그 둘 사이에 하등 다른 점이 없는 것이다.

-중략-

이렇게 본다면, <일찌기 갈려서 가루가 되기보담 흙에 묻히어 꽃을 피워보자>라는
최무경의 대사에서 초점이 되는 부분은 <꽃을 피워 보자>라는 말이 아니라 <일찌
기 갈려서 가루가 되기보담>이라는 말이라고 할 수 있다. 흙속에 묻힌채 기다리는
일이 정말로 꽃을 피워 올리는 성취의 기쁨을 가져오리라는 보장은 아무도 없으
며, 그런 것을 따져볼 여유조차도 「맥」의 단계에서는 가질 수가 없는 것이다. 분명
한 것은, 일찍이 갈려서 가루가 되는 일만은 피해야겠다는 것, 그것뿐이다." (이동하,

있는데 이를 구체적으로 살펴보기로 하자.

　김윤식의 경우 작품 속에서 두 인물이 직접 대화를 통해 의견을 주고 받는 것은 아니지만, 작가는 「경영」에서 오시형의 친일적 다원사관을 연작인 「맥」에서 이관형의 일원사관을 통해 경멸, 즉 비판하고 있으며, 미래에 대한 새로운 가능성을 그 두 사람 사이에 놓인 최무경이라는 인물에게 맡기고 있다고 분석하였다. 이에 반해 이동하의 경우는 작가가 오시형에 대해 비판적 시각을 드러내고 있으며, 그러한 역할을 이관형이라는 인물이 담당하고 있다는 점에서는 위와 같은 의견이지만, 이관형의 오시형에 대한 비판을 단지 친일이라는 도덕논리로 재단하는데는 이의를 제기하고 있다. 물론 오시형에 대한 작가의 비판적 시각이 일차적으로 근거하는 곳은 오시형의 친일이지만, 그와 더불어 서구중심자로서 그 반대자에 대하여 느끼는 이질감이 이관형의 오시형의 비판에 한 몫을 보태고 있다[35]는 것이다. 따라서 그에 의하면 이관형의 일원사관은 서양의 제국주의, 즉 또 다른 제국주의에의 경도라는 점에서 오시형의 논리와 등가적인 의미를 갖는다. 한편, 최무경의 '보리의 사상'에 대해서도 그는 김윤식과는 다른 의견을 제시하고 있다. 최무경의 '보리의 사상'을 아무것도 기대할 수 없는 '전망의 상실'로 보았다. 자신이 이전에 발표한 글[36]에 대한 수정작업의 성격을 띤 이동하의 논의는 지성사 또는 사

---

　「김남천의 「경영」-「맥」연작에 대한 재고찰」(『현대문학』, 1989.9), pp.107～110)
　(3) "따라서 전향을 궁극적으로 부정할 수 있는 시선은 작품에 제시되지 못한 채 <미래>로 넘겨지고 있는 것이지만, 「경영」과 「맥」이 발표된 1940년대 초반은 <낙관적인 미래에 구체성을 부여할 수 있는 상황은 아니었다. 작가가 오시형에 대한 경멸의 표정을 드러내고 있음에도 불구하고 「경영」 「맥」에서 <적극 전향의 부정>이 흔들린다고 볼 수 있는 것은 이 때문이다. 전향자에 대한 궁극적인 비판은 이루어지지 못하며, 따라서 최무경, 오시형, 이관형의 세 인물은 '믿었던 가치와 익숙했던 생활을 잃은' 상황에 대응하는 세 갈래의 <가능성>을 보여주는 인물로 비쳐지는 것이다. 이들 사이에는 뚜렷한 우열이 없이, 불투명한 미래만이 남아 있을 뿐이다." (권보드래, 앞의 논문, p.37.)
35) 이동하, 앞의 글, p.107.
36) 이동하, 「1940년 전후의 소설에 나타난 지식인상」(『국어국문학』 94호, 1986)

상사의 차원에서 작품 외적 사실들에 근거하여 작품의 의미해석을 보다 확대시키고 있다. 마지막으로 권보드래는 작가가 적극전향자에 대한 비판이나 부정적 시각을 드러내고 있다는 사실 자체에 대해 회의적 태도를 보이고 있다. 작품 속에 적극전향자에 대한 비판의 기미가 다소 드러나지만 궁극적으로는 그러한 시각이 흔들리고 있다는 것이다. 최무경의 역할에 대해서도 마찬가지이다. 작가가 미래의 가능성의 제시라는 측면에서 최무경이라는 인물에게 비중을 두고 있다는 이전의 평가들과는 달리 최무경, 오시형, 이관형 등이 서로 다른 각자의 방향성만을 제시하고 있으며, 따라서 미래의 전망 역시 불투명한 것으로 보고 있다.

이상으로 간략하게 김남천의 「경영」·「맥」 연작에 대한 서로 다른 세 평가를 살펴보았거니와, 이와 같이 동일한 작품에 대해 서로 엇갈린 견해가 도출된 것은 작품의 구조분석이 제대로 이루어지지 않았다는데 있는 것으로 보인다.

일제하 한국의 전향소설은 시대적 산물인 '전향'이라는 특수한 현상에 의해 내용규정되는 개념[37]이라는 점에서 지금까지 대개는 작품 내적 현실을 사회적 현실과 동일시해 왔다. 그리고 이에 따라 작품내의 주인공으로 등장하는 전향지식인은 일반적으로 작가를 지칭하는 것으로 간주돼 왔다. 일제하 전향소설의 경우 실제로 대부분의 작품들이 작가와 같은 지식인의 전향을 취급하고 있으며, 그러한 전향 지식인들이 작가와 동일시되는 것도 사실이다.[38] 그런데 이와 같이 등장인물과 작가를 동일시하는 연구태도는 몇몇 작품의 분석에 있어서 오류를 드러내고 있다. 특히 「경영」·「맥」 연작과 같이 등장인물들의 관점들이 서로 우열을 가리기 어려운 작품의 경우 문제점이 나타나고 있는데 그것은 전향소설을 내용중심으로 다루거나 전향문제와 관련하여 논의할 경우 등장인물

---

37) 김동환, 앞의 논문, p.2.
38) 일본의 경우에도 전향문학은 거의 대부분 작가의 전향을 취급하고 있음을 그 특징으로 하며, 작가가 아닌 주인공을 설정한 경우에도 독자와 비평가들은 그 작중인물들을 작가와 결부해서 읽고 있다.(本多秋五, 앞의 책, p.191.)

과 작가를 직접적으로 대응시키고 있기 때문이다. 이 점에서 볼 때 작품에 나타난 전향문제를 작가와 관련시켜 논하기 위해서는 먼저 작품에 대한 정확한 구조분석이 이루어져야 한다.

「경영」과 「맥」은 다음의 세 인물을 중심으로 전개된다. 오시형의 약혼자이자 아파트 여사무원인 최무경, 2년 만에 출감한 사상전향자 오시형, 그리고 전직 대학강사였으나 현재는 퇴폐적 생활에 빠져있는 이관형 등이다. 이들은 주인공 최무경을 정점으로 해서 한쪽에 오시형, 다른 한쪽에 이관형이 각각 위치함으로써 의식적 지향에 있어서 삼각구도의 형태를 띠고 있다.

먼저 최무경의 주변인물들을 살펴보면, 오시형은 사상사건으로 투옥되었다가 전향한 인물이다. 그런데 그는 자신의 행동, 즉 전향을 합리화하기 위한 나름의 논리를 제시하는데 그것은 최무경과의 대화를 통해 드러난다.

> "내 자신이 서 있던 세계사관(世界史觀)뿐 아니라, 통틀어 구라파적인 세계사가들이 발판으로 했던 사관은 세계일원적(世界一元的)이라구두 말할 수 있는 것인데, 이러한 경우에 동양세계는 서양세계와 이념(理念)을 달리하는 것이 아니라, 동양세계는 대체루 세계사의 전사(前史)와 같은 취급을 받아온 것이 사실이었죠. 종교사관이나 정신사관 뿐 아니라 유물사관의 입장도 이러한 전제로부터 출발했단 말입니다. 그러니까 동양이란 하등의 역사적 세계도 아니었고 그저 편의적으로 부르는 하나의 지리적 개념(地理的 槪念)에 불과했었단 말입니다. 그러나 만약 이러한 세계일원론인 입장을 떠나서, 역사적 세계의 다원성(多元性)입장에 입각해 본다면, 세계는 각각 고유한 세계사를 가지고 있다는 것을 알수도 있고 증명할 수도 있지 않은가. 현대의 세계사의 성립을 이러한 각도에서 이해하려고 한다면 우리가 가졌던 세계관에 대해서 중대한 반성을 가질 수도 있으니까……[39]

---

39) 김남천, 「경영」, 『맥』(北으로 간 作家選集(1)), (乙酉文化社, 1988), p.223.

오시형이 자신의 전향 이유로 제시한 것이 바로 다원사관이다. 이 다원사관을 통해 그가 주장하고자 하는 것은 바로 동양사의 독자성이다. 이 동양학의 세계는 얼핏 민족적 주체성에 입각한 견해처럼 보이지만 당시 일본이 대동아공영권 건설의 기치아래 침략전쟁을 강행하면서 그 이론적 근거로 동양사의 독자성을 내세우던 당시 상황을 감안해 보면 오시형의 다원사관은 제국주의에 대한 추종논리로 밖에 볼 수 없다.[40] 오시형의 다원사관은 다음의 문맥과 연결시킬 때 그 실체가 보다 더 분명하게 드러난다.

> "옛날과 모든 것이 다른 것 같애. 인제 사상범이 드무니께 옛날 영웅심리를 향락하면서 징역을 살던 기분두 없어진 것 같다구 그 안에서 어느 친구가 말하더니…… 달이 철창에 새파랗게 걸려 있는 밤, 바람소리나, 풀벌레소리나 들으면서 잠을 이루지 못할 때엔 고독과 적막이 뼈에 사모치는 것처럼 쓰리구……"[41]

이 부분에서 오시형이 전향한 진정한 동기가 드러나고 있다. 그것은 다름아닌 "영웅심리와 고독감의 증대"[42]이다. 즉 심리적 고통을 이기지 못하여 전향을 했다는 것으로 해석된다. 앞에서 '심리적 고문'이 강제압박행위 보다도 전향으로 이끄는데 보다 효과적이었다는 점을 살펴본 바 있거니와, 오시형의 전향동기는 바로 이러한 사실과 일맥상통하는 것이다. 이와 같은 오시형의 의식상의 변화는 현실에서 사상과 결혼문제로 대결하던 아버지와 화해하는 구체적 행위로 나타난다. 그는 최무경이 '저금통장을 빈털이를 맨들면서' 자신을 위해 마련해 놓은 아파트에 잠시 머물다가 평양의 부회의원이자 상업회의소 간부인 아버지를 따라 평양으로 귀향하는 것이다.

---

40) 李東夏, 「1940년 전후의 소설에 나타난 지식인상」, 앞의 글, p.180.
41) 김남천, 「경영」, 앞의 책, p.251.
42) 金允植, 『韓國近代文學思想史』, 앞의 책, p.288.

그러면 오시형의 이러한 변화된 의식과 행동에 대해 최무경은 어떠한 반응과 태도를 나타내고 있는가. 최무경은 오시형이 자신의 전향을 합리화하기 위해서 제시한 동양사의 독자성이나 동양학의 세계 등의 다원사관에 대해 자신의 어떠한 견해나 판단을 거부한다. 그녀는 오시형이 '어떠한 사상을 가지든 그것에 간섭할 생각이나 준비는 저에게 없다'고 생각한다. 오시형의 관념세계는 그녀에게 아무런 의미도 없으며, 자신을 희생하더라도 오시형을 오직 건강하게 일상생활로 복귀시키는 것이 삶의 목적이며 의미인 것이다. 이것은 최무경이 철저히 생활의 세계에 뿌리박힌 인물임을 시사하는 것이다.

> 그러나 그는 희망을 잃지 않고 살아 나아가겠다는 하나의 높은 생활력 같은 것을 천품으로서 가지고 있었다. 그러한 생활력은 제 앞에 부딪혀 오는 어떤 어려운 문제라도 꿰뚫고 나아가야 한다는 강력한 의지력으로 나타날 때가 있었다. 사람은 제 앞에 닥쳐오는 어려운 문제를 회피하지 않고 그것을 맞받아서 해결하고 꿰뚫고 전진하는 가운데에서 힘을 얻고 굳세지고 위대해진다고 생각해 본다. 어떻게도 할 수 없는 난관에 부딪치고 함정에 빠져서 생각해 본 것은 모두 운명의 쓴 술잔을 피하지 않고 마셔버리자 하는 일종의 '능동적인 체관(諦觀)'이었다. 그는 우선 어머니와 오시형이를 공연히 비난하고 시기하고 질투하지 않으리라 명심해 본다. 자기 자신을 그들의 입장 위에 세워보리라 생각한다.[43]

이 글에서 보면 그녀에게는 생활 자체가 하나의 신념이며 최고의 가치로 인식되고 있다. 생활에서 오는 문제들에 적극 대처해 나가는 태도를 '위대해진다'라고 까지 생각하는 것은 바로 이 때문이다. 따라서 자신의 이제까지의 생활자체를 빼앗아 버린 오시형의 변신이나 어머니의 재혼에 대해서도 무경은 이와 같은 기준에 의해서 판단할 뿐이다. 즉 오시형의 전향, 그리고 아버지와의 화해는 오시형의 '금후 생활을 영위

---

43) 김남천, 「맥」, 앞의 책, p.288.

하기 위해서 반드시 필요한 일'이라고 생각한다. 또한 어머니의 재혼에 대해서도 '어머니 남은 생애를 위하여 설계함이 마땅한 일'이라고 이해한다.

이와 같이 관념의 세계를 외면하고 철저히 생활주의자로서의 면모를 드러내고 있는 최무경의 의식은 이관형에 대한 태도에서도 일관되게 드러난다. 다원사관의 입장에서 제시된 동양학의 세계를 부정하는 이관형의 비판적 견해에 대해서도 최무경은 감상적인 태도로 반응을 보일 뿐 어떠한 판단이나 평가도 유보한다. 이를 구체적으로 살펴보면, 앞에서 오시형의 다원사관에 대해 최무경이 어떠한 판단이나 평가도 내리지 않은 점을 살펴본 바 있는데, 작가는 이 때 유보되었던 비판을 이관형에 의해 간접적으로 시도하고 있다. 그는 최무경이 제시한 오시형의 다원사관에 대해 다음과 같이 반론을 제기한다.

"동양에는 동양으로서 완결되는 세계사가 있다. 인도는 인도의, 중국은 중국의, 일본은 일본의, 그러니까 구라파학에서 생각해 내인 고대니 중세니 근세니 하는 범주(範疇)를 버리고 동양을 동양대로 바라보자는 역사관말이지요. 또 문화의 개념두 마찬가지 구라파적인 것에서 떠나서 우리의 고유의 것을 가지자는 것. 한 번 동양인으로 앉아 생각해 볼만한 일이긴 하지오만은 꼭 한가지 동양이라는 개념은 서양이나 구라파라는 말이 가지는 통일성을 아직껏은 가져보지 못했다는 건 명심해 둘 필요가 있겠지요. 허기는 구라파정신의 위기니 몰락이니 하는 것은 이 통일된 개념이 무너지는 데서 생긴 일이긴 하지만, 다시 말하면 그들은 중세(中世)를 가지고 있지 않습니까. 그 중세가 가졌던 통일된 구라파정신이 아주 깨어져 버리는데 구라파의 몰락이 있다고 하지 않습니까. 그러나 그들이 그들 정신의 갱생을 믿는 것은 통일을 가졌던 정신의 전통을 신뢰하기 때문이겠습니다. 불교나 유교는 이러한 정신적 가치로 보면 훨씬 손색이 있겠지요. 조선에는 유교도 성했고 불교도 성했지만 그것이 인도나 지나를 거쳐 조선에 들어와서 하나도 고유의 사상이나 문화의 전통을 이룰만한 정신적인 힘은 가지고 있지 못하지 않았습니까. 허기는 그건 불교나 유

교탓이라기 보다는 우리 조상들의 불찰이기도 하지만."⁴⁴⁾

오시형의 다원사관에 대한 이관형의 비판은 작품의 구조상 최무경을 매개로 간접적으로 이루어지긴 하지만 작가가 분명히 오시형의 친일을 비판하는 것이라 볼 수 있다. 위의 글에 나타나 있는 바와 같이 다원사관에 대한 이관형의 비판논리는 서구중심주의에 기초하고 있다. 보다 구체적으로 말하면 서구중심주의에 기초한 일원사관이라 할 수 있는데, 이러한 이관형의 반론은 친일사관을 비판하는 것이라는 점에서 의의를 지니지만 한편으로 이 역시 주체성을 상실한 논리라는 점에서 오시형의 논리와 크게 다르지 않다고 할 수 있다.

그렇다면 이관형의 반론에 대한 최무경의 태도는 어떠한가. 최무경은 여기서도 마찬가지로 어떠한 긍정적 부정적 견해도 드러내지 않는다.

> 어느 한 귀퉁이를 비비고 들어갈 볼 틈새기도 없을 것 같았다. 이
> 관형이의 이러한 생각을 듣고 있으면 그가 비위생적인 생활태도를
> 가지는 데도 어딘가 이해가 가는 듯이 느껴졌다. 동양인으로서 동양
> 을 저토록 폄하(貶下)하지 않을 수 없는 것도 하나의 비극이라고 생
> 각되어지기도 하였다. 그는 잠시 오시형이의 편지를 생각해 보았다.
> 비판만 하면 자연히 생겨나리라고 생각하는 것이 요즘 지식인들의
> 하나의 통폐라고 말하면서 비판보다도 창조가 바쁘다고 한 것은 이
> 러한 것을 두고 말하였던 것일까.⁴⁵⁾

이 글에서 보듯이 최무경은 이관형의 반론내용과는 상관없이 그의 허무주의적 태도를 언급하고 있다. 그리고 이관형의 이러한 태도에 대해서도 자신의 생각을 직접 드러내는 것이 아니라 오시형의 시각을 빌어 간접적으로 표현하고 있을 뿐이다. 그런데 여기서 주목되는 점은 최무경이

---

44) 김남천, 「맥」, 위의 책, pp.324~325.
45) 「맥」, pp.325~326.

이관형의 논리에 대해 어떠한 의견도 제시하지 않고 있지만, 그의 허무주의적 태도를 문제삼으면서 그에게 긍정적 시선만을 보내지는 않는다는 점이다. 비록 오시형의 말을 빌어 표현되고 있지만 최무경은 이관형과 같이 비판을 위한 비판만을 일삼는 허무주의적 지식인에 대해서도 부정적 태도를 보이고 있다.

이상으로 주인공인 최무경을 중심으로 오시형과 이관형 등 세인물의 의식적 지향세계를 살펴보았는데, 앞에서 살펴본 바에 의하면 오시형은 전향이후 친일의 세계로 나아가는 인물이며, 이관형은 서구중심자로서 절망론에 빠진 인물인데, 이 두 인물들은 최무경을 매개로 각각 서로의 태도를 비판하고 있다고 볼 수 있다. 그런데 이 두 인물은 서로의 지향세계가 비록 다를지라도 근대주의자[46]라는 점에서 동일한 인물들이다. 오시형이라는 인물이 동양사의 독자성이나 동양학의 세계를 주장하는 등 동양중심의 사고를 펼쳐 보이지만, 이러한 논리의 바탕이 된 것은 바로 구라파의 철학이었기 때문이다. 즉 오시형의 전향은 서구의 경제학에서 서양철학으로의 전향이었던 것이다.

이런 근대주의자들을 극복할 수 있는 인물로서 작가가 제시하는 사람이 바로 최무경이다. 그녀는 앞에서 살펴본 바와 같이 오시형이나 이관형과는 달리 철저히 생활세계를 지향하는 인물이다. 그러나 최무경이 그럼에도 불구하고 오시형의 정신세계에 밑바탕이 된 '구라파'의 철학이나 사상에 관심을 갖고 이를 탐구하려고 노력하는 것은 전향을 극복하기 위해서 뿐만 아니라 이러한 근대주의자들을 극복하려는 노력에서이다. 즉 자신을 멀리하는 오시형의 태도에 대해 '정신적인 발전을 가져보겠다는 양심' 그리고 '나도 나의 생활을 갖자'라고 다짐하면서 오시형의 '가는 방향을 따라 '철학을 배우리라' '너를 따르고 너를 넘는다 !'라고 의지표명을 하고 있는 것은 이러한 맥락에서 이해할 수 있다.

이러한 점에서 작가 김남천의 의식세계를 표상하는 인물은 바로 최무

---

46) 김외곤, 앞의 책, p.327.

경이라 할 수 있는데 작가가 지향하는 세계는 마지막 '보리에의 비유'에서 구체적으로 드러난다.

> "인간의 역사란 저 보리와 같은 것이다. 꽃을 피우기 위해 흙속에 묻히지 못하였든 무슨 상관이 있으랴, 갈려서 빵으로 되지 않는가. 갈리지 못한 놈이야말로 불쌍하기 그지없다 할 것이다. 어떻습니까?"
> 그리고는 또 한 번 뜨즉뜨즉이 그것을 읽고 있었다. 무경이도 그의 하는 말을 외어 가지고 다소곳하니 생각해 본다. 그러나 한참만에,
> "그게 어떻단 말씀이에요. 흙속에 묻히는 것보다도 갈려서 빵이 되는게 낫다는 말씀입니까. 그렇잖으면 흙속에 묻혀서 많은 보리를 만들어도 그 보리 역시 빵이 되지 않는가 하는 말씀입니까?"
> 하고 물어 보았다. 이관형이 싱글싱글 웃으면서,
> "여러가지루 해석할 수 있을사록 더욱 더 명구가 되는 겁니다, 해석은 자유니까요."
> "그럼, 전 이렇게 해석할 테에요. 마찬가지 갈려서 빵가루가 되는 바엔 일찍이 갈려서 가루가 되기 보담 흙에 묻히어 꽃을 피워 보자."[47]

그것은 역사의 발전법칙에 대한 신뢰이다. 이관형이 '인간의 역사'에 대해 거의 절망에 가까운 인식을 드러내고 있음에 비해 최무경은 미래에 대한 희망을 버리지 않고 있다. 결국 작가는 완전 전향자 오시형을 비판하고 있다는 점에서는 긍정적인 인물이지만 서구중심주의를 표방하는 근대주의자라는 점에서는 주체성을 상실한 인물인 이관형보다는, 생활세계가 의식의 중심에 놓여 있는 최무경 같은 인물에게 긍정적인 시선을 드러내고 있다. 이 점에서 볼 때 작가가 지향하는 현실극복의 논리는 바로 생활세계에 놓여 있다고 할 수 있다. 그러나 이 생활의 세계는 현실 극복의 논리로서 이미 한계를 내포하고 있다. 최무경이 표상하는 생활의 세계라는 것은 앞에서 살펴 본 바와 같이 철저히 개인적 삶에 국한되어 있기 때문이다.[48] 이 점은 생활의 세계에서 새로운 모색을

---

47) 김남천, 「맥」, 앞의 책, pp.326～327.
48) 김외곤, 앞의 책, p.327.

시도하는 작품들의 공통된 특징이다. 특히 이「경영」·「맥」연작에서는 최소한의 저항마저도 포기되고 있는데, 이 점은 이 작품들이 발표된 시기가 그것을 허용하지 않는 1940년대 초반, 즉 식민지 시대 말기로서 객관적 정세는 작가들에게 그러한 여유마저 허용치 않을 만큼 악화되고 있었다. 김남천이 이후 곧바로「등불」(『국민문학』, 1942.3)의 세계로 나아간 것을 보면 당시의 상황에 대한 추측이 가능하다.

### (2) 자기비판과 고발의 문제

소시민성의 극복과 과거 사상운동가에 대한 비판을 주제로 한 작품들은 주로 과거 사상운동을 하던 지식인의 실직, 빈궁, 허위의식 등 소시민 지식인의 부정적인 측면을 고발, 비판하고 있다. 이러한 유형의 작품에는 김남천의 '자기고발'류의 소설들이 주류를 이룬다.

앞에서 살펴본 바와 같이 김남천은 고발문학론에서 작가에게 '자기폭로'나 '자기격파' 등의 태도를 제기하면서 "고민 회의 불안 지식인의 유약성과 양심-이런 것이 이 창작기준에 의하여 샅샅이 부서지고 그것이 문학적 정열로 튀어 나올 수 있으리라"[49]는 점을 강조하였다. 그는 자신의 이러한 문학론을 실제 창작으로 구체화하였는데, 여기에 속하는 작품들로는 김남천의「妻를 때리고」(『조선문학』, 1937.6),「춤추는 남편」(『여성』, 1937.10),「녹성당」(『문장』, 1939.3),「속요」(『광업조선』, 1939.9) 등이 있다. 그 외 이기영의「고물철학」(『문장』, 1939.7), 한설야의「숙명」(『조광』, 1940.11) 등이 이러한 주제를 다루고 있다.

「처를 때리고」는 작가가 고발문학론을 제기하면서 쓴 첫 작품으로 이 유형의 소설들의 전형을 보여주고 있다. 이 작품은 작품구성상 이야기를 서술해 나가는 텍스트내의 시점이 크게 두 부분으로 나누어지고 있는 특징을 가지고 있다. 먼저 앞부분은 아내 정숙이 초점화자[50]의 역할을

---

49) 김남천,「고발의 정신과 작가」(『조선일보』, 1937.6.5)

하는 가운데 화자시점과 인물시점이 교차되고 있으며, 뒷부분은 남편 차남수가 초점화자이며 역시 남편의 독백에 이어 서술자의 존재가 드러나는 등 인물시점에서 화자시점으로 이동하고 있다.

이 작품은 차남수라는 인물과 그의 아내 정숙과의 부부싸움으로 시작된다. 차남수라는 인물은 과거 '○○게 거두', 즉 사회주위자로서의 경력을 가진 인물로 출감한지 3년이 되었지만 가족의 생계를 책임지지 못하고 변호사 허창훈에게 빌붙어 사는 인물이다. 뿐만 아니라 그는 허창훈이라는 인물이 자신의 사회적 지위를 위해 자신에게 돈을 주어 하수인으로 이용하려 한다는 것을 알면서도 그것을 역이용해 생활비를 충당하는 그런 인물이다. 이와 같은 주인공의 부정적 측면은 그의 아내의 시각을 통해 폭로되고 비판된다. 그 내용은 부부싸움을 하는 가운데 아내의 악다구니와 같은 소리를 통해 제시되고 있다.

　　그놈이 돈을 낸다구 출판사를 하겠다구. 출판사를 하야 문화사업을 한다구. 너두 양심이 있는 놈이면 잡지책이나 내구 신문소설이나 시나부랭이를 출판하면서 그것이 다른 장사보다도 양심적이라는 말은 안나올게다. 직업이 필요했지. 그따위 장사를 할려면 왜 여태껏 눈이 말똥말똥해 앉았었나. …………우정이 두터운 봉사심이 많은 허창훈이를 패트론으로 해가지구 문화사업에 착수한다.
　　(중략)
　　야 사회주의자 참 훌륭하구나. 이십년간 사회주의나 했기에 그 모양인줄 안다.
　　질투심, 시기심, 파벌심리, 허영심, 굴욕, 허세, 비겁, 인찌끼, 뿌록커. 네 몸을 흐르는 혈관속에 민중을 위하는 피가 한방울이래도 남어

---

50) 쥬네트는 서사물을 '누가 보느냐'와 '누가 이야기 하느냐'하는 문제, 즉 보는 역할과 이야기 하는 역할이 하나의 작품속에 겹쳐질 수도 있지만 어긋나는 경우도 없지 않다는 사실, 즉 두가지 행위 간의 차이를 인식함에 따라 시점과 화자를 분리하고, 누가 보느냐의 문제를 시점이라는 용어 대신에 '초점화(focalization)'란 용어를 사용하고 있다. (S. 리몬-케넌(崔翔圭 역),『小說의 詩學』, (문학과 지성사, 1985), pp.109~110 참조.)

서 흘러있다면 내 목을 바치리라

　정치담이나 하구다니면 사회주인가. 시국담이나 지껄이고 다니면
사회주인가. 백년이 하루같이 밥한술 못먹고 십여년동안 몸을 바친
제 여편네나 때려야 사상간가. 세월이 좋아서 부는 바람에 우쭐대며
헌수작이나 지껄이다가 감옥에 단녀온게 하눌같애서 백년가두 그걸
루 행세꺼릴 삼어야 사회주의자든가.[51]

　아내의 목소리로 극화되고 있는 이 장면에서 보면, 아내에게 남편 차
남수는 지식인의 소시민성을 벗어 던지지 못해 생활전선에 뛰어들지도
못하고 '문화사업'이나 하려는 인물이며, 뿐만 아니라 이미 과거와 같은
목적과 의지를 상실했음에도 불구하고 과거 사회주의자였다는 사실에
대한 자부심만으로 세상을 살아가는 인물이다. 자신의 눈에 비친 남수의
이런 모습을 아내는 적극 비판한다. 그리고 아내 정숙은 자신이 남편의
이러한 허세와 위선에 의한 희생자라는 점을 강변한다. 따라서 아내는
부부싸움의 발단이 된, 남편의 친구인 김준호와 몰래 산보한 사실 역시
남편의 탓으로 돌린다. 자신의 잘못된 행동이 결국은 남편에게서 비롯되
었다는 것이다. 아내의 이러한 주장은 남편을 지원하던 허창훈의 실체를
폭로하는데서 절정을 이룬다. 아내는 남편인 차남수가 문화사업이라는
명목 아래 변호사 허창훈의 재력과 후배인 기자출신의 김준호의 기술로
출판사업을 계획하고 있지만, 우정과 봉사정신을 내세우며 후원자로 나
선 허창훈이 실제로는 남수에게 생활비나 사업비를 대어 주며 남수의
아내인 자신을 농락하는 퇴폐적 인물임을 폭로한다.

　과거 사회주의자인 남편을 비판하는 아내의 목소리만이 표현되고 있
는 이 부분에서 아내는 남편이외의 인물인 김준호나 허창훈에 대해서도
부정적 시각을 드러내고 있다. 즉 이 부분에서는 아내를 초점화자로, 그
외 남편 차남수, 김준호, 허창훈 등이 초점화 대상으로 제시되고 있는데,

51) 김남천, 「妻를 때리고」, 『少年行』(朝鮮文庫短篇集) (學藝社, 1937), pp.162~
164.

아내의 시각에서 이 세 인물들은 '문화사업'을 표방한다는 사실만으로도 소시민성이나 허위의식을 벗어버리지 못하는 부정적 인물들인 것이다.

이어 남수의 독백이 장황하게 서술되고 있는데, 이 부분에서는 남수의 시각에서 김준호의 속물근성이나 허창훈의 퇴폐성이 비판되고 있으며, 또한 그러한 점들을 비난하면서도 김준호와 어울리는 아내 역시 폭로의 대상이 되고 있다. 그러나 남수는 자신의 출판사업을 둘러싸고 아내, 김준호, 허창훈 등 세 인물들의 부정성이 적나라하게 드러났음에도 불구하고 이를 '정책적'으로 이용해 끝까지 포기하지 않을 것임을 다짐한다.

남수의 독백부분에 이어 다음에는 서술자의 시각이 전면에 나타난다. 즉 앞의 서술에서는 인물의 담화만으로 이루어졌으나 이 부분부터는 서술자의 존재가 드러나기 시작한다. 남수는 김준호에게서 자기는 기자로 취직이 되어 출판사업에서는 손을 떼겠다는 통고와 아울러 종이값이 내리지 않아 출판사업마저 어렵게 되었다는 말을 듣고 분노한다. 그러나 그가 여기서 보이는 분노에의 저항은 김준호가 아닌 아내에게로, 다시 아내에게서 자기 자신으로 향하게 된다.

> 그러나 냉정히 주먹을 굳게 쥐고 생각해 보면 제가 미련한 놈이었다. 그는 아무것도 모르고 부엌에서 밥을 짓고 있는 처를 갈기고 싶었다.
> 「이년 이런놈하고 산보할 때 너는 행복을 느끼느냐」
> 이렇게 처를 뚜드리고 싶었다. 그러나 그 때리고 싶은 마음은 결국 제자신으로 돌아오는 불상한 심리였다.[52]

이 작품은 위에서 살펴본 바와 같이 아내의 시각과 남편의 시각이 서술자의 시각과 뚜렷이 구분되어 독립적인 것으로 나타나는 구성상의 특징을 보여주고 있다. 그러나 여기서 아내의 시각이나 남편의 시각과 같은 인물의 시점은 결국 작품의 후반부에서 드러나는 바와 같이 결국은

---

52) 「처를 때리고」, p.187.

서술자의 시점에 종속되어 하나의 관념적 목소리로 표현되고 있다.[53] 따라서 과거 사회주의자인 남편 차남수의 부정적 측면에 대한 아내의 비판, 그리고 남편 차남수의 속물화된 아내와 김준호, 허창훈 등에 대한 경멸과 증오는 결국 차남수의 자기 자신에 대한 비판의 문제로 귀결되고 있다. 즉 작가는 서술자의 시점을 통해 모든 문제들이 소시민화된 남수 자신에게 있다고 고발함으로써 과거 사회주의자의 자기비판이라는 의도를 달성하고 있다.

「춤추는 남편」에서도 「처를 때리고」와 마찬가지로 과거 사회주의자의 소시민성이 고발되고 있다. 줄거리를 요약해 보면 주인공 홍태는 출감후 장인의 주선으로 취직한 무역회사에 다니고 있는 인물이다. 그는 그의 아내 영실이 아이의 입학문제로 시골에 있는 본처와 이혼할 것을 종용하자 명목 없이 이를 미루며 아내가 이혼소송비용으로 건 돈으로 술을 마셔 버린다. 이에 계속되는 아내의 강권에 못 이겨 이혼을 결심하지만, 그는 시골의 본처 아들의 편지를 받고 다시 갈등에 빠지게 된다. 결국 다시 술에 취해 돌아온 그는 춤을 추다 쓰러지며 소리내며 울고 만다는 내용이다.

이 작품은 가족의 문제를 통해 전향자의 갈등하는 의식을 보여주고 있다. 여기서 주인공 홍태는 과거 사회주의자였으나 출감 후 현실과 적당히 타협한 소시민 지식인이라 할 수 있다. 주인공의 갈등은 바로 자신의 이러한 현실 타협적인 태도에서 비롯된 것이다. 이것은 구체적으로 이혼문제로 형상화되고 있다. 그는 전처와의 이혼을 원하는 아내의 뜻을

---

53) 작가는 서술자(화자) 또는 등장인물의 시점을 통해 작가자신이 기술하는 세계를 관념적으로 평가하고 감지한다. 이것은 텍스트의 관념적 국면(the logical facet)에 해 당하며, 이 국면은 가장 단순한 경우 단 하나의 지배적 시점, 즉 단일한 지배적 관점을 통해 제시되는데, 만약 그러한 텍스트에 추가적인 관념형태들, 즉 지배적인 시점과 일치않는 몇몇 다른 시점들이 출현한다면 이 다른 시점의 평가주체는 평가대상으로 변화되면서 단 하나의 지배적 시점에 종속된다.(보리스 우스펜스키(김경수 옮김), 『소설구성의 시학』(현대소설사, 1992), pp.31∼32. S.리몬-케넌(崔翔圭 역), 『小說의 詩學』(문학과 지성사, 1985), p.123 참조)

받아들이지도 못하고 그렇다고 거부하지도 못한다. 그에게 후처인 영실은 완전전향의 세계를 상징하는 인물이다. 반면에 시골의 본처 또는 아들은 후처와 대립되는 인물이라는 점에서 완전전향의 세계와는 반대되는 과거의 이념적 세계나 아니면 최소한 완전전향만은 거부하는 자존심의 세계를 의미한다고 할 수 있다. 이 두 세계 사이에서 갈등하는 주인공의 의식은 당시 일제 하 전향자들의 내면의식을 그대로 보여주는 것이라 할 수 있는데, 이 작품에서 주인공 홍태는 어느 쪽도 선택하지 못하는 우유부단함만을 보여주고 있다. 이 점은 작가가 전향지식인의 소시민성을 있는 그대로 보여주고자 하는 의도를 반영한 것으로 풀이된다. 이러한 전향지식인의 허약성이나 소시민성은 「綠星堂」에서도 그대로 고발된다.

「녹성당」의 주인공 박성운은 프로문학가로 활동하다 '어떤 사건'에 휘말려 얼마간의 영어생활을 하다가 이제 평양에서 약국을 차려 실업계에 진출한 인물이다. 주인공의 과거 행적에 비추어 볼 때, 서울을 떠나 평양에서 약국을 개업한 일은 일종의 도피와 현실 타협적 행위일 수밖에 없다. 따라서 이로 인한 도덕적 불쾌감이 주인공의 의식을 규정하고 있다. 이러한 성운에게 빈민가의 서민들이 가지고 있는 문화적 욕망을 해결해 달라며 찾아온 청년운동가가 그에게 작가로서의 실천적 행동을 요구하자 그는 어떠한 결론도 내리지 못한 채 갈등한다. 이 작품에서 청년은 주인공에게 잊어버리고 싶은 과거를 끊임없이 환기시키는 인물이다. 반면에 그의 아내는 철저히 생활인이 되기를 강요하는 인물이다. 따라서 아내는 지식인의 소시민성에 대해 비판을 주저하지 않는데 아내의 인물적 특성은 다음의 글에서 구체적으로 엿볼 수 있다.

> "연극을 하면 하는 걸로, 그것으로 일정한 직업을 세우던가, 또 그렇지 못할 경우거들랑 성성한 젊은 몸이니, 노동을 하거나 하다못해 쌓일이라도 해서 생활방도를 가져야 하는게 아니냐. 이건 노동도 하기 싫다, 그렇다고 반반히 손끝의 물만 툭툭털고, 허구헌날 오십전이오 일원이오, 결코 그게 많은 돈이라던가 그게 아까워서 허는 말이

아니라, 그 근성이 아주 천박하단 말이요. 노동은 신성하다면서, 그리 구 제격하면 소시민 근성이라고 욕찌거리를 삼으면서 자기는 어째서 그런 라타하고, 게을르고, 남에게 의래하고, 비럭질할려는 룸펜근성을 버리지 못하느냐 말이야. 남들은 다 저이만 못해서 건축장에 가서 벽돌을 지고 도로공사장에 가서 광이를 드는줄 아는가……[54]

아내의 이러한 태도는 성운에게 정신적 압박감으로 작용한다. 주인공의 이러한 의식상태는 어린 시절 '질식할 듯한 잠수(潛水)의 경험'에 비유되고 있다. 이것은 주인공의 정신적 갈등이 막다른 곳에 이르렀음을 보여주는 것이다. 결국 주인공은 청년과의 약속을 지키기 위해 아내를 외면한 채 거리를 나선다.

이 작품은 현실 또는 생활문제와 타협한 과거 사회주의자와 그러한 인물의 소시민적 갈등과 나약함을 폭로하고 있다는 점에서 「춤추는 남편」과 동일한 유형의 작품이라 할 수 있다. 그러나 앞의 「춤추는 남편」이 생활과 타협한 소시민적 갈등과 나약성만을 드러내는데 역점을 두고 있는 반면, 「녹성당」에서는 생활과의 타협을 상징한다고 볼 수 있는 아내로부터 벗어나 스스로의 의지에 의한 선택적 행동을 보여줌으로써 부정적 상황을 극복하려는 의지를 드러내 보인다는 점에서 보다 긍정적으로 평가되는 작품이다. 한편, 이 작품은 형식상 작품 서두에 작자가 직접 개입하여 서술적 권위를 드러내고 있다는 점에서 주목된다. 작품 서두에는 다음과 같이 작가의 글이 게재되어 있다.

"김남천"이라고 한다면 「응 바루 이 녹성당이라는 단편소설을 쓰고 앉았는 이 화상 말인가.」 하고 적어도 이 글을 읽는 이루선, 그 이름만이라도 모른다군 안할테지만, 인제 다시 "박성운"이라는 석짜를 내가 써 보았자, 그게 어이된 성명인지를 아는 이는 픽이나 드물 것이다.
(중략)

---

54) 김남천, 「녹성당」(『문장』, 1939.3), p.84.

누구 생각이 있는 이는 곰곰히 생각하면 알 일이지만는, 박성운이는 소화 칠년에 그러므로 서력으로 따지면 일천구백삼십이년, 그 전후해서, 그러니까 다시 또 한 번 따지자면 경향문학인가 푸로문학인가가, 한참 성행할 때 신진작가루 소설을 쓰던 사람이다. 그러나 곧 이 소설(녹성당)과는 별반 관계없는 사건으로, (허기는 전혀 관계가 없다고는 말할 수 없겠지만, 어쨌든 어떤 사건으로) 얼마간 영오의 생활을 했고, 그 뒤는 평양으로 가서 장사를 하다가 얼마전에 장질부사로 저이 시골에서 세상을 떠났다. 그의 안해도 아해 낳다가 산후의 산욕열루다 남편보다 앞서 세상을 떠났으니, 인제 그의 유아밖에는 남어 있지 않지만, 지금 중학에 다니는 그의 동생 한분이 있다. 그 동생두 이 소설과는 별반 관계가 없고, 또 현재의 학도 신분으루있는 분이므로 이름을 내걸려군 않지만, 얼마전에 내에게로 편지외 함께 박성운군의 유고 한편을 보낸 것이다. 이 유고가 말하자면 「녹성당」이라는 제목을 붙여 놓은 글인데 박군이 소설을 쓰던이인 만큼 이 수기는 그대로 소설이 될 수 있는 그러한 글이였다.[55]

이 글의 주체는 서술자가 아닌 작가자신이다. 작자는 이 글에서 「녹성당」의 작자가 박성운으로 따로 있으며, 그 인물의 일대기와 이 작품이 발표된 동기를 아울러 설명하고 있다. 그런데 이와 같이 작자가 직접 개입하여 자신의 존재를 드러내는 것은 소설 양식의 본질인 허구성이나 예술성을 훼손시키는 것이라 할 수 있다. 이러한 방법은 현대소설 이전의 서술형식이라고 할 수 있겠는데, 그렇다면 여기서 왜 굳이 작자가 과거의 서술형식을 답습하고 있는가를 살펴보지 않으면 안 된다. 작자의 직접개입은 작품의 형상성과 통일성을 훼손[56]시키는 것임에도 불구하고 작가가 이러한 서술형식을 취하고 있는 것은 객관정세의 악화로인해 자기고발의 정신을 간접적으로 드러내려는 의도로 풀이된다. 즉 작가자신을 서술자 또는 등장인물과 확연히 구분시킴으로써 작자는 단지이 소설을 각색한 제 2의 서술자로 숨어버리고 있는데, 이러한 기법은

55) 「녹성당」, p.119.
56) 최시한, 「현대소설의 형성과 시점」『현대소설 視點의 시학』 (새문사, 1996), p.109.

시대적 상황을 피해가기 위해 작가에 의해 의도적으로 사용된 것으로 보인다. 1937년 이후에는 벌써 일제의 침략강화로 문화와 문학이 정상적인 발전을 꾀할 수 없었을 뿐만 아니라 문학에도 침략전의 강요가 시책되고 있었던 상황[57]이고 보면 지식인 전향자에 대한 고발문학 역시 시대의 무게를 감당하기 위해서는 이전과 다른 변칙적인 기법이 요구되었던 것이다. 이러한 서술형식의 변화는 중편 「속요」에서도 역시 작가가 직접 서술에 개입하여 작자와 서술자가 혼재하는 양상을 보여주고 있다.

「속요」는 전향지식인의 도덕성이나 윤리의식의 파괴를 고발한 작품이다. 이 작품의 주인공 김경덕은 얼마 전까지만 해도 문학과 사상을 논하며 문단을 질타하고 작단을 격려하던 '문예사상가'였지만 현재는 '대흥도서주식회사(大興圖書株式會社) 출판부에서 역사적 인물의 카드를 정리'[58]하고 있는 인물이다. 즉 그는 지금의 시대는 '론평할 시대가 아니라 관망할 시대 내지는 준비할 시대'[59]라며 붓을 꺾고 '오락과 취미' 같은 나태하고 무의미한 생활을 하고 있는 인물이다. 이러한 속물적 생활에 빠져있는 주인공과 대비되는 인물로 홍순일과 남성이 등장하고 있다. 홍순일과 남성은 모두 경덕에게 있어 과거의 동지들인데 홍순일은 '남조선홍업주식회사'와 '아세치링발생주식회사'의 취제역으로 있는 현실적으로 성공한 인물이다. 반면 남성은 과거와 같은 의의를 발견하지 못해 평론을 그만두고 붓을 꺾어버린 경덕과는 달리 여전히 평론을 하고 있는 인물이다. 이러한 점으로 볼 때 홍순일은 현실타협적인 인물이며 남성은 이와 반대되는 인물이라 할 수 있다. 여기서 경덕은 홍순일처럼 생활현실에 적극 타협하지는 않았으나 남성보다는 그에 가까운 인물이다. 과거 평론가로 활동하던 시절 '복고주의를 공격하고 전통부흥을 폭로'하던 그는 이제 고서출판에 가담하고 있을 뿐만 아니라 옛동지 홍순

---

57) 백철, 「朝鮮新文學思潮史」, 앞의 책, p.256.
58) 김남천, 「속요」(『광업조선』, 1940.1), p.124.
59) 「속요」, p.125.

일의 눈부신 활약에 대해 '진심으로 놀래이고 또 약간 부러움'까지도 느끼는 것이다. 찻집에서 남성을 발견한 순일과 경덕은 그를 아는 체 하지 않는다. 여기까지 보면 주인공 경덕은 현실과의 타협을 부정하고 이를 비판하는 남성과 대비됨으로써 간접적으로 고발되고 있다. 그러나 사건의 전개는 여기서 그치지 않는다. 경덕, 순일, 남성 세인물의 복잡하게 뒤얽힌 애정관계를 폭로함으로써 전향지식인의 도덕적 타락상이 고발되고 있다. 우연히 찻집에서 이제 남성의 처가 된 자신의 옛 애인 이정임을 만난 순일은 내연의 관계가 있는 양이라는 여급을 외면하고 정임과 함께 여관으로 향한다. 이를 지켜본 경덕은 그들의 부정적 행위에 대해 분노를 터뜨린다.

> 엠병할 연놈들, 아무러나 친구의 안해요, 한편으로 보면 남편의 친구인데, 그것들이 그래 남들이 보지 않는 어두운 밤이래서 저렇게 난잡스럽게 굴어두 하늘이 무섭질 않더란 말인가. 사상이야 이왕 날아갈 때로 도망을 쳤다 해두, 의리나 우정마저 저렇게 타락해서야 어데, 세상에 사람이라고 믿어볼 놈 있단 말인가.[60]

그러나 이와 같이 순일과 남성의 처 이정임의 타락상을 비난하던 경덕 자신도 그러한 부류의 인물에 지나지 않음이 드러난다. 그는 순일과 양이의 관계를 알면서도 여급 양이에게 접근한다. 양이의 아파트를 찾아간 경덕은 그곳에서 순일을 발견한다. 경덕은 순일과 양이의 비웃는 웃음소리를 뒤로 하고 도망치듯 아파트를 나온다. 전향지식인의 생활현실과의 타협적 태도는 마침내 도덕적 타락으로까지 발전한 것이다.

이 전향 지식인의 도덕적 타락을 고발한 작품의 후반부에서 한가지 짚고 넘어가야 할 점은 지식인의 도덕적 타락상을 고발하려는 작가의 의도를 감안하더라도 소설내용이 지나치게 통속화 경향을 드러내고 있다는 것이다. 이 점은 당시 시대상황과 밀접한 관련이 있는 것으로 보

---

60) 김남천, 「속요」, 『소년행』 (학예사, 1939), p.68.

여진다. 「속요」가 발표된 1940년을 전후 한때는 비전향파라 할 수 있는 구카프작가들도 내면으로나마 간직하고 있던 신념을 상실하고 내선일체, 동양문화사론, 대동아공영권 등 일본의 관학논리에 말려 들어가는 시기[61]였다. 따라서 자기고발의 정신이 약화될 뿐만 아니라 그 중심이 흔들릴 수밖에 없었던 것이다. 이러한 통속화의 경향은 1930년대 중반 상업주의를 등에 업고 나타난 통속소설의 등장원인과 관련지어 볼 때 그 의미가 좀더 구체적으로 파악될 수 있다. 즉 통속소설이 암흑의 시대를 맞이한 작가들에 의해 '가장 無難하게 이 時代를 通過하려는 傾向으로 表現된 것'[62]이라는 점으로 볼 때 이 소설의 통속화 경향 역시 바로 이러한 맥락에서 이해되기 때문이다. 이 점은 작가의 한계로 지적된다.

## (3) 생활적 실천과 저항

앞에서 살펴본 바와 같이 구카프작가들의 주체 재정립을 통한 현실대결의지는 적극적 전향자 또는 완전 전향자에 대한 비판, 그리고 전향지식인의 소시민성에 대한 고발과 비판으로 나타나고 있는데, 그러한 의지는 여기서 멈추지 않는다. 실천적 이념이 포기된 상황이지만 작가들은 이를 대체할만한 새로운 현실대결방법을 모색하고자 한다. 이것은 최소한의 자존심 지키기나 자신감의 회복과 관련된다. 그러나 이러한 시도는 생활의 세계를 벗어나지 못한다. 전향체험 이후 이미 생활의 세계에 발을 들여놓은 작가들은 그 생활의 세계를 바탕으로 새롭게 출발하지 않으면 안되었던 것이다. 따라서 구카프작가들은 이 생활의 세계 속에서 새로운 문학방향을 모색하고 있다. 이러한 모색은 작품 속에서 구체적으로 생활의 세계에 대한 최소한의 저항이나 그 속에서의 실천으로 나타난다. 특히 여기서 생활적 실천의 문제는 이념을 간직한 주인공의 형상

---

61) 하응백, 『김남천 문학연구』(시와 시학사, 1996), p.137.
62) 백철, 『조선신문학사조사』, 앞의 책, p.334.

화를 통해 제시되고 있다. 이미 전향자로 공인된 구카프작가들의 작품에서 이와 같이 이념을 내면에 간직한 인물들이 다시 등장할 수 있었던 것은 그들이 실천적 의미로서의 이념은 포기하였지만 내면화된 이념을 바탕으로 그 이념의 존재방식에 대한 지속적인 탐구, 즉 이념과 생활세계의 정합가능성에 대한 실험에서 비롯된 것으로 생각된다.

구카프작가들에 의해 시도된 이러한 형상화방식은 '운동으로서의 문학범주에서 작품으로서의 문학범주에로 옮아왔음을 표나게 드러나는 것이어서 이 자체가 일종의 전향'[63]이라고 할 수 있다. 그러나 이러한 작업들이 과거 프로문학에 대한 반성과 함께 어려운 시대상황에서도 일제 식민지 지식인으로서의 내적 자존심을 견지하고 새로이 현실대결방법을 모색하려는 의도를 내포하고 있다는 점에서 전향일반으로 처리하는 데는 문제점을 지닌다. 최근 논의에서 포괄적인 전향의 범주에서 굳이 비전향파 또는 비전향축을 분리해 내려는 시도는 바로 여기에 있다. 이러한 점은 이 시기의 문학과 해방직후의 문학을 연계시킬 수 있는 하나의 실마리를 제공하기도 하는데, 대표적 인물로 한설야가 "해방후 '조선프롤레타리아 예술동맹'을 이끌었고 이후 북한의 문학정책을 총괄하는 문화상의 자리, 곧 정치일선으로 나아갔던 사실"[64]은 바로 이러한 관점에서 이해될 수 있다.

그러나 이와 같이 내면의 이념을 바탕으로 생활의 세계를 형상화하고자 했던 시도는 실제 창작에서 이념과 현실의 괴리로 나타난다. 작품을 창작하는 과정에 있어서 작가의 의도 또는 의식적 지향은 객관적 현실과 상호 작용한다. 그러므로 작가가 이념을 고수하고 언표 한다고 하더라도 현실에서 아직 그것이 실현되지 못하고 있거나 그보다 진전되어 있을 경우 작가가 언표 하는 정치적 견해와 작품사이에 괴리가 생기기도 하고 작가의 주관적 신념에 의해 현실을 초월하기도 한다.[65] 이 점

---



63) 김윤식, 「1930년대 후반기 카프문인들의 전향유형 분석」, 앞의 글, p.17.
64) 김윤식·정호웅 공저, 『韓國小說史』, 앞의 책, p.155.
65) 이상경, 「이기영 소설의 변모과정 연구」(서울대 박사논문, 1992), p.11.

은 당시 임화에 의해 '인물과 환경의 부조화'[66]로 지적된 바 있거니와 따라서 창작상의 큰 결함이라 할 수 있다. 생활의 세계 속에서의 저항이나 실천을 다룬 작품으로는 한설야의 「임금」(『신동아』, 1936.3), 「딸」(『조광』, 1936.4), 「철로교차점」(『조광』, 1936.6), 「귀향」(『문장』, 1939.2), 「이녕」(『문장』, 1939. 5), 「숙명」(『조광』, 1940.11), 그외 이기영의 「고물철학」(『문장』, 1939.7) 등이 있다.

「林檎」·「鐵路交叉點(후미끼리)」 연작에서는 과거의 신념을 회복한 인물들이 주인공으로 등장함으로써 생활의 세계 속에서 이념을 실천하려는 의지를 보여주고 있다. 「임금」은 출감 후 룸펜이 되어 방황하던 지식인이 우연한 사건을 계기로 노동자로 변신하는 과정을 그리고 있다. 이 작품의 주인공 경수는 과거에는 사상운동을 하였으나 이제 무책임하고 무능력한 룸펜으로 전락해 가정을 돌보지 않고 모든 것을 세상 탓으로 돌리는 인물이다. 즉 그는 자신이 벌지 않으면 아내와 어린 자식들이 배를 곯 수밖에 없는 처지인데도 생활의 방편을 찾지 못하고 빈둥거리는 룸펜이다. 그러한 그는 자신의 아들 길호가 '경편철도의 「후미끼리」, 즉 철로교차점에서 굶주림 끝에 농촌의 아낙들이 흘려버린 썩은 사과를 주어먹다가 기차역에 잡힌 사건을 계기로 새로운 의식의 변화를 겪게 된다. 길호를 찾으러 간 경수는 역장으로부터 부모의 무책임으로 해서 그런 일이 생긴다는 것과 앞으로의 교통 문제 상 이를 고발하겠다는 말을 듣게 되자, 이런 사고를 없애자면 아이들에 대한 부모의 감독보다는 회사가 자체적으로 '후미끼리방(수직꾼)'을 두어야 한다고 주장한다. 그리고 그것을 동네전체의 문제로 확대시킨다. 이러한 내용은 주인

---

66) 임화의 글을 참고로 보이면 다음과 같다.
    "………인물과 환경이 조화되지 않고 상극하고, 기타는 소설의 美까지를 희생하려고 들제, 소설이 근본에서 포기되지 않는 한 변칙적인 현상이 나타난다. 가량, 주인공이 환경을 격파한다든가, 혹은 무시한다든가, 영웅적인 혹은 낭만적인 소설의 길을 밟기도 한다. 또한 환경이 주인공을 압박하던 나머지, 주인공을 환경의 조건에 부합하도록 개조한다." (임화, 「現代小說의 主人公」) (『文學의 論理』, 앞의 책), p.249.

공이 다시 과거의 신념을 회복한 것을 의미한다고 볼 수 있다. 이와 같은 주인공의 의식은 작품의 결말부분에 구체적으로 드러난다.

> 그는 이 날에 비로소 제가 갈 길을 찾은 듯 하였다. 맨 밑바닥을 걸어가자 ! 거기서부터 다시 떠나기로 하자 !
> ×          ×          ×
> 그는 물론 이 동네의 후미끼리에 수직꾼을 두게 해야 할 것을 이 때도 결코 잊지 않았다.
> 아니 도리어 그는 이 시간에 가장 그것을 깊이 결심하였다.
> 어둠속에서 아니 어둠속에 있느니만치 분명히 자기동리가 한덩어리로 더위 잽혀서 지금 그의 눈에 빛어온다.[67]

주인공은 이 글에서 나타나는 바와 같이 노동자로서의 길을 선택하는가 하면 현실의 문제해결을 위해 집단적 행동에의 의지를 보이기도 한다. 이 점은 미래에 대한 긍정적 가능성의 제시라는 점에서 보다 구체적이고 적극적인 현실대결의지의 표현이라고 할 수 있다. 그러나 이와 같이 소시민 지식인에서 적극적 인물로 변신하는 주인공의 변화는 형상화의 측면에서 몇 가지 문제를 드러내고 있다. 첫째는 일상적 현실에서 새로운 전망을 찾아내고 있는 주인공의 신념회복 과정이 구체적 현실에 근거하지 못하고 작위적으로 그려져 있다는 점이다. 즉 전향자의 사상으로 인한 갈등이나 고민이 그려지지 않은 채 갑작스럽게 노동자로 변신하는 모습을 보여주고 있다. 둘째는 신념을 회복한 주인공의 현실극복의지가 현실과는 동떨어진 채 관념적 차원에서 제시되고 있다는 점이다. 따라서 주인공을 통해서 드러나는 미래에의 전망이나 현실에의 대결의지 역시 추상적·관념적 차원에 머물고 마는 한계를 보이고 있다. 이러한 문제점들은 임화가 지적한 바와 같이 인물과 환경의 부조화에서 비롯된 것이라 할 수 있다. 이 작품에 등장하는 주인공은 소시민 전향자

---

67) 한설야, 「임금」(『신동아』, 1936.3), pp.102~103.

에서 이념을 다시 회복한 인물로서 자신의 이념을 육체노동이나 집단적 행동과 같은 실천적 행위를 통해 실현하고자 한다. 그러나 주인공을 지배하고 있는 세계는 일상성의 세계이다. 즉 그가 처해 있는 현실은 '한 개의 남편으로서나 아버지로서나 비처지는' 가족의 세계이다. 이 가족의 세계는 이념의 실현 또는 실천과는 조화되지 않는 세계이다. 따라서 주인공은 전향이후 맞게된 일상성의 세계 또는 생활의 세계 속에서 이념을 실천하려는 노력을 보여주지만 결국 관념성이나 추상성의 차원을 벗어나지 못하고 있다. 「임금」의 속편인 「철로교차점(후미끼리)」에서도 과거의 신념을 회복한 인물이 등장하고 있는데 이 작품에서도 주인공의 현실극복 의지는 관념적 차원을 벗어나지 못하고 있다.

「철로교차점」은 룸펜으로 방랑생활을 하다가 치수공사장의 노동자로 변신한 주인공 경수가 후미끼리에서의 기차사고를 목격하고 나서 이를 계기로 '후미끼리방' 설치문제를 마을의 공동문제로 확대시켜 이를 성사시킨다는 내용이다. 이 작품의 주인공 경수에게 있어 노동은 '지난 한때, 잊어지지 않는 호화로운 시절-그들의 활동이 자못 씩씩하든 그때의 의기'[68]를 되살리는 것이며, 동시에 룸펜시절 '얼굴 개렵고 마음찔리는 그런 창피와 수모'[69]로부터 벗어나는 길이다. 여기서 노동이 주인공에게 과거 사상운동가로 활동하던 당시의 자부심을 되찾는 것으로 인식되고 있는 점을 볼 때 노동은 바로 주인공에게 이념의 회복을 의미한다고 볼 수 있다. 그러나 육체노동에 투신함으로써 과거와 같은 자신감을 되살리는 동시에 전향지식인으로서의 소시민성을 극복하고자 하는 의지는 내부에 도사린 소시민성에 의해 흔들리게 된다. 즉 주인공 경수는 사고가 많기로 이름난 「후미끼리」쪽에서 올라오는 장꾼들의 대화 속에서 대여섯 살 먹은 아이가 사고를 당했다는 소식을 듣고는 그 아이가 자기 자신의 아이일지도 모른다는 생각에 빠지게 된다. 그 두려움으로 후미끼리의 사고현장을 가볼 수조차 없던 그는 집에 돌아와 가기 가족의 평온

---

68) 한설야, 「철로교차점」(『조광』, 1936.6), p.153.
69) 위의 글, p.154.

무사한 광경을 확인한 뒤에야 비로소 자기가족의 안전만을 생각한 자신의 소시민성을 반성하게 된다.

경수는 거름을 빨리하며 「경칠, 주때없는 놈!」하고 스스로 제 몸을 꾸지졌다. 기운이나 벗적 나주었으면 하길 하였다.
바루 아까에 일어난 참변을 그만 잊어버린드키 쓸쓸한 거리를 걸으며 자기의 슬기없음을 그는 꺼름히 생각하였다. 좀더 강하고 좀더 의젓한 자기가 되었으면 하기도 하였다. 저를 위하여서나 남을 위하여서나 한가지로 충실한 몸이 되어 보았으면 하는 의욕도 저윽히 타올랐다.[70]

이와 같이 주인공이 자신의 내부에 남아있는 소시민성을 자각하고 이를 극복하기 위해 시도한 것이 집단적 행동이다. 경수는 사고원인이 후미끼리방을 설치하지 않은 회사에 있다고 판단하고 주민대표와 함께 '조철회사'를 찾아간다. 그리고 후미끼리방을 설치해 달라고 회사의 과장과 실랑이를 벌이나 그로부터 아무런 대답을 얻어내지 못한 채 주민들과 함께 집단적 행동을 하기로 결심한다. 경수가 이렇게 후미끼리방 설치문제에 대해 적극적 태도를 보일 수 있었던 것은 노동으로 상징되는 그의 의식내부의 이념성 때문이다. 즉 주인공의 집단적 행동은 육체노동의 의미와 같은 맥락에서 이해할 수 있는데 이러한 점은 이념을 기반으로 한 주인공의 실천적 태도를 드러내는 것이라 볼 수 있다. 그러나 여기서 문제는 작가가 지나치게 주인공의 이념적 적극성을 비약시키고 있다는 점이다.

아무도 믿을 사람은 없다. 또 도와줄 사람도 없다. 그러니만치, 처지가 같은 관계주민에 믿음과 기대가 실리어졌다. 오직 그들뿐이 있을 뿐이다!

_____

70) 위의 글, p.161.

그들 여덟사람은 확실히 힘이 약하다. 힘이 무척 세어야할 이 마을에서 그들은 힘이 약함을, 그리고 힘을 보태어야할 어느때보다도 절실히 느꼈다.

오직 관계주민만이 힘이 될 수 있다.

주민대회로!

막달은 골목의 강아지는 호랑이를 향하고 돌아선다.71)

주인공인 동시에 작가의 목소리라고 볼 수 있는 이 대목에서 보면 과거 카프문학에서 드러났던 관념성이 그대로 반복되고 있음이 특징적이다. 이러한 점은 1930년대 중반이후 작가 한설야의 문학적 태도와 밀접한 관련을 갖는다. 장편『황혼』에 이미 '「머리」의 人間으로부터 歷史發展의 基本的 任務를 擔當하는 下層에의 推移途上에 잇는 基本階級의 人間典刑'72)을 그리겠다는 의도 하에 '경재'와 '여순'이라는 인물의 설정을 통해 소시민 지식인의 부정적 측면과 인텔리출신의 여주인공이 공장직공이 되어 그들과 함께 생활하고 싸워나가는 긍정적 측면을 각각 보여준 바 있거니와, 「임금」과 「철로교차점」에 드러나는 작가의 시각은 이와 같은 『황혼』의 의미와 깊이 관련된다. 즉 『황혼』에서 드러난 바와 같이 지식인의 소시민성에 대한 비판과 그러한 비판을 통한 지향이 바로 육체노동 또는 집단적 행동으로 나타난 것이다. 작가의 이러한 경향은 전향이후의 생활세계로 복귀하면서 그러한 생활의 세계 속에서 새로운 모색을 시도하기보다는 과거 자신이 도달했던 「과도기」의 세계로 복귀하려는 태도라고 밖에 볼 수 없다. 그러나 이러한 육체노동이나 집단적 행동의 의미는 과거 「과도기」의 세계에서와 같은 의미를 갖을 수 없다. 이 작품의 주인공들이 사상운동을 포기하고 생활의 세계에 발을 들여놓은 전향지식인이라는 점에서 이러한 육체노동이나 집단적 행동은 생활문제의 차원을 벗어날 수 없기 때문이다. 그럼에도 불구하고 작가는

---

71)『철로교차점』, p.169.
72) 韓雪野,「感覺과 思想의 統一」(『朝鮮日報』, 1938.3.8)

이것을 과거 프로문학에서의 이념적 실천의 의미와 일치시키고 있다. 즉 육체노동이나 집단적 행동이 과거의 이념을 대신하는 것으로 보고 있다. 따라서 이러한 점은 작품에서 인물과 환경의 부조화로 나타나고 있다. 「임금」과 「철로교차점」에서 주인공은 소시민으로 살아갈 수밖에 없는 상황인데도 지나친 비약을 보이고 있다. 전향지식인이 전향 후 생활세계에 직면함으로써 이러한 상황을 극복하기 위한 진지한 모색이 이루어지기보다는 이념성만을 드러내기 위해 상황을 건너뛰고 있는 형국이라고 하겠다. 임화는 이러한 점에 주목하여 다음과 같은 평을 내리고 있다.

> 이러한 퇴화, 정체는 雪野氏의 소설 「太陽」 「林檎」 「후미끼리」 등 일련의 작품에서도 인정할 수 있는 것으로 새로운 觀照主義와 아울러 낡은 공산주의의 잔재가 혼합되어 있다. 예를 들면 소설 「후미끼리」 「林檎」 등에선 노동에 대한 무원칙적 찬미라는 낡은 사상과 아울러 명백히 小市民化하고 있는 주인공의 생활과정이 그가 人民的 성실을 다시 찾고 인간의 생활속으로 들어간다는 외형만이 전사 회운동자의 전형적 갱생과정처럼 취급되어 있는데서 適例를 찾아볼 수 있다.
> 이 소설은 우리의 주관이 양심과 성실과를 잃지 않았다고 자부함에도 불구하고 객관적으로 알지 못하게 나락의 구렁으로 이끌어가는 과정이 반대의 관점에서 형상화되어 작품은 전체로 전도된 모티브위에 구성되어 있다.73)

임화는 표면적으로 드러나는 주인공의 적극적인 태도이면의 소시민화 과정을 비판하고 있는데, 이러한 평은 다분히 프로문학의 관점에서 시도된 것으로 이념적 후퇴라는 측면에서 바라보고 있는 점은 객관성을 상실한 것이라고 하겠다. 그러나 「임금」과 「철로교차점」에서의 '노동에 대한 무원칙적 찬미'가 과거의 공식주의의 잔재에 불과하다는 분석은 이 작품의 문제점을 매우 올바르게 지적한 것이라고 볼 수 있다.

---

73) 林和, 「사실주의의 재인식」, 『文學의 論理』, 앞의 책, p.57.

이상 살펴본 바에 의하면 「임금」, 「철로교차점」등 노동의 실천을 새로운 지향세계로 설정한 시도는 과거의 관념성이나 도식성을 그대로 재현하는 것이라는 점에서뿐만 아니라 이러한 실천적 이념의 강조로 인해 오히려 생활세계 속에서의 현실모색이 포기되고 있다는 점에서 부정적으로 평가된다. 그러나 이와 같은 이념을 간직한 적극적 인물의 등장은 작가가 전향한 이후에도 곧바로 친일의 세계로 나아가지 않고 현실에 저항할 수 있는 동력이 되었다는 점에서 긍정적 의미를 갖는다고 할 수 있다.

중편 「귀향」은 「임금」, 「철로교차점」 연작에서와 같이 과거의 신념을 회복한 인물이 등장하고 있는데, 이 작품들에서 드러났던 도식성은 어느 정도 극복되고 있다. 이 작품은 출옥한 전향자의 귀향과 귀향 후 생활에 뿌리를 내리기까지의 과정을 그린 작품으로 앞에서 살펴본 바 있는 작가의 현실부정의 정신이 가장 구체적으로 드러나고 있는 작품이다.

이 작품은 과거와 현재의 시간이 교차되는 가운데 아버지 유단천과 아들 기덕의 갈등과 화해의 과정을 통해 주인공의 의식적 지향점이 제시되고 있다. 주인공 기덕은 과거 사상운동을 하다 옥중생활을 마치고 7년 만에 출옥했지만 여전히 '난처한 경우를 당해서 기가 꺾여버리는 사람은 결국 제몸 하나도 건지지 못하고 마는 거지만 그렇지않고 어려운 자리에서 그것을 이기여 나가랴는 줏대만 서면 이까짓 세상은 아직 콩숭늉'[74]이라고 생각하는 적극적 의식을 소유한 인물이다. 그러나 이러한 주인공 앞에 제시된 현실은 과거 자신이 면서기라도 하기를 원하는 아버지의 희망을 꺾어버리고 '문학에 뜻을 두면서' 사상운동을 하던 그때의 현실이 아니라 거듭되는 사업의 실패로 재산을 모두 잃고만 가족의 파산이다. 기덕은 '그동안 9년째 사상문제로 누이의 혼담문제로 아버지와 대립해 오던 인물이다. 그러나 이러한 가족의 현실은 그를 결국 귀향하게 한다. 그런데 기덕의 귀향의 의미는 다음과 같이 제시되고 있다.

---

74) 한설야, 「귀향」 (『야담』, 1939.4), p.30.

내가 집으로 돌아오는 것은 과거의 생활과 생각을 버리는 것을 의미하는 것일까? 아버지가 바라는 것같은 조상과 부모와 형제를 위하야 또는 여렴이 이카르는 이른바 착한 사람이 되기 위해서일까? 정양과 시기와 가정에 구실을 부처가지고 그럭저럭 지나가기 위해서일까…….

그는 속으로 머리를 저었다. 마음 밑에 물어보나 예나 이제나 그 생각에는 변함이 없다. 다만 시간과 력사는 일순도 쉬지않고 옴기고 흐르는 것이니 이 흐름을 어떻게 좀더 적확히 잡아볼가 하는 것이 지금에 있어서 가장 긴요한 당면문제일 뿐이다.[75]

이 글에서 그의 귀향은 단순히 가족과의 생활로 돌아가는 것이 아닌 변하지 않은 신념을 기반으로 하고 있음이 강조되고 있다. 뿐만 아니라 그의 귀향이 개인적 차원의 것이 아니라 역사의 흐름을 정확히 붙잡으려는 사명감에서 비롯된 것임이 드러나고 있다. 이 점에서 볼 때 이 부분은 작가의 현실 또는 역사발전에 대한 인식을 드러내는 곳이라고 할 수 있다. 따라서 아버지 유단천과 아들 기덕의 갈등과 화해, 그리고 기덕의 아들과의 재회는 이러한 인식을 구체화하기 위하여 설정된 것이라고 볼 수 있다.

세도도 떨어지고 돈도 나가버린 몰락한 가정에 늙은 여생을 보내고 있는 유단천은 아들 기덕이 오랜 옥중생활을 마치고 출옥한다는 소식을 듣게 된다. 형무소에 가있던 7년 동안 엽서 한 장 보낸 일이 없고 그곳을 나와서도 전보조차 치지 않는 아들이지만, 그는 아직도 아들에 대한 기대와 희망을 버리지 않은 인물이다. 그는 기덕이 계모인 처의 설득으로 돌아오자 과거 사상운동에의 가담을 반대하던 일, 그리고 몰락해 가는 가산을 갱생시킨다는 이유로 기덕의 누이 기복을 사업을 계속하기 위해 빚을 얻은 박참봉의 아들에게 약혼을 강요하던 일 등 지나간 일을

---

75) 「귀향」, p.33.

뉘우침과 동시에 아들에 대한 사랑과 포용성을 갖게 된다. 즉 그는 과거 자신의 행동이 자식에 대한 욕심때문이었다고 기덕에게 고백하며 '인류가 인류로서의 감정을 가지게 된 몇십만년 이래 헤아릴 수 없이 많은 아버지의 가슴에 쌓이고 쌓이어온 아들에 대한 사랑'[76]을 느끼게 된다. 이러한 자신의 태도에도 불구하고 기덕이 여전히 자신을 기피하자 그는 아들과의 사이에 넘지 못할 장벽이 있음을 깨닫게 된다. 그러나 유단천은 아들 기덕과의 화해의 노력을 포기하지 않고 자신과 같이 '영화를 위하야 권문(權門)의 출입을 게을리 하지않고 부유하기 위하야 물질에 모든 정력과 희망을 쏟아보아야 결국 남은 것은 없다'며 아무것도 남긴 것이 없는 자신에게 한가지 희망이 있다면 그것은 '너이들이 너이들의 생각하는 바를 오로지 밝어나가기만 바랄 뿐'[77]이라고 말한다. 이에 기덕도 아버지 유단천과 대립해 온 이후 처음으로 깊은 유대감을 느끼게 된다. 그러나 기덕의 아버지와의 화해는 아버지가 기덕의 아내, 즉 부모가 정해준 무고한 본처를 버리고 '글자나 배웠'고 하는 여자를 아내로 삼았다고 하여 배척하던 아내를 받아들이는데 이르러서야 근본적으로 이루어진다. 아버지와의 화해이후 고향에서 새롭게 출발하려는 기덕은 자신의 가계가 집마저 팔 수밖에 없는 절박한 상황에 이르게 되자 생활의 타개책으로 직업을 구하거나 정미소를 내 보기로 결심한다. 한편, 팔 년 만에 처가살이를 하던 아내와 아들 영진을 만난 기덕은 아들이 자기보다 훨씬 더 훌륭한 사람이 되리라고 믿는다. 그리고 빚달련에 시달리던 기덕은 추수가 끝난 텅빈 가을들판을 바라보며, 이 가난한 풍경이 '다시 풍유해도기 위한 가난이리라 살지기 위해서 여윈것이리라'[78] 생각한다.

이와 같이 사상문제로 대립하던 아버지와 아들의 화해, 그리고 기덕의 자신의 아들과의 재회를 중심으로 전개되고 있는 이 작품의 내용에서

76) 「귀향」, p.141.
77) 「귀향」, p.144.
78) 「귀향」, p.152.

유단천 일가의 가족사를 통해서 역사발전의 법칙을 구체적으로 드러내려는 작가의 의도를 엿볼 수 있다. 이러한 점은 특히 아버지 유단천이라는 인물이 아들 기덕을 적극적 전향으로 이끄는 존재가 아니라 아들과 대립해 오던 자신의 주장을 포기하고 출감하여 가족과의 생활, 즉 생활세계로 돌아온 이후에도 여전히 신념을 버리지 않는 아들 기덕의 입장이나 태도를 지지하는 점에서 구체적으로 드러나고 있다. 여기서 기덕에게 있어서의 아버지 유단천의 존재적 의미는 전향소설에 나타나는 일반적인 양상과 크게 다른 점이라고 할 수 있다.

전향소설에서 스스로 전향자임에도 불구하고 현실과의 타협을 거부하며 적극 전향자를 비판하거나 자기내부의 소시민성을 고발 비판하는 등 현실극복을 위한 적극적 의식을 소유한 인물들에게는 일반적으로 '아버지의 부재현상'[79]이 나타나고 있다. 반면에 적극 전향자에게는 대체로 아버지가 존재하며, 그의 존재는 전향자인 아들을 적극적 전향으로 이끌거나 유도하는 존재[80]로 나타나는 특징적인 양상을 보이고 있다. 그러나 「귀향」의 경우에 '父의 存在'는 아들을 적극적 전향으로 이끌거나 이를 가능하게 하는 것이 아니라 반대로 자신의 입장을 포기하고 적극적 전향을 비판·거부하는 아들의 입장을 지지하거나 옹호하는 인물로서의 역할을 하고 있다. 그러므로 여기서 부(父)의 존재가 상징하는 봉건적 가치는 부정되고 기덕이 지향하는 진보적 신념이 보다 나은 가치로 인식되고 있다.[81] 이 점은 앞에서 지적한 바와 같이 대(代)를 이어 나가는

---

79) 김동환은 전향소설에 나타나는 '父의 不在'현상에 주목한 바 있는데, 그는 이 현상이 전향자의 前歷에서 연유한 것으로서 과거 사상운동 당시 이를 만류하던 父와의 결별이 주요한 원인이라고 지적하고 있다.(김동환, 앞의 논문, p.57.)

80) 「적막」의 창규, 「이녕」의 박의선, 「경영」 「맥」의 오시형의 父는 바로 이러한 인물이다.(권보드래, 앞의 논문, pp.22~23 참조)

81) 「귀향」은 기덕이 귀향하여 아버지와 화해한다는 점에서 "몰락된 현실자체에 대한 긍정적 태도"(김윤식, 『한국 현대 현실주의 소설연구』(문학과 지성사, 1990), p.72 또는 "아버지 세계로의 편입"(권보드래, 앞의 논문, p.23)에 불과하다고 평가된 바 있다.

가족사의 전개과정을 통해 역사적 발전을 암시적으로 드러내려는 작가의 의도에서 비롯된 것이라 할 수 있다.

그런데 이러한 인식을 바탕으로 한 주인공의 신념은 현실 속에서 구체적 실천의지로까지 발전하지 못하고 있다. 즉 주인공 기덕은 빚을 갚고 가정을 몰락으로부터 구해야 한다는 의지를 내 보이고 있지만 결국 어떠한 구체적 행동도 보이지 않는다. 다만, 그는 가난한 농촌현실을 바라보며 그것이 '다시 풍유해지기 위한 가난', '살지기 위해 여윈 것'이라고 생각할 뿐이다. 이점은 현실문제를 구체적 실천을 통해서가 아니라 '변증법적 부정'이라는 역사발전법칙에 내맡김으로써 해결하고자 하는 태도로서 이는 주인공의 관념성을 드러내는 것이라고 할 수 있다. 즉 현실과 이념이 부조화하더라도 이념의 우위를 굳게 지키며 현실을 참고 기다려 그것을 극복하겠다는 의지의 표현이라고 하겠다. 주인공의 인식이 전혀 후퇴하지 않았음에도 불구하고 구체적 전망을 보여주지 못하는 점이 한계로 지적된다. 「고물철학」에서도 이 점은 마찬가지로 드러나고 있다.

이 작품은 소시민 지식인이 자신의 소시민성에 대한 자각과 비판을 통해 실천적 행동으로 나아가는 주인공을 그리고 있다. 따라서 작품 전반부는 김남천의 자기고발 계열의 소설들과 같이 주인공의 소시민성에 대한 비판이 주를 이루고 있다. 이 소설의 주인공 긍재는 '전문을 나왔다는 간판으로써 문화인이라 자칭하고, 양복점을 경영하는 형에게서 생활비를 타 먹으면서, 매인데 없이 룸펜생활'[82]을 하는 인물이다. 그러나 그는 여전히 글을 쓰는 등 내면에 이념을 버리지 않고 있는 인물이다. 따라서 긍재는 '없는 사람은 무슨 짓을 당하든지 찍소리 할 것 없이, 국으로 엎드려 지내라는'[83] 아내를 낡은 상식에서 비롯한 허위로 가득 찬 생활태도라며 비판한다. 그리고 물을 길어 오겠다는 긍재에게 그런 일은 여자들의 할 일이며 한집안의 가장으로서 할 수 없는 상스러운 일

---

82) 이기영, 「고물철학」 (『문장』, 1939.7), p.88.
83) 「고물철학」, p.71.

이라고 만류하는 아내를 외면치레라며 못마땅해 한다. 그러나 그의 이러한 태도는 생활문제 직접 부딪치게 되면서 변하게 된다. 그는 양식문제로 싸우는 안집의 고부의 모습을 보면서 자신의 아내 역시 그들과 다를 바 없다는 생각을 갖게 되며 결국 그러한 생각은 자기 자신에 대한 반성으로 이어지게 된다.

> 긍재는 자기의 지식이나 —— 자기가 가장 옳다고 주장하는 생각이, 만일 철저해서 그것이 굳건한 신념(信念)으로서 권위를 세울 수 있다면, 어찌하여금 전과 같이 행동성(行動性)을 띠우지 못하는가. 다시 말하면 그는 왜 자기의 옳은 주장을 그대로 실천에 옮기지 못하고, 남의 비식(鼻息)을 엿보고 있는가?
> 그야말로 더욱 비굴한 짓이다. 그는 지금까지 지식인으로 자처하고 턱없는 자만에서 자기도취에 빠져 있었다. 그런데 별안간 지지리 못난 자기를 발견할 줄은 천만의외였다. 그는 마치 높이 올라갔던 물건이 떨어질 때는 더 큰 골탕을 먹듯이 자존심이 여지없이 깨지는 바람에 천길 못속으로 떨어진 때와 같은 절망을 느끼었다.[84]

이 글에서 나타나는 주인공의 자기반성은 이론과 실천의 괴리에 대한 것이다. 자신이 현실에서 아무런 실천적 행동도 하지 못하면서 신념을 소유하고 있다는 이유로 남을 비판하고 자만에 빠졌던 것이 결국 지식인의 소시민성에 지나지 않았다는 것이다. 따라서 주인공이 이러한 자기비판을 통해 지향하는 것이 실천적 행동이다. 이 실천이라는 것은 「임금」과 「철로교차점」에서와 같이 생활 속에서의 실천이다. 그러나 「임금」과 「철로교차점」에서 육체노동을 이념적 실천으로 간주했던 것과는 달리 이 작품에 나타나는 실천은 「귀향」의 세계와 유사하다. 「귀향」에서는 전향자가 생활문제를 해결하기 위해 직접 생활전선에 뛰어 드는 것을 하나의 실천으로 보았는데, 「고물철학」에서도 실천의 문제가 바로

---

84) 「고물철학」, pp.87~88.

이와 동일하게 나타나고 있다. 즉 주인공 긍재는 생활문제를 해결하기 위해 고물상을 차린 자신을 친구 윤걸이 비아냥거리자 이에 대해 다음과 같이 대응한다.

「첫째 나는 내가 흘리는 땀으로 생활을 개척해 보려고 한 것일세. 그것은 또한 여태까지 현실을 떠난 관념의 유희를 청산하자는 것두 되지만—현실적 생활에 뿌리를 박지 않은 책상위에서 끄적이는 공상적인 글쪼각이 무슨 소용있겠나—그야말로 남희의 말마따나, 아무 권위가 없는—없는 놈의 바른말 같지—」
「그럼, 자네는 그래서, 고물상을 시작하였네 그려」
하고, 윤걸이는 어리뻥뻥한 말로 응수한다. 그도 마주 담배를 피운다. 그는 속으로 긍재의 행동을 비웃었다. 네가 장사를 하면 며칠이나 지탕하다가 그만두랴고. 그것이 뻔한 노릇같이 들여다보인다. 그러나 긍재는 고물상을 시작한 뒤로부터 새로운 신럼이 생활에서 우러나왔다. 그것은 결코 돈에서 나오는 만족감이 아니었다. 그는 지금도 그런 생각이 들어가서 어떻게 한마디로 표현할 수 있을가 하고 그것을 궁리해본다.
「나는 장사보다두 철학을 연구하네」
(중략)
「새로운 철학이 고물철학이란 말인가? 하하하…….」
「그렇지. 자네, 새 것이 헌 것에서 생기구 헌 것이 새 것속에서 생기는 줄 모르나?」「가만있자, 새 것은 헌 것속에서 생기구 헌 것은 새 것속에서 생긴다. ……그러구보니까 어쩐지 철학냄새가 나는 것 같기두 같은 걸. 허허허 …….」
윤걸이는 여전히 잡담판에서 웃듯 너털웃음을 웃는다. 긍재는 그것이 불유쾌하였다.[85]

긍재의 논리는 실천을 떠난 이론만을 소유한 채 현실을 비판하던 관념적 태도를 청산하고 생활 속에서 직접 뛰어들어 현실에 대응하겠다는

---

85) 「고물철학」, pp.90〜91.

것이다. 그런데 여기서 '내가 흘리는 땀으로 生活을 개척'하겠다는 그의 의지는 이론과 대비되는 '실천'의 의미를 지닌다. 즉 주인공은 생활을 영위하기 위한 노동을 이념의 실현으로서의 실천과 동일시하고 있다. 그가 고물상을 시작함으로써 신념을 새로이 발견하게 되었다고 자부하는 것은 이 때문이다. 이와 같이 그가 생활의 세계 속에서 이념을 실현하겠다며 자신감을 보이지만, 그것은 현실적으로 생활세계와의 타협에 대한 자기합리화에 지나지 않는다. 하지만 「귀향」에서와 같이 자신이 속해 있는 생활의 세계를 부정되어야 할 현실로 바라봄으로써 그 반대의 가능성을 제시하고 있는 점, 즉 '새 것이 헌 것속에서 생기구 헌 것이 새 것속에서 생긴다'는 현실에 대한 변증법적 인식은 소극적이나마 미래에 대한 긍정적 전망을 제시하는 것이라고 하겠다.

「임금」, 「철로교차점」, 「귀향」, 「고물철학」 등에서 현실극복을 위한 지향이 생활의 세계 속에서 이념을 실천하는 것으로 나타났다면, 이 점이 한설야의 「딸」, 「이녕」, 「숙명」 등에서는 육체의 강인한 생명력 또는 생활력에 대한 강한 애착에서 찾아지고 있다. 이 작품들에서는 특히 주인공의 신념이 내면화되어 나타남으로써 실천적 의지보다는 현실에 대한 비판이나 저항이 주를 이루고 있다. 따라서 주인공들은 대체로 소시민 지식인으로서 살아가면서도 현실에 굴복하지 않고 최소한의 저항이라도 보여주는 인물들인데, 주인공의 이러한 저항의지는 주인공의 행위로 직접 나타나는 것이 아니라 타인의 행동에 의한 간접체험으로 나타나고 있다.

「딸」의 주인공은 '사람은 분노와 불만과 불평을 갖일줄 알아야 하며 그리고 더 나아가서는 자기를 누르고 없인 녁이는 그것에 대하여 반항할줄 알아야 한다'[86]는 적극적 의식을 소유한 인물이다. 그런데 그는 딸의 출생을 두고 여권을 부르짖던 아내마저 성차별 의식을 버리지 못하고 있다는 사실과 그러한 아내의 태도가 사회에 근본적인 원인이 있음

---

86) 한설야, 「딸」(『조광』, 1936.4), p.122.

을 깨닫고 분노한다. 이 때 주인공이 비판하는 현실의 부정성은 이와 같이 변모한 아내의 모습을 통해 간접적으로 제시되고 있다. 한 때 아내는 여성단체에 관계하며 여권을 부르짖을만큼 '진보적 의식'을 소유하고 있었던 인물로 과거 그의 내면세계는 다음의 글에서 구체적으로 나타난다.

> 「가장 사랑한다는 부모로서 이러한 관념을 가지고 있으니 어찌 옳은 생각이라고 하겠습니까 ? 이것은 물론 사회가 여자에게 보내는 태도가 가정에 반영된 것이라고 하겠지만 그러나 참말 새시대의 량심을 갖인 사람은 이러한 관념을'스스로 포기하지 않으면 안될 것입니다. 사회의 한무리의 인간층을 인생의 테밖게다 두랴는 생각과 같이 이런 그릇된 생각은 가정에서나 사회에서나 철두철미 뽑아버리지 않으면 안될 것입니다. 물론 오래도록 피할 수 없는 토대위에서 뿌리 박혀진 생각이니만치 쉽사리 없어지지 않을 것은 사실이지만 그러나 이것을 곤치는 것은 우리들의 거룩한 의무인 동시에 또한 권리입니다. 이것은 물론 우리들 여자만이 부르짖을 것이 아닙니다. 남자나 여자를 함께 인간으로 보고 또 그러한 당연한 관념을 낳을 토대를 쌓으랴는 량심있는 인간이 손과 소리를 한가지로 마루어가며 끝까지 이루어야할 문제라고 나는 생각합니다.」[87]

이와 같이 남편 못지 않게 신념을 가지고 여권운동에 앞장섰던 아내는 가난으로 인해 출산을 죄짓는 일로 생각하는가 하면, 딸이 태어나자 태어난 시간조차 알 필요가 없다는 태도를 보인다. 아내의 이러한 변화의 원인을 주인공은 사회에 돌린다. 그러나 이 작품에서 이러한 현실의 부정성에 대한 적극적 대응은 포기되고 있다. 다만 이러한 현실에 대한 저항은 반항심이 싹트는 딸에 대한 애착과 기대를 통해 간접적으로 드러날 뿐이다. 주인공의 이와 같은 간접적 저항태도는 「이녕」에서는 쪽제비를 내려치는 상징적 사건으로 표현되고 있다.

---

87) 「딸」, p.128.

「이녕」의 주인공 민우는 반 년 전에 출옥한 전향자이지만 내면으로는 여전히 현실과의 타협을 거부하는 인물이다. 그는 '벙어리 삼년, 장님 삼년격으로 비위상하는 일이라도 그런데로 보아가고, 때로는 속이 없이 남좋다는대로…… 살아갈 수밖에 없는 것을 알면서도 그래도 아니꼬운 꼴, 옳지못한 것을 보면 속으로 이따금 혼자 용굴대를 부려보고…… 침이라도 탁뱉아줘야 맘의 한구석"[88]이 풀리는 그런 인물이다. 그러나 생활문제에 직면한 그는 자신에게 닥친 이러한 생활현실을 수용할 수밖에 없는 상황에 처한다. 따라서 취직을 하기 위해 '보호관찰소'를 찾아다니는 등 현실에 순응 해 가는 태도를 보여준다. 그러나 이와 같이 생활현실을 받아들이면서도 그의 의식세계는 현실을 부정하거나 비판하는 데 놓여있다. 이와 같은 주인공의 의식은 앞에서 살펴본 바와 같이 자신이 적극적 전향자와는 다르다는 점을 강조하며 이들을 비판하는 데서 드러난다. 즉 그는 아내와 아낙네들의 대화를 통해 현실과 타협하고 순응해 가는 전향자들의 모습을 인식하고 그러한 세계를 '진창'이라 생각한다. 그리고 '달과 같이 차고 수정과 같이 맑은 그우에 이루어질 정렬과 인정과 풍속은 없을가'[89]라며 이러한 진창의 세계, 즉 부정적 현실을 거부하는 태도를 보인다. 그러나 이와 같이 부정적 현실에 대해 비판적 태도를 보이고 있지만 현실극복을 위한 구체적 행동은 나타나지 않고 있다. 주인공은 이미 생활세계의 한 가운데 놓여 있는 소시민에 지나지 않는 것이다. 말하자면 그는 감옥에 있는 동안 '글보다 장작 펠 도끼가 더 필요하다는걸 육신으로서 체험'했을 뿐만 아니라 출감 후에는 '회심이 들어서 취직운동을 하는' 등 이제 사상운동가가 아닌 생활인에 불과한 것이다. 따라서 이 작품에서 주인공은 바로 이와 같은 자기모순 속에 갇혀 삶의 방향을 상실하고 있는 인물이다. 이러한 자기모순에서 벗어나 주인공이 과거의 자존심을 다시 회복하는 것은 바로 쪽제비 사건을 통해서이다.

---

88) 한설야, 「이녕」(『문장』, 1935.5), pp.11~12.
89) 「이녕」, p.25.

『이놈의 쪽제비 죽어봐라』

그리자 대문이 짝하고 소리친다. 쪽제비를 겨눈 작대기가 대문에 헛맞은 것이다.

『저놈의 쪽제비, 눈이 새파래서 도망을 가겠지, 아이 그저 그놈을……』

안해는 헐레벌떡그리며 못내 분해한다. 안해뿐이 아니다. 민우는 더 분하다. 민우는 닭을 찾으며 금시 손에 잡히기만 하면 그놈의 쪽제비를 오리가리발겨 놓으리라 하였다.

어째서 이렇게 분한지 민우자신도 알 수 없다. 한편 또 안해는 오늘밤 무용전(武勇傳)을 어떻게 취주었으면 좋을지 알 수 없다.[90]

이와 같이 닭을 노리고 닭장에 들어간 쪽제비를 아내와 함께 내쫓은 다음날에야 비로소 민우는 어제 아침보다 매우 유쾌한 낯빛으로 집을 나설 수가 있었던 것이다. 이 글에서 쪽제비를 내리치는 행위는 주인공이 생활의 세계에서 할 수 있는 최소한의 저항과 실천으로서의 의미를 지니는 것이다. 물론 이러한 행위는 주인공의 자존심이나 자기모순의 극복 등 내면세계에 관련된 것이라는 점에서 현실문제를 근본적으로 해결하기에는 무력한 것이다. 그러나 과거 사상운동을 했다는 자부심 때문에 현실에 적응하지 못하거나 비판을 일삼는 관념적 태도에 비한다면 이는 사소한 것에 불과하지만 현실을 극복하려는 보다 구체적이고 실천적인 태도라고 볼 수 있다. 즉 과거에서 벗어나 현실상황을 인정하고 그 위에서 새로운 출발을 시도하는 것이라는 점에서 보다 구체적인 현실극복 의지의 표현이라고 하겠다. 이와 같이 생활의 세계를 인정하고 그 속에서 새로운 삶의 방향을 모색하는 전향지식인의 모습은 「숙명」에서도 확인된다.

이 소설의 주인공 치술도 이미 '콩밥술'이나 먹고 나온 사상전향자이지만 적극적 전향은 거부하는 인물이다. 즉 생활현실에 적극 뛰어들지 못하고 그렇다고 과거 사상운동가로 활동하던 때와 같이 그것을 거부하

---

90) 「이녕」, p.44.

지도 못하는 인물이다. 주인공의 이와 같은 우유부단한 태도는 철저한 생활인인 아내에게 비판의 대상이 된다. 아내의 시각에서 보면 다른 전향자들은 '철공소도 내고 목수도 되고 양복점도 버리고 신문지국도 하고 농사도 짓고 또 생명보험 외교원이라 상점사무원' 등 현실과 타협해 남부럽지않게 살아가는데, 오히려 남편 치술은 '더 느릉태가 되고 태화탕이 되어'[91]갈 뿐인 것이다. 따라서 생활세계로의 적극 편입을 거부하는 치술과 생활인으로서의 적극적 자세를 요구하는 아내사이에 갈등이 표출되는데, 이 작품에서 이러한 갈등의 전개에 있어서 아내의 시점과 주인공의 시점이 서로 대등하게 표현됨으로써 아내의 시각에서 제시되는 '생활의 요구'가 나름의 근거와 설득력을 가진다는 점을 드러내고 있다.[92] 특히 '어째서 살려고 살려고 버티다가 뼈가 휘어지더라도 버티는 그런 근기가 없을가'[93]라는 강인한 의지력의 부족에서 오는 주인공의 내적 갈등은 이러한 아내의 입지를 보다 강화시켜 주는 역할을 하고 있다. 이와 같은 아내의 시각에서 치술의 우유부단함이나 유약성이 문제시되고 있다. 즉 여러 가지 지혜를 짜내어 적극적으로 세상과 맞서나가는 아내에 비해 치술은 '언제 어느때 무슨일에든지 줄기차게 나가지 못하는' 인물이며 '평생 제걸 남주었으면 주었지 남의 것을 공으로 먹었으면 하는 욕심'[94]이 없는 소극적 삶의 태도를 가지고 있는 인물인 것이다. 결국 치술은 이러한 아내의 적극적 삶의 태도 속에서 새로운 삶의 방향을 발견하게 된다. 그것은 바로 강인한 생명력 또는 생활력에의 긍정이다.

> 그런즉 안해는 암말없이 흙만 파고 있는데 연약은 하면서도 한광
> 이 한광이 내려가서 땅을 파헤치는 거기서 다시금 안해가 타고난 그
> 무서운 숙명 - 전해로부터 가지고 온 그 무서운 힘 질리고 질린 강
> 심 그 보이지 않는 보배랄가 무어랄가 알 수 없는 그것을 분명 읽은

91) 한설야, 「숙명」 (『조광』, 1940.11), p.277.
92) 권보드래, 앞의 논문, p.20.
93) 「숙명」, p.284.
94) 위의 글, pp.284~288.

듯 하였다.[95]

여기서 강인한 생명력 또는 생활력에의 지향은 단순히 아내의 입장을 그대로 수용하는 것을 의미하지 않는다. 이것은 적극적 전향의 거부와 생활의 요구 사이에서 삶의 방향을 상실한 채 유약한 소시민성만을 노출했던 주인공 그러한 소극적 태도를 극복, 지양함으로써 새로운 의식세계로 전이하는 것을 의미한다고 볼 수 있다.

이상에서 살펴본 바와 같이 작가들이 생활의 세계 속에서 본격적인 모색을 시도한 작품들에서 주인공들은 과거의 신념 또는 이념을 바탕으로 한 실천적 현실 대신에 이 생활의 세계 속에서 새로운 삶의 방향과 의의를 찾아가는 모습을 보여주고 있다.

적극적 전향자에 대한 비판 문제를 다룬 작품들에서는 주인공들은 자신이 이미 과거의 이념을 상실했거나 사상운동가의 자리에서 벗어났지만 적극적 전향자와는 다르며 그들과는 일정한 거리가 있음을 강조하고 있다. 1930년대 후기 전향소설의 대부분이 이 적극적 전향에 대해서는 부정적이거나 비판적 태도를 보이고 있는데 「이녕」이나 「파도」, 그리고 「경영」·「맥」 연작에서는 그 비판의 양상이 뚜렷하게 나타나고 있다. 「이녕」에서 주인공은 적극적 전향이라는 부정적 현실을 '삶의 진창'이라 인식하는가 하면, 「파도」에서는 주인공은 이러한 적극적 전향자에 대해 증오감을 드러낸다. 「경영」·「맥」 연작에서는 이 적극적 전향의 문제가 '친일적 다원사관'의 논리로 제시되고 있는데, 이러한 친일적 논리는 철저히 생활의 세계를 지향하는 주인공 '최무경'을 통해 간접적으로 비판되고 있다.

이 같은 적극적 전향자에 대한 비판의 문제는 작가가 주체 정립의 관점에서 자신의 정신적 태도 또는 입장을 제시하는 것이라 볼 수 있겠는데, 과거 사상운동가의 자기비판과 고발을 문제삼은 작품들 역시 이와

---

95) 위의 글, p.295.

같이 작가가 주체를 정립하려는 의도에서 창작한 소설들이라고 할 수 있다. 한편, 생활의 세계 속에서의 실천이나 저항을 다룬 작품들에서는 작가들은 적극적 전향을 비판하거나 전향지식인의 자기비판이라는 소극적 태도에서 벗어나 보다 적극적인 현실대결의지를 보여준다. 이 점은 이념을 간직하거나 보다 의식이 강화된 인물들의 등장으로 나타나고 있다. 그런데 여기서 과거와 같은 이념적 인물의 등장은 현실에 일방적으로 지배당하지 않고 보다 적극적인 대결의지를 보여준다는 점, 그리고 이념과 생활세계의 정합가능성을 실험하는 등 현실에 대한 새로운 대응 방법을 모색하고 있다는 점에서 긍정적으로 평가되지만 과거의 관념성이나 도식성을 그대로 재현하고 있다는 나름의 문제점을 내포하고 있다고 하겠다.

## 3. 주체의 무력화와 병적 자의식으로의 후퇴

생활의 세계를 긍정하고 그 속에서 방향모색을 시도하던 노력은 생활세계가 내포하고 있던 근본적 한계에 대한 인식과 내면화되었던 이념마저 점점 상실되어 감에 따라 결국 정신적 혼돈과 좌절의 길로 치닫게 된다. 작가들이 의욕의 세계로 인정했던 생활의 세계도 더 이상 새로운 모색의 공간이 아닌 절망의 터전으로 밖에 인식되지 못한다. 이에 따라 주체 재정립을 통해 현실에 새롭게 대응하는 작가들의 현실극복의 의지도 퇴색하기 시작한다. 이제 남은 길은 소시민으로서의 삶을 인정하고 지금까지 거부했던 적극적 전향 또는 완전전향의 길로 나아가는 것뿐이다. 그러나 그 길은 지식인에게 도덕적 윤리적 타락을 의미할 뿐이다. 이와 같이 모든 발전적 가능성이 닫혀 있는 상황에서 전향소설의 주인공들은 병적인 심리현상을 드러내기 시작한다.

전향소설에 등장하는 주인공들은 일반적으로 육체적 정신적으로 허약한 인물들이라는 점에서 공통점을 지닌다. 먼저 주인공들은 작품에서 2

년에서 7년 간의 옥고를 치루고 출감한 인물들로 그려지고 있다. 전향소설에서 주인공들이 전향자임을 파악하게 되는 것은 바로 이들이 이와 같이 투옥의 경험을 가지고 있다는 점 때문인데, 이들은 이와 같은 투옥으로 인한 후유증 때문에 육체적으로 건강하지 못한 인물들로 나타나고 있다. 대표적인 예로 「태양」의 '그', 「포화」의 '나', 「요지경」의 '경호' 「경영」의 '오시형' 등은 바로 그러한 인물이다. 뿐만 아니라 정신적 후유증 역시 심각한 양상으로 제시되고 있다. 이미 앞에서 살펴본 바와 같이 전향자들은 소시민 지식인으로서의 허약성이나 유약함을 공통된 성격적 특성으로 지니고 있는데, 이와 같이 허약하거나 우유부단한 성격의 근본원인은 물론 전향이라는 외적 강제, 즉 전향 체험에 의한 후유증에서 비롯된 것이라 할 수 있다. 「속요」의 한 장면은 전향자들의 이러한 정신적 휴유증을 구체적으로 보여주는 예이다.

> 그는 벌써 십년 가까이되는 옛일이지만, 학생시대에 사회운동관계로 새벽에 경관에게 수색을 당한 이래, 이렇게 갑자기 누가 소리를 치든, 또 난데없는 발자국소리나 칼자루소리가 나면, 깜짝깜짝 놀래는 버릇이 있었던 것이다. 그러니까 이렇게 욕탕속에서 누가 알은 채를 해도, 경덕이는 그것이 마치 경관인양, 그리고 자기가 십년전 옛날처럼 무슨 사상관계에 관련하고 있는 양, 심한 착각을 맛보게 되는 것인데, 이것은 그 자신이 아무리 노력하여도 좀처럼 없어지지 않는 부끄럽고도 또한 몸에 해로운 버릇이었다.[96]

뿐만 아니라 작품에 등장하는 전향자들이 술과 아편, 매음에 탐닉하는 등 도덕적으로 타락한 인물로 그려지고 있는 것은 매우 주목할만하다. 그것은 바로 주인공들이 정신적으로 훼손된 상태임을 보여주는 것이라 할 수 있다. 이와 같은 주인공들의 정신적 허약성 또는 불건강성은 생활의 세계 속에서의 모색이 좌절되어 가면서 더욱 심화되어 나타난다.

---

96) 김남천, 「속요」(『광업조선』, 1940.1), p.133.

지나친 자의식 또는 현실에 대한 패배감이나 회의로부터 '자기방기나 심한 우울증, 불안감, 증오감 심지어는 광기증세까지'[97]보이는 등 병적 자의식과 환멸감이 주인공의 의식을 지배하고 있다.

이러한 병적 자의식과 환멸의 세계는 구카프작가들에 의한 전향극복에의 시도가 결국 좌절된 것을 의미하지만, 한편으로 현실의 부정성이 불가항력적인 힘으로 다가오기 시작했음을 보여주는 것이기도 하다. 개개의 주인공들의 병적인 심리현상들은 바로 사회적 의미를 띠는 것이기 때문이다. 따라서 전향체험이후 현실을 탐색하고 새로운 세계로의 지향을 시도하는 단계나 적극 전향자 등을 비판하면서 생활의 세계 속에서의 이념을 실현하려는 단계에서 나타났던 주체와 현실간의 관계는 현실의 부정성이 강화되면서 반전된다. 이 단계에서 주인공들은 속물적 현실에 대한 대결의지가 약화될 뿐만 아니라, 패배주의에 빠져 자신의 내면으로 점차 후퇴해 가는 모습을 보여주고 있다.

이러한 경향은 다음 세 가지 유형, 즉 첫째, 자신과 시대에 대한 증오감, 둘째, 병적 심리와 환멸의 세계, 셋째, 방향감의 상실과 혼란 등으로 나타난다. 자신과 시대에 대한 증오감을 다룬 작품으로는 이기영의 「설」(『조광』, 1938.5), 한설야의 「숙명」(『문장』, 1939.7), 병적 심리와 환멸의 세계를 다룬 작품으로는 한설야의 「모색」(『인문평론』, 1940.3), 「파도」(『인문평론』, 1940.11), 방향감의 상실과 혼란을 다룬 작품으로는 이동규의 「신경쇠약」(『풍림』, 1937.4), 김남천의 「포화」(『광업조선』, 1938.11) 등이 있다.


## (1) 자신과 시대에 대한 증오감

「설」은 육체적 정신적으로 나약해진 전향자가 자신을 옥죄어 오는 생활현실 앞에서 절망하는 모습을 그린 작품이다. 이 작품의 주인공 경훈

---

97) 장성수, 앞의 논문, p.145.

은 5년 만에 출감하였지만 감옥에서 얻은 '신병'으로 인해 육체적으로 허약해져 있는 상태이다. 그러나 그 앞에는 자신이 생활현장으로 나서지 않으면 안될 만큼 궁핍하고 절박한 가족의 현실이 놓여 있다. 즉 '딸은 공장에 가기를 실혀하는 것 같고 안해는 가난한 살림을 안타까워하고 아들은 학비를 경훈에게 청구'[98]하는 등 가족은 그에게 생계의 책임을 요구하거나 기대하고 있다. 그러나 경훈이 감옥에 있는 사이에 변절한 옛 동지들의 부정적인 모습은 그가 생활현실로 뛰어드는데 의식적인 장애로 작용한다. 따라서 옛 동지와 같이 '생활의 밑바닥을 뚫고 들어'가서 적극적으로 현실과 타협할 수도 없는 경훈은 허약한 육체에 정신적 고통까지 더하게 된다. 이러한 정신적 고통은 물론 삶의 방향을 찾지 못하는데서 오는 고통이라 할 수 있다. 그러나 경훈에게 생활의 문제는 더 절박한 문제로 엄습해 온다. 생활문제의 절박함은 '설'의 문제를 둘러싸고 표출된다. 설이 다가오지만 궁핍한 생활로 아무런 준비도 하지 못하는 상황에 딸 창희는 이중과세의 폐해를 없애기 위해 음력설을 폐지한다는 회사의 정책에 따라 설날에도 공장에 출근한다. 이에 경훈은 설의 의미를 다시 되새긴다. 그는 '낡은 전통의 인습을 타파하야 이중과세의 폐해를 없이 하자는 것은 문화생활의 제일보를 떼어놓자는 진보적 사상'[99]이라며 음력설의 폐지를 강조하는 회사의 선전에 대해 그는 이중과세의 의미를 가난한 현실에서 찾는다. 자신과 같이 궁핍한 처지에 있는 사람들에게는 양력설이니 음력설이니 운운할 것 없이 '한번 과세'도 어려울 뿐만 아니라 그들에게는 설이 명절이기보다는 오히려 '빗을 졸니는' 고통스러운 시기인 것이다. 이와 같이 주인공의 설에 대한 인식에서 현실에 대해 무력화되는 주체의 단면이 드러난다. 이 작품에서 이중과세의 폐해를 없애기 위해 음력설을 폐지해야 한다는 주장은 일제의 식민지 정책에서 비롯된 것이라 할 수 있다. 그러나 주인공에 의해 이러한 현실의 본질에 대한 인식은 회피되고 설의 의미는 단순히 생활문

---

98) 이기영, 「설」(『조광』, 1938.5), p.268.
99) 「설」, p.265.

제의 차원에서 파악되고 있다. 이러한 점은 그동안 주체내부 속에 남아 있던 현실에 대한 저항이나 비판적 인식마저 포기될 뿐만 아니라 현실의 무게를 감당하지 못할 만큼 주체가 무력화되었음을 의미한다고 볼 수 있다. 이와 같이 무력화된 주인공 앞에 제시된 길은 현실에의 순응뿐이다. 따라서 결국 주인공은 금광을 하는 친구를 따라다니며 금광사업을 시작한다. 그러나 부정적 현실에 발을 들여놓으면 놓을수록 그의 내면의 갈등은 더욱 심화된다.

> 그것은 마치 낭언덕이 진 물속에서 목욕을 하는 사람이 차첨차첨 자기도 모르게 깊은 속으로 드러가다가 마침내 퐁당 빠져서 휘여나지 못하는 것과 같이 경훈은 어느덧 자기역시 판에 박은 천냥만냥꾼으로 떠러지지 않을까 하는 불안한 생각이 한편으로 치밀었다.
> 그리는대로 그는 자기반성과 양심의 가책과 아울러 또한 시대와 자기를 미워하는 증오감에 박차서 견딜 수 없었다.
> 타락 ! 그것은 수영하는 사람이 물에 빠진 것 보다도 무서운 일이였다. 오히려 물에 빠져 죽는 사람은 가엾다고 동정할 수나 있지 않은가? ······.
> 그는 간흘적으로 우울을 뛰여넘는 울분이 불덩이처럼 치미러 올느고 로맨틱한 감정은 지구를 잡고 흔들고도 싶었다.[100]

이 글에서 보는 바와 같이 주인공의 내면 갈등은 현실문제를 해결하기 위한 것이 아니라 자의식의 표출에 머물러 있다. 뿐만 아니라 그의 자의식은 현실에 대한 비판이나 저항을 전제로 하는 것이 아니라 현실에 대한 절망에서 비롯된 '증오감' 또는 '우울'이나 '울분'과 같은 신경증세로서의 자의식을 나타내고 있다. 따라서 이와 같은 병적 자의식은 현실의 부정성만을 확대하여 드러내는 기능을 할 뿐이다. 현실에 대한 비판이나 저항의지를 상실한 주인공의 절망하는 모습은 「술집」에서도 형상화되고 있다.

---

100) 「설」, p.272.

「술집」에서는 다른 작품에서처럼 그 주인공이 과거의 사상운동을 하던 전향자임이 분명히 드러나지 않는다. 다만, '안해는 남편이 출입개나 한다고 믿는다. 글줄도 쓰고 남 모은데 가서 말마디나 하는 사람이라고 생각한다.'[101]라는 대목에서 그가 전향지식인임을 미루어 짐작할 수 있을 뿐이다. 이 작품에서는 생활현실의 문제가 병원을 배경으로 제시되고 있는데, 배앓이로 종내는 입원까지 하게 된 아들의 육체적 나약함과 '특이처럼 저만 혼자 싱싱한'[102] 한민의 육체적 건강함의 대비를 통해 역설적으로 주인공의 정신적 나약성을 드러낸 작품이다.

이 작품에서 주인공이 놓인 일상성의 세계는 「이녕」의 세계 이상으로 혼탁하고 질펀한 세계이다. 나이 열 살이지만 아픈 와중에도 자진해서 병원 다니기를 그만둘 만큼 구차한 부모의 사정을 잘 아는 아들 기준이 한밤중 배앓이로 위급해지자 한민은 병원을 찾아 나선다. 하지만 가는 곳마다 의사들은 '술이라 계집이라 바둑, 마짱'[103]에 빠져 돌아오지 않아 진료조차 받지 못한다. 뿐만 아니라 이튿날 겨우 입원한 도립병원에서는 조수로부터 반말로 턱질을 당하는 등 불친절한 대우를 당하기도 한다. 그러나 그러한 부당한 대우에 아무런 대항도 하지 못하고 한민은 그저 '안해가 조수를 한 번 닦아 세워 주었으면'[104]하고 바랄 뿐이다. 이처럼 주인공 한민은 현실에 대한 저항력을 상실한 인물이다. 따라서 이러한 혼탁한 일상성에서 벗어나고 싶어하는 그의 욕구는 혼탁한 현실과 함께 오히려 그의 의식을 짓누르는 요인으로 작용할 뿐이다. 이와 같은 절망적 한계상황에서 찾은 술집에서 주인공은 혼란 된 의식상태를 보여준다.

「술 주어 술……」
한민은 안주도 없이 병나발을 불어댔다. 얼마든지 먹어라, 이 건강

---

101) 한설야, 「술집」(『문장』, 1939.7), p.110
102) 「술집」, p.102.
103) 「술집」, p.104.
104) 「술집」, p.111.

이란 놈이 나자빠질 때까지, 거꾸러질 때까지 술을 마셔라.

한민은 자기의 건강을 미워하였다. 술을 건강우에다가 얼마든지 처부어보리라 하였다. 얼마나 이 건강이란 놈이 버티고 견디여가나 보고 싶은 것이다.

「못난 놈, 병을 앓다니……」

그리며 그는 술을 마셨다. 이 건강을 그대로 두고는 견딜 수 없는 것이다.

그러나 술을 마실수록 건강은 머리를 처들지 않는가. 죽이랴고 들면 무엇이고 모다 꿈틀거리는 법인가부다.[105]

이 글에서 '건강'은 중층적 의미를 갖는다. 첫째는 아들의 육체적 질병과 대조된다는 점에서 육체적 건강을 의미한다. 둘째는 주인공의 정신적 건강을 의미한다고 볼 수 있다. 임화가 이 작품을 평하는 가운데 "「술집」이란 요컨대 육체의 건강이나 정신의 건강이 다같이 필요이상으로 많은 사람들이 그것을 소모하는 장소임에도 불구하고 그들은 또한 다같이 건강이 부족한 사람들이다"[106]라고 말한 바와 같이, 이 경우의 건강이란 그 반대적 의미인 정신적 허약함이나 나약함을 의미한다고 볼 수 있다. 따라서 주인공이 술을 통해 건강을 '죽이려는' 행위는 바로 정신의 건강을 되찾기 위해 자신의 정신적 나약함을 부정하는 것이라고 하겠다. 즉 현실에 대해 무력화되는 자기 자신에 대한 혐오에서 비롯된 것이라고 할 수 있다.

이상으로 살펴본 바와 같이 「설」이나 「술집」의 주인공들은 전향자의 비판과 새로운 세계의 모색의 단계에서 보여 주었던 내면화된 이념마저 상실한 인물들이다. 따라서 주인공에게 이제 생활은 이념과의 연관을 잃어버림으로서 그 속에서 이념의 실현을 모색하고 시도하는 그러한 세계가 아닌 자신을 무력화시키는 거대한 혼란의 세계에 지나지 않게 된다. 이처럼 무력화된 주인공의 현실에 대한 반응은 자신을 억누르는 일상성

---

105) 한설야, 「술집」(『문장』, 1939.7), p.127.
106) 임화, 「現代小說의 歸趨」, 앞의 책, p.260.

의 세계에서 벗어나지 못하는 스스로에 대한 증오감이나 혐오감뿐이다. 이와 같이 현실극복 의지도 점차 퇴색하고 현실에 대해 무력화된 인물들은 한편으로 병적 혼돈과 환멸의 세계를 보여주기도 한다.

## (2) 병적 심리와 환멸의 세계

생활의 세계 또는 일상성의 세계에서 현실에 새롭게 대응하려는 노력이 좌절되어 가는 가운데 주체에게 초래된 위기는 무엇보다도 무력감과 방향성의 상실이다. 과거 사상운동에 가담했던 전향지식인들은 대개 출감이후 가족으로 대표되는 생활의 세계로 들어섰음에도 아직 희망이 남아 있었다. 그 이유는 과거와 같은 실천적 운동은 포기했지만 자신의 내면에 간직된 이념을 이 생활의 세계 속에서 실현할 수 있으리라는 기대를 버리지 않았기 때문이다.[107] 그러나 불가항력적인 현실의 힘이 그러한 시도마저 불가능하도록 주체를 무력화시키게 되면서 그동안 주체 내면 속에 남아있던 이념은 완전히 상실되거나 이념이 남아있더라도 주체를 지탱시키는 힘으로 작용하지 못하고 방향감을 잃은 채 흔들리게된다. 특히 이념이 잔존해 있는 경우, 이전과 같이 생활의 세계에서조차도 실현이 불가능해진 그 이념은 주체에게 오히려 병적인 혼돈과 환멸을 야기시키는 요인으로 작용한다. 「모색」과 「파도」의 주인공은 이와같이 자신의 내부에 남아있는 이념성으로 인해 생활의 세계에 적응하지 못한 채 병적인 심리나 환멸만을 드러내는 인물이다. 그리고 이 작품들에서는 주체의 방향상실이나 무기력의 양상이 이와 같이 내용에 있어서뿐만 아니라 문학형식의 문제로까지 나타나 있기도 하다. 즉 모더니즘의 기법[108]이 부분적으로 사용되고 있다.

리얼리즘소설에서는 인물과 환경이 상호 반응함으로써 플롯이 엮어지

---

107) 권보드래, 앞의 논문, p.29
108) 「모색」에 나타나고 있는 '모더니즘적' 요소에 대해서는 권보드래가 자세히 분석한 바 있다. (위의 논문, pp.30~33 참조)

게 된다. 따라서 이러한 양식의 소설들에서는 여러 가지 사건들이 긴밀한 인과관계를 맺고 엮어지며 그러한 관계에 따라 사건들은 일정한 맥락의 의미와 논리를 지니게 된다. 그러나 모더니즘 소설에서는 우연한 사건이나 일관된 논리를 상실한 사소한 삽화들로 구성됨으로써 플롯의 응집성이 약화된다. 그 대신 긴밀한 인과관계를 상실한 삽화나 사건들 사이에 내면의식을 채워 넣음으로써 소설의 전체구조를 이루어간다.[109] 이에 따라 모더니즘소설에서의 인물은 환경과의 조화나 반응이 약화된 인물로 그려지고 있다. 「모색」과 「파도」에서는 이와 같이 환경에의 반응이 약화된 인물들이 등장하고 있으며 서사구조를 이루는 사건 역시 우연적이거나 사소한 일상에 불과한 사건들로서 서로 긴밀한 인과관계를 상실하고 있다.

「모색」의 주인공 남식은 전향자이지만 아직 내면으로는 이념을 버리지 않은 인물이라 할 수 있다. 그는 자신과 '동년배의 옛날 동무들은 관리니 의사니 문사니 사업가니 해서 거지반 상당한 지위와 가산을 만들어 놓았는데'[110] 자신은 아직 구체적인 직업이 없이 가끔 원고청탁을 받아 살아가고 있는 룸펜이다. 이처럼 주인공은 적극적 전향을 거부할 뿐만 아니라 내면적으로는 여전히 과거와 같은 이념적 적극성을 버리지 않은 인물이다.

> 딴에 속은 살아서 어떤 때는 길을 가다가 이 바닥에서 그래도 시방 누구라고 떠드는 시색좋은 사람을 볼라치면 남식은 속으로 위선 자기 손구락 하나와 그 사람을 비교해 본다. 그리고는 으레 속으로 손구락 하나와 그 한사람과 바꾸재도 안바꾸려니 그렇게 생각하곤 한다. ─(중략)─
> 바루 이렇게스리 호기를 부리는 일도 있다.
> 그때 같아서는 수틀리면 당장 아무라도 집어 세울 것 같지만 웬지 실지는 홀쩨 그렇질 못하다.

---

109) 조병래·나병철, 앞의책, p.119.
110) 한설야, 「모색」(『인물평론』, 1940.3), p.100

속으로는 잔뜩 부르터있고, 또 피가 튀도록 싸와대구 싶으면서도 정작 그 자리에 나서면 흐지부지해 버리는데 그렇거들랑 그걸로 싹 잊어버려야 할 것인데 그렇지도 못하고 뒤에 이르러 혼자 화를 내고 혼자 속씨름을 한다.[111]

그러나 주인공의 이러한 적극적 의식은 이 글에 나타나 있는 바와 같이 주관적 의식상태에 머무를 뿐 현실적으로 행동화되지 못한다. 남식을 둘러싼 '오늘'의 현실은 '내일이란 놈을 여지없이 짓밟아버리는'[112] 암울함 그 자체이기 때문이다. 이와 같이 과거 이념적 세계에 대한 집착과 그것의 실현이 완전히 불가능해진 현실 사이에서 주인공의 심리적 갈등은 증폭되지 않을 수 없다. 이 소설은 이러한 주인공의 심리적 갈등을 드러내는 데에 초점이 맞춰져 있다. 즉 주인공의 심리적 갈등이나 그것의 전개가 소설의 대부분을 차지하고 있다. 그러한 심리적 갈등의 양상은 구체적으로 광기적 충동, 피로, 고소(苦笑), 우울 등의 심리적 상태로 나타난다.

주인공 남식은 자신을 전에 본적이 있는 狂人과 자꾸 비교해 보며 자신이 미쳐 버리지 않았나 의심하는가 하면 '장엄하게' 죽는 모습을 상상하기도 한다. 그의 이러한 심리상태는 우편국에서 직원으로부터 홀대받으면서 더욱 강화된다. 우편국의 직원이 적은 돈을 찾는다는 이유로 자신을 업신여기자 그는 마음속으로는 별별 욕설을 다해 보지만 겉으로는 그저 노려볼 뿐 한마디 말도 못하고 만다. 이 사건 이후 그는 점점 자신을 '행길에 버티고 서서 기고만장하게 외치고 욕지거리하는 미친 사나이'[113]에 동화시킴으로써 심리적 통쾌감을 느낀다. 그는 또 한편으로 얼마전 시장상인과 싸우던 아내를 생각해 본다. 아내는 시장상인에게 자신의 함지박을 채이자 싸움 끝에 시장상인으로부터 정식으로 사과를 받아낸다. 남식은 그런 아내의 '뱃심좋은' 성격에 부러움을 느낀다. 그리고

---

111) 「모색」, pp.100~101
112) 「모색」, p.101.
113) 「모색」, p.96.

다음으로 그는 과거의 동지들을 생각한다. 그는 현실과 적극 타협해 사회적으로 출세한 옛 동지들과 자신을 비교해 보며 '세속을 멀리 떠나서 살 도리를 하든가 그렇지 않으면 남들처럼 바람부는대로 돛을 달고 시속을 따라가며 맘을 안취시켜야 할 것인데'[114] 그와 같이 어느 한쪽으로도 선택하지 못한 채 우유부단하게 살아가는 자신에 대해 '한탄'하며 '고소(苦笑)'한다. 이런 그에게 내일이란 없다. 그저 일상에 대한 피곤함만이 남아 있을 뿐이다. 상가집에서 집으로 돌아오는 길에 그는 가장으로서 자신을 생각해 본다. 아내와 자식에 대해 책임감을 느끼고 있는 그이지만 무능한 탓에 그에게 집은 '우울'을 잊어버리고 들어갈 수 없는 곳이다. 그는 아침 집을 나서다 자전거에 부딪힌 일을 생각하고는 그것이 아내의 바가지 탓이라고 생각한다. 그리고 그는 길에서 예전엔 가난한 고학생이었으나 지금은 출세한 K를 우연히 만나 불쾌감을 느낀 일을 떠올린다. 그리고 잡지사로 E를 찾아갔다가 그 숙부의 생가에서 유산문제를 둘러싸고 갈등하는 가족들의 모습을 보고 불쾌감만을 느낀 채 그곳을 나선 일을 생각한다. 집에 돌아와 보니 뜻밖의 원고료가 와 있자 그는 다음날 아내와 값이 싸기로 유명한 H공급소로 물건을 사러 간다. 그곳에서 아내가 행색이 초라한 탓에 점원으로부터 박대를 당하고 싸움을 벌이자 그는 그런 아내의 행동의 원인이 자신에게 있다고 자책한다. 돌아오는 전찻간에서 그 점원을 발견한 남식은 그를 노려보면서 자신감을 되찾게 된다.

이 작품은 이상에서 살펴본 바와 같이 주인공의 연상작용에 의해 스토리가 전개되고 있을 뿐 작품내의 사건전개가 시간적 차원을 벗어나고 있다. 시간적 순서에 의해서 사건이 전개되고 있는 것은 오직 상가집에서 자신의 집으로 돌아와, 다음날 아침 아내와 H공급소를 다녀온 것뿐이며, 그 외 다른 사건이나 사소한 에피소드들은 주인공의 내면 심리상태에 따라 자유롭게 결합되어 있다. 즉 작품내의 사건들은 주인공의 내

114) 「모색」, p.101.

면 심리상태를 드러내기 위한 단순한 골격으로 제공되고 있다. 주인공 자신이 우편국에서 홀대를 받은 일이나 아내가 시장상인과 싸운 일, 그리고 상가집에서 속물적 세태를 목격한 일, 옛 동지 K나 E를 만난 일 등은 서로 어떤 인과관계도 맺지않은 무매개적인 사건들이다. 그러나 이와 같이 단편적이고 서로 무관한 사건들은 주인공의 심리상태를 드러내는데 초점이 맞춰짐으로써 서로 하나의 플롯으로 짜여져 있다. 이러한 기법은 '자유롭고 무매개적인 연상'에 의해 몽타지 기법[115]으로써 모더니즘의 기법 가운데 하나라고 할 수 있다.

이와 같은 기법을 통해 드러나는 주인공의 심리상태는 속물적 세태 또는 일상에 대한 '환멸', 그리고 해소되지 못한 저항의식으로 인한 '광기적 충동'으로 요약된다. 이 '환멸'과 '광기적 충동'으로 가득찬 주인공의 의식은 한편으로 현실에 대한 합리적 인식능력을 상실한 모습으로 나타나기도 한다.

> 남식은 언젠가 저축이라는 축(蓄)짜와 짐승이라는 축(畜)짜와 서로 혼동돼서 어느 자가 어느 자든지 종래 밝히지 못하고 말았다. 또한 번은 어째서 큰 대(大)짜 위에 하나를 그으면 하늘 천짜가 되고, 한점을 찍으면 개견(犬)자가 될가하고 골돌히 생각해 본 일도 있다. 또 두 글자는 획수도 같고 모양도 비슷한데 어째서 뜻이 그렇게도 판이할가 하고 생각하기도 하였다. 그리고 더 우스운 것은 싱싱하게 앞으로 걸어가는 사람들이 졸지에 모걸음을 치는 것으로 보이고 또이어 뒷걸음질을 치는 것으로 보여서 정작 그런가 하고 막어보면 볼수록 그런 법해서 멀거니 오고가는 사람을 바라본다. 그러면 참말 더욱 그런 것 같아진다.
> 사람뿐 아니라 자동차도, 인력거도 짐구루마도 그런듯하다. 그리고 그 기차, 자동차속에서도 사람이 굼벵이처럼 숨어 백여서 지금 그 바퀴를 불이나게 뒤로 돌리고 있는 것 같은 망상도 난다.[116]

---

115) 권보드래, 앞의 논문, p.31.
116) 「모색」, p.102.

이 장면에서 주인공은 사물을 있는 그대로 정상적인 모습으로 인식하는 것이 아니라 논리성을 상실한 파편적인 모습이나 환각의 상태로 바라본다. 이와 같이 의식의 혼돈상태를 보여주는 주인공의 모습은 자신의 내면의지와 현실적 행동의 괴리감에서 오는 심리적 갈등에서 비롯된 것이라 할 수 있다. 내면적으로는 현실의 부정성을 거부하고 이를 극복하려는 의지를 소유하고 있음에도 불구하고 그것이 자신의 현실적 행동으로 구체화되지 못하는 데서 오는 주인공의 심리적 반응이다. 그러나 주관적 의식상태에 머물러 있는 주인공은 작품의 후반부로 오면서 점차 현실적으로 행동하는 인물로 변모된다. 즉 아내가 부당한 현실에 적극 대항하는 모습을 보고 그 역시 현실에 대한 자신감을 회복하게 되는데, 이같이 주인공의 심리적 갈등이 적극적 현실대결의지로 연결됨으로써 이 작품은 작품전반을 구성하고 있는 모더니즘 요소에도 불구하고 리얼리즘의 큰 틀을 벗어나고 있지는 않다. 「파도」 역시 행동화되지 못한 내면적 적극성으로 인해 병적인 심리상태를 보이는 인물을 형상화하고 있다. 특히 이 작품에서는 주인공의 병적인 심리가 아내에게 비정상적 집착을 하는 모습으로 나타나고 있다.

파도의 주인공 명수는 '고향을 떠나 장근 이십년 동안이나 만주와 동경으로 떠다니며 혹은 하숙에서 혹은 감옥에서 혹은 단체회관에서 혹은 잡지사 사무실에서 또 혹은 친구의 집'[117]을 전전하며 살아온 인물로 한때 문학적 소질이 있었으나 '시대적 매력'을 가진 일에 몰두하여 이를 멀리한 후 다시 문학활동을 하고 있는 인물이다. 그는 '뼈대를 잃고 살까지 말라가고 있는' 어려운 시대에 '아무도 추종할 수 없는 독특한 경지를 가지고 있는'[118] C에게 아내가 호의를 보이자 알 수 없는 잔인한 충동에 사로잡혀 아내를 괴롭히기 시작한다. 뿐만 아니라 아내와 춘식이 사이를 의심해 굳은 신념이 있어 보여 가까이했던 그마저 멀리하게 된다. 그런데 이 작품에서 명수의 의처증세와 같은 아내에 대한 병적 집

---

117) 한설야, 「파도」(『인물평론』, 1940.11), p.71.
118) 「파도」, p.73.

착은 그 근본원인이 다른 곳에 있음이 드러나고 있다.

> 차라리 안해 한사람에게라도 이 싸인 정열을 탈탈 털어 화려한 불
> 꽃같이 얼른 끝장을 내어버리고도 싶으나, 그래도 아직 어디서 솟는
> 지 언제 마저 버릴지 알 수 없는 머질줄 모르는 정열이 자기의 몸에
> 는 남아있는 것이다.
>   그리고 그것은 물론 여자에게서 타올라서 여자에게서 타버리고 말
> 그런 종류의 것이 아닌 것도 명수는 알고 있으나 알고 있을 뿐 어디
> 다가 달리 기우릴 바를 몰라서 지금 안해에게 그것을 부리고 부리다
> 가는 쌈을 하고 쌈을 하고는 또 울 듯이 다정해지고 하는 것이다.[119]

그것은 즉 현실에 대한 자신의 의지나 열정을 외부로 표출하지 못하
는데서 비롯된 것이라 할 수 있다. 이 작품에서 주인공은 외부세계와
철저히 차단된 인물로 형상화되고 있다. 그는 동지들과 발을 끊기 위해
오래 기숙하던 하숙집을 나와 버리는가 하면 '복닥판같이 밤낮 들복는
서울 장안이라 하더라도 그 복판에 들어 백여서 남모르게 유유히'[120]
살아가고자 하는 인물이다. 이러한 자기 폐쇄적인 인물에게 현실대결을
위한 의지나 열정은 그것이 실현 불가능한 것이라는 점에서 무의미하다.
오히려 그러한 의지는 주인공에게 심리적 압박감으로 작용할 뿐이다. 이
점에서 볼 때 아내에 대한 주인공의 병적 집착과 가학적 행위는 자신의
의지의 실현통로가 차단된 데에 기인한다고 볼 수 있다.


## (3) 방향감의 상실과 혼란

「신경쇠약」이나 「수석」은 삶의 방향감을 상실한 주인공들의 병적 심
리상태를 추적한 작품들로, 이 작품들에서의 주인공들은 두통이나 우울
증, 불면증 등 정신적 고통에서 빠져 나오지 못한 채 혼란 된 의식만을

---

119) 「파도」, pp.78~79.
120) 「파도」, p.62.

드러내는 인물들이다.

이 작품은 앞에서 언급한 바와 같이 주인공의 하루일과를 자세히 묘사한 작품으로 주인공이 이동하는 장소마다 과거 사상운동을 하던 지식인들의 삶의 태도가 다양하게 제시되어 있다. 그들의 삶은 여전히 이념을 버리지 않은 채 문학활동을 하고 있는 인물로부터 적극적으로 전향해간 인물에 이르기까지 다양한 모습으로 나타난다. 이 같은 과거 동지들의 모습을 접하게 되면서 주인공 경수의 삶에 대한 방향상실감은 더욱 증폭되어 나타난다. 그러나 방황만이 지속될 뿐 결국 주인공은 어떠한 결단도 내리지 못하고 만다. 다만 '신경쇠약'이라는 병적 심리상태를 보여준다. 이 점은 현실에 대해 무력화된 주인공의 태도를 드러내는 것이라 할 수 있다. 이러한 주인공의 무기력한 모습은 작품 전반을 통해 드러나고 있다. 이 작품의 서두는 주인공 경수가 '아버지'로부터 설교를 듣는 장면으로부터 시작된다. 주인공의 부친은 그가 '사상운동'이다 '감옥'이다 떠돌아다니면서 가정을 소홀히 하자 다음과 같이 그에게 생활의 논리를 강변한다.

> 「경수야 너도 생각해 보아라 너하고 같이 학교 다니는 동무는 벌써 재판소 판사된 사람도 있고 중학교 선생된 사람도 있지 않으냐. 그런데 너만 그놈의 못된 병에 걸려서 감옥에가 썩다가 이 모양이 되었으니 딱한 노릇이 아니냐! 물론 나도 네가 하는 그 일을 결코 그른 일이라고 생각지는 않는다. 그러나 몸만 망첫지 일이 성공이 되느냐 말이지. 그리고 집안일도 도라보아야 하지 않느냐 옛글에도 수신제가(修身齊家)한 후에 치국평천하(治國平天下)하라고 한 바와같이 첫째 내 몸을 도라보고 집안을 다스리고 그 다음에 세상일을 하는 게야……」[121]

부친은 그에게 실패한 과거의 사상운동을 비판하는 동시에 생활을 영위해 가는 문제가 우선이 되어야 한다는 논리를 펴며 가족의 생계를 책

---

121) 이동규, 「신경쇠약」 (『풍림』, 1937.4), p.67.

임질 것을 강조한다. 이러한 부친의 설교에 대해 주인공 경수는 '무어라고 대답할 말도 생각나지 않고 대답할 기력도 없어 그대로 고개를 숙이고 이 설교가 어서 끝나기만을 고대'[122]하는 등 무기력하고 수동적인 태도를 보인다. 즉 그는 실제로는 부친의 설교를 수용하지 못하면서도 어떠한 대응도 하지 못한 채 두통이나 우울감 만을 느낀다. 이와 같은 주인공의 태도는 과거 사상운동을 하던 주인공의 실천적 논리가 생활의 논리에 비해 상대적으로 위축되고 있음을 나타내는 것이라고 할 수 있다. 따라서 최소한의 현실 대결의지나 논리적 기반마저 상실한 상태에서 주인공은 삶의 지향처를 찾기 위한 방황만을 되풀이한다. 즉 그는 '무엇을 하며 어떻게 살 것인가'하는 문제에 골몰한 채 거리로 나선다. 그리고는 이곳저곳을 찾아다니며 자신과 유사한 전향자들의 다양한 삶의 모습을 접하게 된다.

그가 첫 번째 들른 곳은 '대중평론사(大衆評論社)'라는 잡지사이다. 그는 그곳에서 대조적인 두 인물의 삶의 모습을 보게 된다. 한사람은 시대상황에도 불구하고 여전히 '좌익적 색채를 띤 잡지'를 출판하고 있는 박철이라는 선배이며 다른 한사람은 한때 사상운동을 주도하였지만 '국민회의'라는 '사상전향자의 단체'에 가입한 방철악이라는 인물이다. 우울한 마음으로 그곳을 나선 그는 다음으로 서점을 찾아간다. 서점에서 우연히 자신과 같이 삶의 방향감을 상실한 채 방황하는 박봉래라는 인물을 만나게 된다.

> 「어떻게 사러야 좋을지 나는 알수가 없어. 아조 마음이 괴로워. 그래서 공연히 나는 이렇게 도라단니지 날마다 도라단니고 차점에 드러가 차나마시는게 일인걸. 누구는 날더러 아조 백지(白紙)가 되어버리라고 하데. 그러면 마음이 편할 것이라고. 그러나 어떻게 백지가 되나.」[123]

---

122) 「신경쇠약」, p.67.
123) 「신경쇠약」, p.70.

박봉래와의 대화를 통해 그와 동질감을 느낀 그는 그와 함께 이번에는 '시대문학사'를 찾아 나선다. 그는 그곳에서 저널리즘에 의한 예술의 상품화에 대해 논쟁하는 'B'와 'R'의 대화내용을 듣게 된다.

그는 '내일의 밥'을 위해 예술의 상품화를 주장하는 B와 이에 반대하며 저열한 작품의 창작을 비판하는 R의 대화내용 가운데 '자기가 옳다고 믿는 어느 신념없이는 못사라가는 것이 사람'이며 '그러다가 그 신념이 동요된다든지 실증이 난다든지 그 신념에서 떠나게 된다든지 할 때에 그 대신될 다른 것을 잡지 못하면…… 뼈없는 사람같이 흔들리게 되는 것'124)이라는 B의 말에 '일점의 진리'를 느끼며 그곳을 나온다. 다음으로 그는 '강군'의 집으로 찾아가 그로부터 과거 동경에 있을 때 사상단체에서 활동하던 일과 과거를 그리워하는 이야기를 듣게 된다. 이상과 같이 사상운동을 하던 전향자들의 다양한 삶을 접한 그는 '어떻게 살아야 할 것인가'하는 절박한 문제에 부딪혀 심각한 갈등을 느낀다.

> 「이것이 나의 하로의 일인가?」하고 어제서 일 오늘일을 회상하여 본다.
> 「어떻게 사러야 할 것인가?」
> 「나도 문학이나 해볼가?」
> 「좀더 긴장된 생활을 해보고 싶다!」
> 「차라리 땅이라도 파는 것이 행복스럽지 않을가」
> 「B군은 아까 사람은 신념에 의지하고 산다고 하였다. 나는 무슨 신념으로 또 붓드를까? 다시 예전으로 도라갈까?」125)

그러나 그는 어떠한 결단도 내리지 못한 채 집으로 돌아온다. 집으로 돌아와 잠 못 이루고 밤을 지샌 그는 머리가 아파 병원을 찾아간다. 의사가 신경쇠약이라고 진단을 내리자, 병원을 나오면서 그는 자신뿐만 아니라 이 세상 모두가 '중태의 신경쇠약'에 걸렸다고 중얼거린다.

---

124) 「신경쇠약」, p.72

125) 「신경쇠약」, p.72.

이 작품에서는 이와 같이 주인공의 현실에 대한 어떠한 선택이나 결단도 거부되고 있다. 주인공은 단지 자신과 자신이 속해있는 세계 전체를 병적 상태로 인식한다. 이러한 점은 주인공 경수가 '현실과의 대결을 회피할 수 있는 근거를 마련, 철저한 自己防禦의 世界를 형성'126)하는 것이라고 할 수 있는 동시에 주인공의 현실에 대한 무력함을 그대로 보여주는 것이라고 하겠다. 「신경쇠약」에서 이와 같이 주인공이 자신을 포함한 세계 자체를 병적인 상태로 인식하고 있다면, 「포화」에서는 현실이 주인공에게 '물거품'과 같이 헛되고 무의미한 것으로 인식되고 있다.

「포화」는 생활문제로 인해 적극적인 전향에의 거부마저 흔들리고 있는 전향지식인을 그린 작품이다. 즉 이 작품에서는 생활문제의 중압감으로 인해 이제까지 거부해 오던 부정적 현실을 '어찌할 수 없는 것'으로 수용하는 주인공의 무기력한 모습이 형상화되고 있다.

이 작품의 주인공 박순일은 육체적인 질병으로 인해 휴직하고 있는 전향지식인으로 그는 느닷없이 회사로부터 해직통고를 받게 된다. 그러나 그는 가족의 생계를 더 이상 책임질 수 없는 위급한 상황에 처하게 되지만 이러한 현실문제를 해결하기 위해 노력하기보다는 외면으로 일관하는 모습을 보여준다.

> 수건으로 머리를 동이고 눈에는 색안경을 꼈다. 모든 근심, 걱정, 세속사를 흐린 공기와 함께 가슴속에서 깨끗하니 씻어내일려는 것처럼, 나는 천천히 심호흡을 세 번을 하고, 조용히 다시 의자에 걸처 앉었다.127)

이 글에서 주인공이 '색안경'을 끼는 장면은 현실도피적 행동을 상징적으로 드러내는 것이라 할 수 있다. 주인공 순일의 이러한 무기력한 모습은 적극적 전향자라 할 수 있는 김기범이라는 인물에 대한 태도에

---

126) 김동환, 앞의 논문, p.55.
127) 김남천, 「포화」(『광업조선』, 1938.11), p.104

서도 드러난다. 그는 '사상보국연맹의 지부설치'를 위해 전향자 대표로 상경한 친구 김기범이 실직한 자신의 입장을 동정해 취직을 알선하겠다는 태도에 대해서도 어떠한 저항감도 보이지 않는다. 다만, 부끄러움 없이 자신의 지위를 당당하게 드러내며 그를 바라보며 일순간 '현기증'을 느낄 뿐이다. 이 점은 주인공이 적극적 전향자에 대한 비판, 즉 부정적 현실에 대한 비판의식마저 흔들리고 있음을 입증하는 것이라 할 수 있다. 이와 같이 적극적 전향에의 비판이나 거부감마저 흔들리고 있다는 사실은 한편으로 부정적 현실에의 순응이나 타협이 멀지 않았음을 말해 주는 것이기도 하다.

이상에서 살펴본 바와 같이 현실에 대해 무력화되는 주인공을 형상화한 작품들에서는 주인공들이 부정성이 강화되어 가는 현실 속에서 병적인 심리상태를 보여준다. 전향소설에 등장하는 주인공은 대부분 육체적 정신적으로 허약한 인물들인데, 생활의 세계 속에서의 모색이 좌절되어 가면서 주인공의 정신적 허약성 또는 불건강성은 더욱 심화되어 나타난다. 즉 주인공들은 병적 자의식과 환멸 등 병적인 심리상태를 보여주는데, 이것은 구체적으로 자신과 시대에 대한 증오감, 병적 심리와 환멸의 세계, 그리고 방향감의 상실과 혼란 등의 문제를 통해 형상화되고 있다.

「설」이나 「술집」의 주인공들처럼 내면화된 이념마저 상실한 인물들은 자신과 현실에 대해 증오감이나 혐오감으로 대응한다. 이념이 남아있는 경우에도 주인공의 심리적 상태는 크게 다르지 않다. 주인공의 내면 속에 이념이 남아 있다고 하더라도 그 이념은 주체를 지탱시키는 힘으로 작용하지 못하고 오히려 병적인 심리상태나 환멸만을 가져온다. 그리고 결국에는 방향감을 상실하고 혼란된 의식만을 드러내고 있다. 이와 같이 병적인 심리상태를 보여주고 있는 인물들이 등장하고 있는 것은 작가들의 현실극복의지가 점차 퇴색하기 시작했으며, 주체 재정립에의 시도가 결국 좌절되어 감을 의미한다고 하겠다.

# IV. 결 론

　이상으로 본고에서는 1930년대 후기 한국 전향소설에 나타난 주체 재정립의 시도와 좌절의 과정을 살펴보았다. 한국 문학사에서 1930년대 중·후반기는 일제의 사상탄압에 의해 프로작가들이 카프의 해산을 겪고 또 감옥생활을 체험하면서 사상포기, 즉 전향을 강요당한 시기이다. 이러한 시대적 배경 속에서 그동안 문학을 정치와의 관계 속에서 이해하고 이를 바탕으로 문학적 실천을 해오던 카프작가들은 치명적인 타격을 받게 된다.[1] 1935년 카프의 해산은 조직을 중심으로 한 집단적 문학활동이 불가능함을 의미했고 또 전향의 체험은 프로작가들이 지금까지 의식적으로 모색해 왔던 이념적 세계와의 격리를 의미하는 것이었기 때문이다. 따라서 구카프작가들은 과거에 자신들이 견지하고 있던 작가적 태도를 가지고 어떻게 새로이 변화된 현실에 대처해야 하는가를 심각히 고민하지 않을 수 없었는데 전향소설은 바로 이와 같이 구카프작가들의 자기모색과정에서 창작된 소설들이라 할 수 있다.

　본고는 일제 하 한국의 전향소설을 이와 같이 구카프작가들의 자기모

---

1) 김재용, 「1930년대후반 사실주의 소설의 자기모색과 「하얀개간지」의 의미」, 『민족문학운동의 역사와 이론』 (한길사, 1990), p.120.

색이라는 긍정적인 방향에서 연구하고자 하는 목적에 따라 일제 하 한국에서 전향이 발생하게된 역사적·사회적 배경, 1930년대 후반 제 조건 속에서의 '전향'의 의미, 카프 해산과 전향에 대한 구카프문인들의 대응논리 등을 각각 검토하였다. 그리고 카프 해체 이후인 1930년대 중반부터 1940년대 초 사이 구카프작가들에 의해 발표된 전향소설을 대상으로 하여 1930년대 후기 한국 전향소설의 특징을 고찰하였다. 각 장에서 논의된 내용과 결과를 요약하면 다음과 같다.

2장에서는 일제 하 전향소설 연구를 위한 예비적 고찰로서, 먼저 이 시기에 정치적·사회적 상황과 전향이 발생하게 되는 과정을 살펴보았다. 1930년대 일제 하에서 발생한 한국의 전향은 1925년에 제정된 일본의 치안유지법을 비롯한 일련의 사상통제책에서 비롯된 것임을 알 수 있었다. 일본의 사상통제책에는 일본사회에서 전통적으로 내려온 '갱생'이라는 개념이 자리잡고 있었는데, 이 '갱생'의 개념을 바탕으로 하고 있는 전향제도에 따라 카프문인들을 비롯한 당시 한국의 사회주의 운동가들은 폭력과 강제행위라는 전향에의 가혹한 압력을 받은 것으로 나타났다. 특히 카프 문인들은 일제의 사상탄압의 일환으로 전개된 카프 1차, 2차 검거사건을 거치면서 실제로는 모두 전향자로 공인되었음이 드러났다.

다음으로 일본의 사법당국이 만들어낸, 정치적 용어인 '전향'의 의미를 구체적으로 살펴보았다. 특히 일본의 전향개념이 그 나라의 사회적·역사적 성격과 불가분의 관계에 있는 것처럼 사회적·역사적 제 조건이 다른 한국에서의 전향의 의미는 일본의 경우와 차이가 있을 수밖에 없다는 전제 아래 이를 각각 비교 검토 하였다. 그 결과 일본의 전향개념 속에는 권력에 의한 강제나 내적 요인에 의한 자발적 측면이 모두 포함되는 동시에 궁극적으로는 '천황제의 귀의'라는 사상 전환의 의미를 내포하고 있는 것으로 밝혀졌다. 반면, 한국의 전향개념은 전향의 동기가 권력에 의한 강제라는 점에서 일본의 전향 범주와 동일한 점이 발견되나, 일본의 경우와 같이 자발적인 측면이 포함되지 않을 뿐만 아니라 사상 전환의 측면도 인정되지 않는다는 점에서 '권력에 의해 강제된 사상의 포기'로 규정되었다.

그리고 일제의 사상탄압에 대한 구카프작가들의 대응논리는 크게 그동안 카프문학이 추구해 왔던 이데올로기나 당파성을 전면적으로 부정하는 경우와 카프의 실천적 이념은 포기하되 카프문학이 남긴 유산을 비판적으로 계승하여 이를 대체할만한 새로운 문학적 방법을 모색하는 경우 등 크게 두 가지로 나누어 살펴보았다. 그런데 전자의 경우를 대표하는 박영희와 백철의 전향론에서는 그들이 카프문학에 대한 발전적 극복의 차원이 아닌 프로문학 자체를 부정하는 청산주의적 태도를 보이거나 카프의 이념, 즉 문학의 정치성이나 사상성 자체를 부정하는 것으로 나타났다. 김남천과 한설야를 중심으로 한 그 외 구카프작가들의 경우에서는 카프이념의 포기를 인정할 수밖에 없는 상황에서도 운동이나 조직에 결부되지 않은 채 개별적인 이론적 노력을 보여 주었다. 김남천은 '고발문학론'을 중심으로 한 주체논의에서 가면박탈, 자기폭로, 자기격파 등 주체의 해체를 통해 주체를 재정립하는 것으로 나타났는데 여기서 주체의 해체는 작가의 세계관 자체를 해체하는 것이 아닌 변증법적 인식을 전제로 한 것임을 알 수 있었다. 한설야의 경우도 변증법적 인식을 전제로 한 '현실부정의 문학'을 문학의 새 방향으로 제시하고 있다는 점에서 김남천과 의식적으로는 동일한 점이 발견되었다.

3장에서는 1930년대 후기 한국전향소설 속에 주체 재정립의 시도와 좌절의 과정이 제시되어 있다고 보고, 주체의 현실과의 대응관계를 중심으로 세 유형으로 나누어 살펴보았다.

첫째는 작가들이 자신의 소시민성을 발견함과 더불어 생활의 세계에 관심을 드러내기 시작한 단계의 작품들로서 이 작품들에서는 사상운동을 하던 과거의 세계로부터 완전히 벗어나지 못한 인물들이 전향 후 부딪히게 된 생활세계에 적응하지 못하고, 갈등 끝에 현실과 일정한 거리를 보여주는 것으로 나타났다. 과거 사상운동에 투신하였다가 감옥에 다녀온 주인공은 더 이상 이념적 활동이 불가능한 상황에 처하게 되자 생활의 세계 또는 일상성의 세계에서 새로운 출발을 다짐하게 된다. 따라서 주인공들은 과거 신념 또는 이념을 바탕으로 한 현실 대신에 이 생활의 세계 속에서 새로운 삶의 방향과 의미를 찾아가는 모습을 보여준다. 그런데 이 인물들의 의식은 과거로부터 완전히 벗어나지 못하고 있다. 한설야의 「태양」, 이기영의 「적막」, 김남천의 「제퇴선」의 주인공들은 사상운동가로서의 삶은 불가능하고 일상의 세계에 순응하며 살아가야 하지만 이를 거부한다. 그들이 생활의 세계와의 타협을 거부하면서 찾아낸 것이 「태양」에서는 자연의 세계, 「적막」에서는 예술성의 세계, 「제퇴선」에서는 인도주의로 각각 나타나고 있다.

둘째는 주체재정립을 위한 모색이 본격적으로 시도되고 있는 단계의 작품들로 이 작품의 주인공들은 이 생활의 세계를 부득이한 경우로서의 생활이 아니라 그 속에서 새로운 의미를 발견해 내기 위한 세계로 받아들이게 된다. 따라서 이들은 과거의 신념 또는 이념을 바탕으로 한 실천적 현실 대신에 이 생활의 세계 속에서 새로운 삶의 태도와 방향을 모색하는 모습을 보여주고 있다. 이러한 주인공의 태도에 주목하여 적극적 전향자에 대한 비판을 다룬 작품, 과거 사회주의 운동가의 자기비판과 고발을 다룬 작품, 생활적 실천과 저항의 문제를 다룬 작품으로 구분하여 살펴보았다.

적극적 전향자에 대한 비판을 다룬 작품들에서 주인공들은 자신이 이미 과거의 이념을 상실했거나 사상운동가의 자리에서 벗어났지만 적극적 전향자와는 다르며, 그들과는 일정한 거리가 있음을 강조하고 있다. 따라서 이러한 주인공들은 적극적 전향 또는 완전전향에 대해 거부감을 보이고 있다. 이와같은 적극적 전향자에 대한 비판은 한설야의 「이녕」 「파도」 등에서 부분적으로 시도되고 있으며, 김남천의 「경영」·「맥」연작에서는 그 비판의 양상이 뚜렷이 나타나고 있다.

과거 사상운동가의 자기비판과 고발을 다룬 작품들에서는 과거 사상운동을 하던 지식인의 실직, 빈궁, 이중성 등 부정적 측면에 대한 고발과 비판의 문제에 주목하고 이를 지식인 전향자가 자기비판을 통해 새롭게 주체를 정립하는 주체 재정립의 관점에서 살펴보았다. 이에 속하는 작품들로는 김남천의 「처를 때리고」, 「춤추는 남편」, 「녹성당」, 「속요」 등이 있는데 이 작품들에서는 전향지식인의 허약성이나 이중성 등 부정적 측면이 고발·비판되고 있다.

생활적 실천과 저항의 문제를 다룬 작품들에서는 이념을 간직한 주인공이나 의식이 보다 강화된 인물들이 등장함으로써 보다 적극적인 현실대결의지를 보여 주었다. 특히 이 작품들 가운데 이념을 소유한 인물들이 다시 등장할 수 있었던 것은 구카프작가들이 실천적 의미로서의 이념은 포기하였지만 내면의 이념을 바탕으로 그 이념의 존재방식에 대한 지속적인 탐구, 즉 이념과 생활의 세계의 정합가능성에 대한 시도에서 비롯된 것으로 생각된다. 이와 같이 이념을 소유한 인물들이 등장하는 작품으로 한설야의 「임금」·「철로교차점」연작, 「귀향」, 이기영의 「고물철학」 등이 있다. 이 작품들에서 현실극복을 위한 시도가 생활의 세계 속에서 이념을 실천하는 것으로 나타나고 있는데, 이러한 시도는 실제 창작에서 이념과 현실의 괴리라는 부정적 결과를 낳고 있다. 특히 「임금」·「철로교차점」연작에서 육체노동의 실천을 새로운 지향세계로 설정하고 있는 것은 과거의 관념성이나 도식성을 그대로 재현하는 것이라는 점에서뿐만 아니라 실천적 이념의 강조로 인해 생활의 세계 속에서의 구체적 모색이 포기되고 있다는 점에서 보다 적극적인 현실대결의지에도 불구하고 부정적으로 평가된다. 한설야의 「딸」, 「이녕」, 「숙명」 등에서도 보다 의식이 강화된 인물들이 등장하고 있는데, 이 작품의 주인공들은 이념을 바탕으로 한 현실인식태도를 보여주지만 실천적 의지보다는 현실에 대한 비판이나 저항적 태도를 드러내는 인물들로 나타났다.

셋째는 현실에 대한 주체의 무력화를 형상화한 작품들로 이 작품들에서는 이전의 소설 유형에서 나타났던 주체와 현실의 관계가 현실의 힘에 의해 주체가 무력화되면서 반전되는 것으로 나타났다. 이 작품들의 주인공들은 현실의 불가항력적인 힘에 의해 생활의 세계가 더 이상 모색의 공간이 아닌 절망의 터전으로 밖에 인식되지 못하자 마침내 병적인 심리상태를 보여주는 인물들이다. 이와 같은 인물의 태도에 주목해 다음의 세 가지 유형, 즉 자신과 시대에 대한 증오감, 병적 심리와 환멸의 세계, 방향감의 상실과 혼란 등으로 나누어 살펴보았다.

이기영의 「설」이나 한설야의 「술집」의 주인공들은 내면의 이념마저 상실한 채 자신을 억누르는 일상성의 세계에서 벗어나지 못하는 스스로에 대한 증오감이나 혐오감을 드러내고 있었다. 반면, 한설야의 「모색」이나 「파도」의 주인공들은 자신의 내부에 남아있는 이념으로 인해 오히려 생활의 세계에 적응하지 못한 채 병적인 심리나 환멸을 드러내는 인물들이었다. 이 경우 이념이란 생활의 세계에서조차 실현 불가능해진 것으로 주체를 오히려 심리적으로 압박하는 요인으로 작용했다고 볼 수 있다. 이동규의 「신경쇠약」이나 김남천의 「포화」에서 등장하는 주인공들은 삶의 방향감을 상실한 채 심리적 불안감이나 우울증을 드러내는 인물들이다. 이 소설들에서는 주인공이 삶의 방향감 상실에서 오는 혼란된 의식을 보여주고 있다는 점에서 현실에의 순응이 멀지 않았음이 예측된다.

현실에의 순응은 친일의 세계를 수용하는 것을 의미한다. 따라서 친일로서의 전향은 바로 이 시점에서 논의될 수 있는 것이다. 1930년대 중반 이후부터 이념이나 사상의 포기를 강요당한 상황 속에서도 나름대로 현실을 극복하고자 했던 구카프작가들도 1940년대에 이르러서 결국 친일문학의 세계로 나아가게 된다.

이상으로 전향소설을 분석한 결과, 단순히 전향을 체험한 지식인의 고민과 생활을 다루는데 그치지 않고 그러한 소재적 차원 이면에는 현실을 극복하려는 의지와 새로운 현실대결방법에 대한 모색이 시도되고 있음을 알 수 있었다.

이 점에서 볼 때 1930년대 한국 전향소설은 프로문학을 비판적으로 계승하여 새로운 문학방향을 모색하고 있다는 점에 그 일차적 의의가 놓인다고 할 수 있다. 뿐만 아니라 1930년대 후반의 다양한 문학 경향들이 1930년대 후반의 현실을 '변화 불가능한 것'으로 인식하고 있는데 반해, 전향소설의 경우는 비록 국한된 세계이지만 현실을 극복의 대상으로 인식하고 그 속에서 현실을 부정·비판하는 등 비판적 시각을 견지하는 태도를 보여주었다는 점에서 그 두 번째 의의를 찾을 수 있다고 하겠다.

그러나 일제 하 전향소설은 이 같은 의의에도 불구하고 근본적인 한계를 내포하고 있다. 그것은 전향소설의 대상세계가 현실 전체가 아닌 생활의 세계라는 현실의 일부분에 국한되고 있다는 점이다. 따라서 리얼리즘이 지향하는 총체적 현실 반영에는 궁극적으로 도달하지 못할 뿐만 아니라 현실에 대한 주체의 부정이나 비판과 같은 대결의지마저 상실할 경우 생활의 세계 자체만이 남게 되므로 그것은 곧바로 친일 세계의 수용이라는 위험을 내포하고 있다고 하겠다. 1930년대 후기 한국 전향소설의 특징적 의미는 앞으로 그 외 동반자 작가나 비카프작가가 쓴 전향소설과의 비교·고찰을 통해 더욱 구체적으로 밝혀질 수 있을 것이다.

# A Study on Korean Conversion Novels in the later 1930′s

In-Ok, Kim

Dept. of Korean Language Literature.

Sookmyung Women′s University.

The aim of this dissertation is to illuminate an aspect of the real confrontation of writers who faced a turning point in 1930′s and its meaning of a history of literature through the attempts to reconstruct a subject, which was shown in korean conversion novels in the later 1930s and the process of frustration.

The existing arguments were not able to examine properly affirmative and positive meaning contained in conversion novels because they analyzed and estimated conversion novels in 1930s on the basis of proletarian literature of KAPF times.

The article tries to find out that overcome of conversion psychology through subject reconstruction of writers and intention of old KAPF writers who explore qualitative change of literary which contained in conversion novels in 1930's.

To achieve the goal of this dissertation, we study conversion novels in 1930's from affirmative and positive viewpoint of old KAPF writers that seek themselves and examine historical and social background where conversion was generated in korea of 1930's, meaning of 'conversion' in several conditions in the latter half of the 1930's, and logic which old KAPF writers cope with KAPF dispersion and conversion.

Although old KAPF writers became converts by thought control of Japanese imperialism, the logical background of conversion has acted as a formation factor of consciousness of writer who overcame conversion.

Searching for a new direction change of the old KAPF writers based on the consciousness of writers on following matters. That is, how we have to reestablish collapsed selves buried under a group ideology in the past proletarian literature. The conversion novels in 1930s show trials of the subject-reestablishment and the process of frustration.

The process can be divided into three stages. Firstly, the main characters who were not allowed into an ideological movement go to the world standing for family. However, the converts who have been ignored daily life and world of life because they are involved in a thought movement, shows the conflicts of process before he goes to the new world.

After the conflict between the past and the present, the converts of main characteristic shows an attitude of an escape from reality. This point gets over as he finds various searching in the world of life.

Secondly, full-scale attempts to find a solution on reality appears more active and positive, for example, to reconstruct the subject and to experiment the compatible possibility between world of life and ideology.

The main characters show new attitude toward life in reality instead of the past practical reality in this literary works.

Thirdly, the efforts to accept the world of life and to seek for ways finally run up toward psychological chaos and frustration because of worsening external situation. Like this, the main characters show abnormal psychological conditions in works which imply powerlessness of subject toward reality.

Up to now, we have examined conversion novels in 1930′s. From the discussion, conversion novels deal with agony and life of intellectual who has been experienced conversion.

In addition, the study reveals that the characters make efforts to seek for new ways of real correspondence and the will of overcoming gloomy reality in the other side of subject matter.

To conclude, the meaning of conversion novels in 1930′s is as follows :

First, conversion novels in 1930′s succeed to proletarian literature critically by searching for new directions of literature.

Second, conversion novels in 1930′s see a world as a object of overcoming with denial and criticism, although the world can be limited as a world of life itself.

# 제 2 부

# I. 동반자작가의 전향소설의 양상

## 1. 머리말

한국문학사에서 전향소설이 등장한 것은 1930년대 중반 카프 해체를 전후해서이다. 카프가 해체되자 집단성을 상실한 채 개별적인 창작활동을 벌일 수밖에 없게 된 구카프작가들은 새로운 문학의 방향을 모색해가는 과정에서 작가자신과 같은 전향지식인을 주인공으로 하는 이른바 전향소설을 창작하게 된다. 전향을 체험한 지식인의 고민과 생활을 다룬 이와 같은 소설양식은 1930년대 중반 이후부터 40년대 암흑기에 이르기까지 집중적으로 발표된다. 구카프작가들에 의해 이처럼 전향소설이 집중적으로 창작되었던 것은 이념이나 사상의 포기로서의 전향문제가 단순히 사상의 변화나 문학적 경향의 변화만을 의미하는 것이 아니라 식민지 지식인으로서의 윤리성의 문제, 즉 양심적 삶의 문제와 직결된다는 점에서 반드시 넘어서지 않으면 안될 정신적 과제에 해당되었기 때문이다. 굳이 카프작가가 아니었더라도 사회주의 이념에 동조하면서 독자적으로 활동해온 동반자작가의 경우에도 전향문제는 바로 그러한 점에서 이 시기의 주요 관심사로 떠오르게 된다. 그러므로 카프와 직접 관련이 없는 몇몇 동반자작가들도 전향문제를 다룬 전향소설을 창작하게 되는데, 그들의 작품 가운데는 전향의 심리를 날카롭게 묘파하거나 과거 좌익사상운동가의 전향문제를 심도 있게 그리고 있다는 점에서 구카프작가들의 전향소설 못지 않게 주목되는 점이 있다.

특히 동반자작가의 전향소설은 카프작가의 전향소설과는 다른 특징을 보여 준다. 구카프작가의 경우 카프 1차·2차 검거사건을 통해 실제적으로 모두 전향자로 공인 받기에 이르렀기 때문에 전향문제를 객관적으로 바라볼 수 있는 여력이 없었다. 이들에게 전향은 필연적으로 군국주의 파시즘에의 귀착을 의미하는 것이었기 때문에 실제 전향자임에도 불구하고 심리적으로는 자신의 전향을 인정하지 않으려는 모습을 보여 준다. 따라서 전향소설에서도 전향하느냐 전향하지 않느냐 하는 전향문제 자체에 대한 고민과 갈등은 취급되지 않고 전향한 인물이 전향이후 맞이하게 된 생활세계에서 갈등과 방황의 과정을 거쳐 어떻게 새로운 삶을 모색해 가는지 전향문제의 극복에 초점이 맞춰져 있다. 이에 반해 동반자작가의 전향소설은 전향으로 인한 고민과 갈등을 직접적으로 다루고 있지 않다는 점에서는 동일하나 전향한 과거에 대해서는 비교적 자유로운 모습을 보여 줄 뿐만 아니라 전향문제에 대해서도 보다 객관적인 자세를 보여 준다.

따라서 이 글에서는 동반자작가의 전향소설을 살펴보되 구카프작가의 전향소설과 다른 점이 있는지, 다른 점이 있다면 그 양상이 어떻게 나타나고 있는지를 중심으로 논의해 보고자 한다.


## 2. 동반자작가의 의미와 논쟁

한국근대 전향소설의 대부분은 전향작가에 의해 창작되었다. 이 사실은 전향소설이 작가의 전향과 매우 밀접한 관련이 있음을 시사하는 것이라고 할 수 있다. 그러므로 동반자작가의 전향소설을 살펴보기 위해서는 예비적으로 전향을 전후한 그들의 의식적 거점을 살펴볼 필요가 있다.

그런데 동반자작가에게 전향이란 무엇이었는가 하는 동반자작가들의 전향의 실체를 파악하는 것은 그리 쉽지 않다. 카프소속작가들의 경우에는 권력의 강제라는 구체적인 전향의 동기가 있었으므로 그에 의한 사상의 포기로 전향문제가 압축되지만, 동반자작가의 경우는 전향의 동기가 그처럼 단순하지 않기 때문이다. 물론 동반자작가의 경우에도 카프문인들에게 가해진 것같은 직접적인 강제는 아니었지만 생활의 위협, 이권 부여, 매스컴의 선전과 같은 간접적인 강제력[2]이 작용했음을 추측하기는 어렵지 않다. 그러나 동반자작가의 경우 그러한 강제력에 동반자라는 불확실한 입장이 제공하는 여러 가지 요인들이 합쳐져 전향이 이루어졌을 것으로 보이기 때문에 전향문제는 훨씬 복잡한 양상을 띨 수밖에 없다. 그러므로 동반자작가의 전향문제를 거론하기 위해서는 먼저 동반자작가의 실체를 세밀하게 파악할 것이 요구된다.

그러므로 이 부분에서는 먼저 동반자작가의 개념과 동반자작가 논쟁을 중심으로 동반자작가의 실체를 구체적으로 밝혀보고자 한다.


## (1)동반자작가의 명칭과 그 의미

한국에서 동반자작가의 성립은 그 명칭의 사용과 밀접한 관련이 있다. 동반자작가 및 동반자문학이라는 말은 일찍이 구소련에서 시작된 말로 소련의 10월 혁명 후에 생긴 말이다. 즉 '혁명 전부터 작가로서 이름을 가지고 있었던 비프롤레타리아계에 속하는 소비에트 문학자에 대하여' 혁명 후 붙여진 이름이다.[3] 혁명 후 트로츠키는 어떤 통일적 강령이나 조직을 가진 문학 그룹이 아니라, 일정한 경향을 보여준 일군의 작가들, 즉 블록, 필냑, 잠야틴, 레오노프, 문학그룹 세라피온 형제, 예세닌과 그

---

2) 김윤식, 『韓國近代文學思想批判』(일지사, 1978), p.229.
3) 안함광, 「프롤레타리아문화와 동반자문학—그 일반적 특질을 명구(明究)함」(『비판』 제 20호, 1933.1)

휘하의 이미지스트들에게 동반자작가란 명칭을 부여한다.[4] 트로츠키에 의하면 동반자작가는 혁명적 예술가의 '동반자' 예술가이다. 그들의 정신적 태도는 혁명을 통해서 형성되었으며, 그들 모두 혁명을 받아들이고 혁명에 호의를 가지면서도 스스로 혁명을 지도하거나 성취한 투사도 아닌 동시에 자기의 생명을 걸고 혁명을 수호하며 최후의 승리를 위해 모든 악전고투도 마다하지 않는 굳은 신념도 없는 인물들이다. 즉 혁명의 당위성을 인정하면서도, 그 혁명에 직접 가담하지 않고 일체의 사회적 정치적 구속을 거부하면서 자유로운 개성의 창조에 문학적 이념을 두었던 자유주의적인 인텔리 출신의 문학가를 지칭한다. 이렇게 트로츠키가 동반자라는 명칭을 사용해가며 이들에 주목한 것은 동반자작가의 문학을 하나의 과도적 단계, 즉 새로운 문학이 나타나기 위한 준비기간의 문학[5]으로 인식했기 때문이다.

> '동반자'에 관한 한 그 질문이 언제나 떠오른다—그들은 어디까지 갈 것인가? 이 질문에는 미리, 어렴풋하게나마라도 대답할 수 없다. 그것에의 해답은 이런 혹은 저런 '동반자'의 개인적 자질에 달렸다라기 보다는, 앞으로 다가올 십년 동안의 일들의 객관적 경향에 주로 좌우될 것이다.[6]

당시 맑스주의자나 프롤레타리아 작가들은 수준 높은 문예의식의 작품을 내놓지 못하는 등 프롤레타리아 문학은 질적으로 저조한 수준이었다. 이 때 동반자작가들이 혁명에 대한 열기를 제재로 한 작품으로 당시의 독자들을 사로잡는 등 중대한 분파를 이루게 되자, 이들의 문학을 혁명을 제재로 하고 있다는 점에서 '완전한 정통'[7]이 다가오기 이전까

---

4) 류문선,「동반자작가의 전향에 관한 시론」,『관악어문연구』제 8집(서울대 국어국문학과, 1983.12), pp.372-373.
5) 레온 트로츠키(공지영·전진희 옮김),『문학과 혁명』(한겨레, 1989), p.53.
6) 위의 책, p.52.
7) 위의 책, p.53.

지 프롤레타리아 문학을 대신할 것으로 끌어안았던 것이다.

이후 동반자작가가 다시 논의 대상으로 떠오른 것은 1930년 11월에 열린 제 2회 국제프롤레타리아 작가회의, 통칭 하리코프대회에서였다. 이 대회에서 동반자문학은 프롤레타리아 문학의 지도를 받아야하는 혁명적 소부르조아지의 문학으로 규정되기에 이르고 긴 역사적 단계가 지난 뒤에는 결국 프롤레타리아 문학으로 해소될 것으로 평가된다.[8]

이상에서처럼 소련의 경우 트로츠키가 사용한 동반자라는 개념과 하리코프에서 사용한 그 의미가 약간 다르지만, 결국에는 프롤레타리아 문학으로 해소될 과도기적 문학이라는 공통된 인식을 엿볼 수 있다. 뿐만 아니라 구체적으로 문학 또는 작가의 경향을 문제 삼은 것이 아니라 문예정책적 의도에 의해 사용되었다라는 것을 알 수 있다. 한국의 경우도 동반자라는 개념은 정책적 의도에 의해 사용되었다는 점에서 소련과 크게 다르지 않다.

한국에서의 '동반자작가'라는 용어는 카프를 전제로 하여 사용되기 시작한 개념이다. 동반자라는 명칭이 처음 사용된 것은 카프의 맹원 이갑기의 「문단촌침」이라는 글에서이다. 물론 이 글 이전에 동반자작가에 대한 인식이 없었던 것은 아니다. 권환의 「平凡하고도 緊急한 問題」(『중외일보』, 1930.4.10~4.17)라는 글이나 박영희의 「<카푸>作家와 그 隨伴者의 文學的 活動—新秋創作評」(『중외일보』, 1930.9.18~9.26)이라는 글에서 동반자를 의미하는 수반자라는 의미가 사용되고 있다. 그러나 이갑기의 글에서 동반자라는 용어가 사용되기 시작하면서 동반자작가가 본격적으로 문단의 주요문제로 떠오르게 된다.

이에 앞서 1929년 카프는 그들의 정책적 의도에 의해, 카프에 가담하지 않은 채 카프의 문학적 경향에 동조하고 있던 유진오와 이효석에 대해 '동반자작가'라는 칭호를 붙인바 있다. 당시 프로문학에 동조하는 문인들이 다수 있었음에도 불구하고 유독 이 두 사람에게만 '동반자작가'

---

8) 류문선, 앞의 글, p.373.

라는 명칭을 부여한 것은 그들을 프롤레타리아 이론을 선양하는 선봉장으로 삼으려는 획책 때문이었다. 1926년 이후 카프는 이른바 내용형식 논쟁 등 대내외적으로 격렬한 이론 투쟁을 전개해나갔는데 실제로 논쟁에 직접 나섰던 이론가들은 김기진이나 박영희를 위시해 극소수에 지나지 않았던 것이다.9) 어쨌든 카프에 의해 동반자작가라는 명칭을 부여받은 유진오와 이효석은 싫든 좋든 카프의 경향이나 정책에 동조할 수밖에 없었는데, 다음의 글은 이러한 사실을 뒷받침 해준다.

> 그러나 조선의 프로문학운동에 있어서 정식으로 동반자작가가 문제된 것은 1929년 이후에 와서 규정된 것이라고 생각한다. 이 때에 「캎프」에서 동반자작가로서 시인한 작가로선 유진오, 이효석으로서 이 두 작가는 직접 카프의 맹원으로 프로문학운동에 참여하지는 않았으나 그것은 이 작가들의 환경과 개인 사정 때문이요 사상으론 완전히 「캎프」작가들과 일치하였고 작가적 활동에 있어서도 거의 서약되다시피 「캎프」작가의 활동방침과 협조하도록 되어 있었다. 이 시기에 있어서는 그만치 동반자작가에 대한 「캎프」의 규정이 편협하였고 따라서 수로도 유, 이, 양 작가에 한한 것이었다.10)

카프가 동반자작가로 인정한 유진오와 이효석에 관해 언급하고 있는 이 글에 의하면 카프가 이들을 동반자작가로 인정한 것은 이들이 자신의 환경과 개인사정 때문에 카프에 가입만 하지 않았을 뿐이지 사상이 완전히 카프작가와 일치할 뿐만 아니라 작가로서의 활동에 있어서도 카프작가와 거의 다를 바 없이 카프의 활동방침에 따르도록 돼 있었기 때문이라는 것이다. 사정이야 어쨌든 이들이 카프와 밀접한 관계를 가지고 있었을 뿐만 아니라 그 영향력 아래에 있었음을 확인할 수 있는 대목이다. 다음의 박영희의 글은 동반자작가라는 용어가 이처럼 카프의 정책적 의도에 의해 만들어진 것임을 보다 구체적으로 입증해준다.

---

9) 이강언, 「동반자작가의 형성과 유진오의 초기작품」, 『인문과학예술논총』 2집(대구대, 1983), p.6.
10) 백철, 『조선신문학사조사』(백양당, 1947), p.173.

당시 左翼文壇에는 同伴者作家라는 이름이 流行하였었다. 그런데 이 同伴者作家라는 이름에 關하여는 그 解釋이 不確實한 點이 없지도 않았다. 그보다는 좀 더 偏狹한 생각에서 이러한 이름이 생겼다고 하는 것이 옳을 것이라고 생각한다. 「카프」에서 보기에는 會員이 아닌 作家가 「카프」가 가진 同一한 思想性을 가지고 어느 程度로 「카프」와 步調를 같이 하는 作家를 同伴者作家라고 하였다. 純粹하게 文學이란 點에서 본다면 同伴者作家가 「카프」作家보다 훨씬 優秀한 作品을 創作할 수 도 있는 것이니 구태어 이러한 差別的인 이름을 쓸 필요가 없겠지마는, 「카프」가 보는 것은 文學도 文學이려니와 위선 作家가 가지고 있는 革命意識과 그것의 實踐性을 主要하게 생각하였으니……(중략)……結局 말하자면 黨派的인 行動과 政策的인 用語에 不過하였다.11)

1930년대 초 동반자작가 논쟁이 일어난 것도 따지고 보면 박영희가 지적한 바와 같이 문학자체를 문제삼지 않고 작가의 당파성과 실천성을 기준으로 동반자작가라는 호칭을 부여한 카프의 입장과 실제 동반자작가의 입장이 충돌함으로써 비롯된 것이라고 볼 수 있다. 이러한 사실은 동반자 작가와 카프작가와의 논쟁에서 구체적으로 드러난다.


## (2)동반자작가 논쟁

본격적인 동반자작가 논쟁은 이갑기의 「문단촌침」(『비판』, 1932.1.)에서 시작되는데, 그는 이글에서 채만식을 '예술적 진영을 배경으로 대중과 항상 유기관계를 가진 조직적 활동과정이 없는' 동반자로서 까지도 규정할 수 없는 낭인적 작가이며 방랑적인 자칭 프로문사라고 비난한다. 이 글은 채만식의 「文壇小語」(「중앙일보」, 1931.11.30.)를 근거로 씌어진 글인데, 채만식은 이 글에서 프로문학의 독자층에 대한 문제와 이론조차 제대로 파악하지 못하고 터무니없이 평하는 프로문예비평가에 대

---

11) 박영희, 「草創期 文壇側面史」(『현대문학』 64호, 1960.4), p.227.

한 불만을 토로했었다. 당시 섹트화된 카프는 창작활동에 있어서 무엇보다도 조직을 중시했던 만큼, 이갑기는 조직의 영향권 외에서 비교적 자유로운 입장을 취하고 있었던 채만식의 태도를 용인할 수 없었던 것이다. 이에 채만식은 「玄人君과 카프에-若干의 準備的 質問」(「중앙일보」, 1932.1.30)에서 이갑기와 KAPF에 9개항목의 질문을 던진다. 대체로 프롤레타리아적 작품과 부르조아적 작품, 그리고 프로작품의 차이점, 동반자작가와 방랑적작가와의 구별 및 양자의 정치적 의미와 태도의 차이점, 그리고 프로문예의 독자의 기형적 현상에 대한 질문 등이 그것이다. 채만식의 이러한 질문에 이갑기는 「放浪的 作家에게-若干의 準備的 質問에 答함-」(「중앙일보」, 1932.2.7-8)이라는 글을 발표한다. 그는 이 글에서 프로문학을 규정하는 근본적 조건으로써 그 작가의 프로의식을 들고, 채만식은 프로의식이 결여되어 있고 또 작품에도 프로의식이 표출되어 있지 않다고 주장한다. 그리고 일정한 계급적 기도 하에서 창작행위를 조직적으로 진전시키지 않으면 프로작가나 동반자작가가 될 수 없음을 강조하고 있다. 그는 무엇보다도 조직의 입장을 중시하였던 것 같다. 따라서 조직을 중시하는 그의 입장에서 볼 때 채만식을 동반자작가로 인정하지 않을 수 없었던 것이다.

이와같은 혹평에 맞서 채만식은 「玄人君의 夢을 啓함」(「第一線」, 1932.7-8)을 발표하고 당시 조선에는 '계급적 예술진영'이 완전히 형성되지 못하였다고 보고 그러한 객관적 정세로 보아서 프롤레타리아 작품을 쓰기는 하되 '조직적으로 진전되는 작품행동이 되지 못하는' 작가가 필연적으로 존재하게 되며 그러한 작가가 바로 방랑적 룸펜 작가라고 주장하고 있다. 채만식은 카프의 권외에서도 프롤레타리아적 세계관에 입각해서 창작하면 프로문학이 될 수 있다고 생각한 것으로 보인다.

결국 이 논쟁은 제 삼자인 신고송이 「동반자작가문제」(『第一線』, 1932.9)라는 글을 발표함으로써 일단 종결되는데, 처음으로 동반자작가에 대한 문제가 거론되었다는 점에서 중요한 의미를 갖는다. 특히 이상에서 살펴본 바와 같이 이 논쟁에서 주목되는 점은 프로작가나 동반자작가에 대한 인식이 서로 달랐다는 것이다. 즉 채만식의 경우처럼 실제 동반자로 자처하며 활동하던 작가들은 조직과 상관없이 프로의식에 입각해 창작 활동을 하는 작가를 동반자작가로 인식하고 있었던 것에 반해 카프 측에서는 동반자작가의 기준으로 카프와의 연대를 무엇보다도 우선시하고 있었던 것이다. 특히 카프의 입장에서 어느 정도 이데올로기에 동조하는 경향을 드러내고 있다고 하더라도 이효석이나 유진오 외에 조직의 영향권 밖에서 자유롭게 활동하는 작가들을 동반자로 인정할 수 없었던 것은 너무도 당연한 일이다. 이러한 카프의 동반자 작가에 대한 입장은 동반자작가들의 반발을 사기에 충분했을 것이고 이에 따라 카프작가들과 동반자 작가들 사이에 불편한 관계가 형성되었음은 짐작하고도 남을 일이다.

한편, 동반자작가에 관한 문제는 이갑기와 채만식간의 본격적인 논쟁 이후 안함광, 임화 ,백철 등이 가세하여 카프 내부의 문제점을 인식하는 자기 비판적 논의로 이어지게 된다.

> 카프라는 조직체는 두말할 것도 없이 그 지도의 키를 ××××××××적 방향으로 운전해 나가는 한 개의 대중적 조직체인 것은 물론이다. 그럼에도 불구하고 카프권 외의 작가들에 대하여서는 천편일률적으로 반동의 렛델을 붙여버리는 것이라든지 또는 연하여 그들의 중간 이데올로기에 대한 지도를 전제로 하고서의 계급적 포옹을 대신하여 단순히 일화견주의라든가 경향이 좋지 못하든가의 이유로써 연락을 끊고 또는 보이코트하는 것은 부지불식간에 카프 내에 만연되었던 섹트적 신경의 율동이 나온 바 재미롭지 못한 현상 형태이었다는 것을 추측함에 우리들은 아무런 곤란도 받고 있지는 않다. 이렇나 섹트적 신경의 율동은 일부 반대의 의견을 반대의 행동으로 전향시킬 다분의 위험만 만들어 주었다는 것을 기억하고 있다.[12]

이처럼 카프의 섹트적 경향이 오히려 작가들을 카프와는 다른 방향으

---

12) 안함광, 「同伴者作家 問題를 淸算함」(『朝鮮文學』, 1933.10)

로 몰고간다는 자기비판이 제기되면서 이후 카프측은 한발 후퇴하여 동반자작가의 규정에 대하여 보다 포괄적인 입장을 취하게 되는데, 1934년 김기진의 분류에 의하면 동반자작가는 17명으로 까지 확대된다. 이때 '同伴者的 傾向派', 즉 동반자작가로 분류된 작가는 유진오, 장혁주, 이효석, 이무영, 채만식, 조벽암, 유치진, 안함광, 안덕근, 엄흥섭, 홍효민, 박화성, 한인택, 최정희, 김해강, 이흡, 조용만 등[13]이다. 그러나 이 부분에서 주목되는 점은 이때 동반자의 칭호를 부여받은 작가들이 대부분 카프의 이러한 태도에 대해 관철적이라는 불만을 드러내며 상당히 거부반응을 보였다는 것이다.[14] 따라서 동반자작가와 문제와 관련하여 카프에 불만을 품은 다수의 작가들을 끌어안기 위한 이러한 시도가 카프 측의 의도와는 달리 오히려 그들과의 관계를 악화시키는 결과를 낳은 것으로 추측된다.

이상에서 살펴본 바를 요약하면, 동반자작가라는 용어는 카프 측에서 사용하기 시작한 개념이며, 그 기준이 카프와의 연대, 즉 당파성, 실천성 같은 조직적 성격을 띠고 있었으며 이에 대부분의 동반자작가는 거부반응을 보였다는 것이다. 결국 대부분의 동반자작가들은 카프와 불편한 관계를 유지할 수밖에 없었는데 이러한 점은 카프가 해체의 위기에 놓이는 등 전향의 과정에서도 상당히 영향을 미쳤을 것이라는 사실이다. 즉 동반자작가들의 경우 카프작가들처럼 권력에 의한 직접적인 강제는 아니지만 간접적인 강제력이 전향의 동기를 이루는데, 그러한 직접적인 요인 외에 카프에 대한 불만이 복합적으로 작용하여 전향의 동기가 마련됐을 것으로 생각된다.

카프에 대한 불만이 동반자작가들의 전향의 동기를 마련하는데 어느 정도 기여했다라는 것은 윤리적 측면에서 중요한 의미를 갖는다. 카프작가들의 경우 전향이란 권력의 강제에 의한 사상의 포기 또는 실천적 운동의 포기로 윤리적 비난을 모면하기 어려웠다. 왜냐하면 그 권력의 주

---

13) 김기진, 「조선문학의 현재의 수준」(『신동아』제 27호, 1934.1), p.46.
14) 이강언, 앞의 글, p.7

체가 일본 제국주의였기 때문이다. 그러나 동반자작가의 경우 간접적 강제력 외에 카프에 대한 불만이라는 요인이 어느 정도라도 전향의 동기로 작용했다라고 하는 것은 그들의 윤리적 부담을 다소 덜어 주는 것이 될 수 있기 때문이다. 윤리적 차원에서 다소라도 벗어난다라고 하는 것은 카프작가와는 다르게 전향의 양상이 다양한 모습으로 나타날 수 있음을 시사하는 말과도 같다. 이러한 전향을 둘러싼 동반자작가의 내면세계는 그들의 전향소설에서 구체적으로 밝혀질 수 있다.

## 3. 동반자작가의 전향소설의 구체적 양상

### (1)유진오의 경우 — 속물적 현실에 갇혀있기

동반자작가의 전향소설로는 유진오의 「김강사와 T교수」, 「가을」, 이효석의 「수난」, 「장미병들다」, 채만식의 「치숙」, 최정희의 「지맥」 등이 있다.

이 가운데 먼저 카프가 규정한 동반자작가의 범주에 드는 <모범적 작가>[15]인 유진오의 경우를 살펴보면, 그는 1929년 「빌딩과 黎明」을 시작으로 1931년의 「女職工」에 이르기까지 대표적인 동반자작가로 활동해오다 「金講師와 T敎授」(1935)와 「가을」(1935)이라는 전향소설을 발표한다.

「金講師와 T敎授」는 과거 사상운동의 경력을 가진 주인공의 현실 적응문제을 그리고 있는 소설이다. 주인공인 김만필이라는 인물은 동경 제국 대학을 우수한 성적으로 졸업한 수재일 뿐만 아니라 대학시절에는 '문화비판회'라는 좌익단체에 가담하여 사상운동을 한 바있는 인물이다. 이 주인공이 S 전문학교의 시간강사로 취임하여 생활하는 가운데 직면

---

15) 백철, 앞의 책, p.197.

하게 되는 갈등과 고민이 이 소설의 중심 스토리를 이루고 있다.

김만필은 시간강사로 취임하기 이전 일년 반 동안의 룸펜생활을 했지만 여전히 '<책상물림>의 티', 즉 학생시절의 순수함을 간직하고있는 인물이다. 그러므로 현실과 적극 타협하지도 못할 뿐만 아니라 현실과 부딪힘에서 오는 자의식에서도 자유롭지 못하다.

> 자기는 무엇으로 수백 명 학생의 경례를 받을 가치가 있는가. 김만필은 예를 받고 섰는 그 짧은 동안에 착잡된 모순의 감정으로 그의 과거와 현재를 생각하였다. 대학시대에 문화비판회의 한 멤버이었던 일, 졸업하자 <취직>을 위해 일상 속으로 멸시하던 N 교수를 찾아갔던 일, N 교수로부터 경성의 어떤 유력한 방면으로 소개장을 받던 일, 그리고 서울로 돌아온 후 수차 조선일보, 동아일보 등에 독일의 좌익문학운동을 소개하던 일, 그리고 H 과장의 소개로 작년 가을에 이 S 전문학교 교장을 찾던 일 ― 이 모든 기억은 하나도 모순의 감정없이 생각할 수 없는 것이었다. 인생의 모순의 축도를 자기 자신이 몸소 보이고 있는 것같이 생각되었다.16)

이처럼 자기 모순에 빠져 있는 그의 의식은 일본인인데다 처세술에 능한 T교수와 접촉하게 되면서 극에 달한다. T교수는 과거에 좌익단체에 가입한바 있다는 김만필의 약점을 잡고 그에게 의도적으로 철저히 현실과 야합하는 삶을 권유하는 인물이다. 그럴수록 그는 T교수에게 반감만을 갖게 된다. 그러나 문제는 자신이 과거에 좌익단체에서 활동했을 뿐만 아니라 그 단체가 해산할 때 일장 연설까지 한, 즉 강사생활을 지속하는데 있어서 치명적인 약점을 가지고 있다는 것이다. 그러므로 그는 자신의 과거의 행적을 알고 이를 자신에게 확인하는 스스키라는 학생이나 H 과장의 말을 부정한다. 그 나마 지식인으로서의 마지막 양심이라도 지키려면 '<정강이의 흠집>'같은 그의 과거는 감춰져야 하는 것이다. 그러나 생활현실에 발을 들여놓은 이상 그 현실은 지식인으로서의

---

16) 유진오, 「金講師와 T敎授」, 『정통한국문학대계』 (어문각, 1988), pp.239~240.

최소한의 양심적 삶도 허락하지 않는다. 그에게는 철저히 현실과 야합하는 길만이 주어져 있다. 그러므로 자신의 모순된 삶을 뚫고 나아갈 방도도 용기도 없는 그에게 출구는 없다. 그저 모순된 현실에 갇혀 지낼 뿐이다. 그것은 「가을의 경우」도 마찬가지다.

「가을」에서는 출구 없는 현실에 갇혀 있는 주인공의 모습이 고여있는 '웅뎅이 물'에 비유되고 있다. 이 소설은 과거 사상운동을 했던 것으로 보이는 주인공의 꿈과 희망을 잃어버린 현재의 모습을 가을에 비유한 작품이다. 이 작품에서 기호라는 주인공은 과거에 사상운동을 한 경력을 가진 인물이다. 이러한 사실은 작품에 구체적으로 나타나있지는 않지만 친구인 경석이라는 인물의 과거행적에 대한 서술에서 간접적으로 드러나고 있다. 경석이라는 인물은 동경유학시절부터 서울로 돌아온 뒤까지 '삼십대 청년들이 대개 그러툿이 그도 무슨무슨 운동을 한다고 하다가 고생도 여러번 해봤고 그러는 동안에 한 때는 조고만 잡화상도 해보고 약장사도 해보고 최후로 고생사리를 하고 나왔을 때에는 미천마저 짧어저서 사동다가 코막아리만한 헌책사를 내봤으나 그것마저 시언치않어 인제는 고향으로 도라가'는 길만 남은, 십년이 넘는 동안 기호와 비슷한 길을 걸어온 사람으로 묘사되어 있다. 그러므로 경석의 과거와 현재의 모습에서 바로 기호의 모습이 유추되고 있다. 한 가지 다른 것이 있다면 경석이 고향으로 돌아가는 대신에 기호 자신은 병을 얻은 채 딸을 희망 삼아 살아가고 있다는 것이다. 이처럼 사상운동을 하던 과거를 가진 인물들이 생활의 세계에 적응해 가는 과정을 그리고 있는 점은 구카프작가들의 전향소설과 거의 유사하다고 할 수 있다. 그런데 한 가지 다른 점은 주인공이 과거를 되돌아보며 느끼게 되는 감정이 비교적 자세하게 서술되고 있다는 점이다. 이 작품에서 사상운동을 하던 과거는 봄에 비유된다.

　　― 봄날 저녁이러라
　　방금 한권 책을 읽고난 시인은 오래간만에 무심코 거울을 대한다.

낙화 어즈러이 흐터지는 봄날 저녁이러라.

시인은 이미 나이 늙었다. 거울 속에는 은빛 머리칼 몇 개인가가 비치어진다. 시인은 놀란다. 방금 그는 지난날 젊었을 때의 꿈에 잠겨 있었든 것을!

「젊은 날의 꿈은 지났다!」

「젊은 날의 꿈은 지났다!」

그 옛날 ─ 그 시인의 젊은 가슴을 애닲이든 아름다운 처녀는 지금 어디 있는가?

으스름달빛 반공에 빗긴 오늘 저녁 떠러진 꽃닢은 마당에 가득하다. 귀여운 새ㅅ 소리도 끊졌다. 바람도 없는데 꽃닢하나 하늘하늘 날너 시인의 옷자락에 떠러진다.

「그처녀는 지금 어디 있는가?」

시인은 비수(悲愁)에 잠긴다. 그리고 쓰리고 앞은 기억은 다시 옛날을 더듬는 것이다. 한방울! 두방울! 고요히 감은 그의 눈에서 주름살잡인 그의 두볼을 봄저녁의 요기(妖氣)도 같이 구슬같은 눈물이 홀너 떠러진다.17)

이 글은 기호가 과거에 직접 창작한 원고의 일부분을 읽는 대목인데, 사상운동을 하던 과거를 되돌아보는 현재의 주인공의 심정을 이 부분을 이용해 간접적으로 전달하려는 작가의 의도를 엿볼 수 있다. 이 글에서 '시인의 젊은 가슴을 애닲이든 아름다운 처녀'는 과거 주인공을 사로잡았던 신념을 연상시킨다. 그런가하면 떨어지는 꽃잎이나 눈물을 흘리며 비수에 잠기는 시인의 모습은 과거를 회한의 심정으로 되돌아보는 주인공의 모습에 다름 아니다. 꿈으로 가득찼던 젊은 시절, 즉 '뜨거운 피 날카로운 의기'가 살아있던 과거의 시절은 그에게 봄의 이미지로 나타난다. 이처럼 과거를 회한의 심정으로 그리워하는 만큼 주인공은 신문기자니 광산부로커니 잡지사경영이니 하는 다른 친구들처럼 현실과 적극적으로 타협하지도 못한채 갈등하는 인물이다. 이와같이 젊은 날에 대비되어 '속물적' 현실 속에서 고뇌하는 주인공의 현재의 모습은 바로 '늦

---

17) 유진오, 「가을」(『문장』, 1935.5), pp.57~58.

인 가을 깊은 산속에 고요히 고여잇는 맑은 웅덩이물'에 비유되고 있다. 즉 갇혀 있거나 정지되어 있는 주인공의 의식을 표현한 것이라고 볼 수 있다. 한편, 이 작품은 앞에서 살펴 본 바와 같이 과거 사사운동의 경력을 가진 인물이 생활세계에 적응해 가는 과정을 그리고 있으면서도 비교적 과거를 바라보는 주인공의 내면이 섬세하게 묘사되어 있다. 이 점은 구카프작가들의 전향소설과 상당히 다른 점이라고 할 수 있다. 구카프작가들의 전향소설은 앞서 말한 대로 주인공이 사상운동을 하던 과거를 회고한다든지 반성한다든지 하는 과거에 대한 묘사는 거의 없는 대신 출옥 이후 직면한 생활세계에서 새로운 삶의 방향을 모색해 가는 내용이 주를 이루고 있다.

여기서 과거를 회한의 감정으로 되돌아 볼 뿐만 아니라 속물적 현실에 갇혀 있는 지식인의 모습은 유진오 자신의 모습에 다름 아니다. 카프가 규정할 정도로 모범적인 동반자작가로 활동해 온 만큼 그것으로부터의 급격한 변화가 쉽지 않았을 것임은 추측이 가능하다.


## (2)이효석의 경우- 감상적 거리두기

이효석의 작품 가운데 전향소설에 속하는 것으로는 「수난」, 「장미병들다」가 있다. 이효석의 전향소설은 이른바 '후일담문학'[18]으로 분류된 바 있듯이 과거 좌익사상운동을 한 바 있는 인물들의 '그 후의 삶'에 관한 이야기다. 후일담(Epilogue)이란 본래 연극의 폐막사에 해당하던 것으로 후에 소설에서 이야기 말미에 덧붙여지는 사족을 지칭하는 제한적인 개념으로 정착되었는데, 구체적으로 말하자면 최종적으로 전체 이야기를 수습하고 독자들의 충족되어지지 않은 욕망을 충족시키기 위해 붙여지는 불가피한 사족을 말한다.[19] 이렇게 볼 때 후일담문학은 바로 후일담

---

18) 김윤식, 『한국 근대문학 사상사』(한길사, 1984), p.289.
19) 한용환, 『소설학 사전』(고려원, 1992), pp.477～480.

같은 사족의 성격을 띤 것으로서, 시련과 고뇌를 겪은 기구한 운명의 주인공들의 뒷이야기에 해당된다고 할 수 있다. 그러므로 좌익사상운동에 연루되어 험난한 시련과 고통을 겪은 인물들이 몇 해의 세월이 흐른 후 어떠한 삶을 살아가고 있는지 그들의 뒷 이야기를 조명하고 있는 이효석의 「수난」, 「장미병들다」 등은 후일담문학의 전형이라고 할 수 있다.

「수난」은 과거 좌익 사상운동을 한 바 있는 여성이 그 후 연애관계에 대한 복잡한 소문과 오해로 인해 결국 죽음에까지 이르게 된 이야기다. 여기서 여성으로서의 '수난'을 견디지 못하고 희생된 유라의 삶은 화자인 나를 통해 서술된다. 작가를 연상시키는 화자는 다음과 같이 말하고 있다.

> 그가 받은 수난의 한 토막을 기록하려는 것이 이 소설의 목적이나 세상에는 부당한 수난 — 더구나 여자인 까닭에 이유 없이 받는 당치 않은 수난이 많은 것 같다. 자유의 행동에 공연히 비난과 구속을 받게 되고 그러므로 마음의 자유를 충분히 표현하지 못하고 빛나야 할 모처럼의 생활을 가엾게 말살하지 않으면 안 될 경우가 있는 듯하다. 더구나 연애의 행동에 있어서 이러한 부당한 수난의 희생은 심히 가엾은 것이다. 유라의 꼴이 한없이 측은하다. 나는 부당한 수난에 항의하려는 것이다.[20]

여기서 화자는 여성으로서 유라가 당한 수난, 즉 부당한 현실에 저항하기 위해 유라의 삶을 기록하는 것임을 밝히고 있다. 그러므로 이 소설은 유라가 죽은 이후 그녀가 당한 여성에 대한 부당한 수난에 얽힌 이야기를 화자인 내가 회고하는 형식으로 되어 있다. 유라의 부당한 수난에 관한 내용은 대략 이러하다.

먼저 과거에 학교의 동맹 파업을 배후에서 지휘·조종한 이유로 투옥된 바 있었던 유라라는 인물은 잡지사 편집기자로 일하면서 A와 B, C등 편집실 동료와 가깝게 지내게 된다. 편집실의 동료이자 과거 사상운동을

---

20) 이효석, 「수난」, 『이효석 전집』(창미사, 1983), p.303.

같이 하던 동지인 A,B,C 등은 차례로 그녀에게 일방적으로 구애를 하던 인물로 특히 A와 B는 자신들의 애정공세가 실패로 돌아가자 유라에 대한 온갖 중상과 소문을 퍼뜨리게 된다. 그러나 사건은 여기에서 끝나지 않고 B의 유라에 대한 중상에 D와 E가 가세함으로써 확대된다. 즉 B와 유라의 관계를 질시하던 D는 사상운동에서 돌아선 B의 허물을 들쳐내게 되고 이에 분노한 B는 조강지처가 있는 C와 유라의 비밀스러운 관계를 폭로하게 된다. E와 D는 각각 '합법운동의 최고간부'와 그를 따르는 동지로 유라에 대한 사상적 지도를 핑계삼아 그녀에게 관심을 보이던 중 이 사실을 알게 되고 유라에게 '모든 허물과 「도덕적」 비난'을 가하게 된다. 이러한 부당한 비난과 공격, 수난으로 인해 번민과 괴로움 속에 보내던 유라는 결국 병을 얻어 고향에서 죽게 되었다는 것이다. 여기서 이러한 유라의 수난 당한 삶을 회고하면서 이를 바라보는 화자의 입장은 크게 두 가지로 나타난다. 하나는 사상운동가들에 대한 비판이다. 그리고 다른 하나는 남녀관계에 무분별하고 우유부단한 그녀의 태도에 대한 비판이다. 먼저 '나'는 유라에게 비난을 가하던 D와 E에 대해 다음과 같은 견해를 나타낸다.

> 사회의 도덕이란 값싸고 평범한 상식에 지나지 못하는 것이지만 E도 결국 한 사람의 범상한 사나이에 지나지 못하였다. 긴급할 일이 많은 운동객에게 그다지 중요하지도 않은 한 여자의 사생활에 간섭하여야 할 필요와 여가가 있었는가. 사소한 거릿일에 까지 계급적 양심이 발동함은 너무도 값싸고 한가한 짓이다. 몰락한 동지를 책망할 목적으로라면 B의 사건을 끝으로 손을 떼는 것이 옳을 것이다.[21]

유라를 죽음에까지 몰고 간 D와 E의 행동이 적절하지 못했다는 것이다. 즉 D와 E의 유라에 대한 비난은 계급적 양심에 근거한 책망으로서 과거에 사상운동을 같이 한 동지라고 하여 그 여성의 사생활까지 사상

---

21) 이효석, 「수난」, p.312.

적 잣대로 평가하고 간섭하는 것은 옳지 않다는 것이다. 뿐만 아니라 유라의 소극적이고 우유부단한 태도에 대해서도 다음과 같이 지적을 아끼지 않는다. 그녀에게 수난의 괴로움과 그로 인해 죽음이라는 비극을 가져온 것은 그녀 자신의 '잔약한 마음' 때문이라는 것이다. 개인의 사생활을 도마 위에 올려 놓고 난도질하여 비판하는 세상에 대해 적극적으로 대항하지 못하고 희생된 것은 옳지 못하다는 것이다. 이와 같은 유라에 대한 비판은 한편으로 보면 결국 그녀를 비난하여 죽음으로 몰고 간 세상, 즉 사상운동가들에 대한 비판으로 귀결된다고 할 수 있다. 이것으로 보면 사상운동가들에 대한 작가의 시선이 상당히 비판적임을 알 수 있다. 그러나 이 소설에서 여성의 부당한 현실에 대한 비판적 인식을 보여주면서도 이에 대한 화자의 태도는 상당히 감상적 수준에 머물러 있다.

> 어차피 인간생활에 엄격한 꼭 한가지의 비판이라는 것은 없는 이상 소문을 무시하고 여론을 멸시하여 실속 있는 생활을 적극적으로 살림이 더 뜻 있지 않았을까. 어줍지 않은 여론의 총아가 되고 착한 시민이 되기보다는 차라리 생활의 악마가 되었더면 유라의 살림은 한층 빛났을 것이다. 이러한 권고는 쓸데없는 나의 역설이고 하릴없는 감상에 지나지 못하는 것일까.[22]

화자는 과거를 시간적 거리를 두고 바라보며 자신의 감상을 토로할 뿐인 것이다.

「장미병들다」는 「수난」과 마찬가지로 과거 좌익사상운동을 한 바 있는 여성의 그 후의 삶을 그리고 있는 작품이다. 즉 한 때 사상에의 열정과 꿈이 남달랐던 여주인공이 현실에서 여러 가지 우여곡절을 겪으면서 결국에는 창녀로 전락해 가는 과정을 그리고 있는 소설이다. 이 소설도 역시 작가가 바라보는 현실인식이 상당히 감상적 특징을 드러내고

---

22) 이효석, 「수난」, pp.313~314.

있다. 이 작품의 서두는 식당의 종업원인 두 사내의 싸움의 광경을 남죽과 현보가 지켜보는 것으로 시작되고 있는데, 이 싸움을 바라보는 현보의 시선은 바로 현실을 바라보는 현보의 의식을 단적으로 드러내 준다.

> 강하고 약하고 이기고 지고 — 이 두길뿐. 지극히 간단하다. 강약이 부동으로 억센 장골 앞에서는 약질은 욕을 보고 그 자리에 폭삭 쓸어저버리는 그 한 장의 싸홈 속에서 우연히 시대를 들여다 본듯하야서 너무도 지튼 암시에 현보는 마음이 얼떨떨하였다. 흡사 그 약질같이 자기도 호되게 얻어 맞고 피를 흘리며 쓸어저있는듯도 한 실감이 전신을 저리게 훌렀다.
> 「영화의 한 토막과도 같이 아름답지 않어요. 슬프지 않어요.」
> 역시 그 장면에서 바튼 감동을 말하는 남죽의 눈에는 눈물이 그리워 보였다. 아름답다는 것은 패한 편을 동정함일까. 아름다운 까닭에 슬프고 슬프리만큼 아름다운 것 — 눈물까지 흘리게 한 것은 별 수 없이 그나 누구나가 처하여 있는 현대의 의식에서 온 것임을 생각하면서 현보는 남죽을 뒤세우고 거리ㅅ 목 찻집 문을 밀었다.
> 차를 청해 마실 때까지도 현보와 남죽은 그 싸홈의 감동이 좀체 사라지지않어서 피차에 별로 말도 없었다. 불쾌하다느니 보다는 슬픈 인상이였다. 슬픔으로 인하야 아름다운 것이였음을 남죽과같이 현보도 느끼게 되었다. 그렇게까지 신경을 민첩하게 이르켜 세우게 된 것은 잠간 보고나온 영화때문이였는지도 모른다.[23]

이 글에서 주목되는 점은 작가의 시대인식이 다분히 감상적이라는 것이다. 이러한 점은 현보와 남죽을 통해 구체적으로 엿볼 수 있다. 싸움의 광경 속에서 자신의 모습을 유추해낸 현보에 의하면 현대는 강자가 이기고 약자가 지는 세상이며 그런 세상에서 자신 역시 단지 약자이기 때문에 패배를 당했다는 것이다. 여기서 현보가 자신의 패배를 오로지 시대의 문제로 돌리고 있음이 엿보인다. 이처럼 패배에 대한 자기비판이나 반성 없이 자신의 문제를 시대의 문제로 돌리는 것은 스스로 자신의

---

23) 이효석, 「장미병들다」(『삼천리 문학』, 1938.1), p.38.

문제에 대한 일정한 거리두기를 통해서만이 가능하다. 이러한 현보의 의식은 그런 약자를 슬퍼서 아름다운 것으로 반응하는 남죽과 동질일 수밖에 없다.

남죽은 어린 나이에 일찍이 진보적 서적을 독파했을 뿐만 아니라 학교에서 사상사건을 주도하다가 실패하여 쫓겨나기까지 한, 한 때 좌익운동에 투신했던 인물이다. 그런 그녀는 칠 년만에 만난 현보가 각본을 맡은 극단「문화좌」의 여배우로서 새출발을 하게 된다. 그러나 첫 번째 지방공연을 앞두고 검열에 걸려 옥살이를 하고 나오게 되면서 마지막 희망조차 무너진채 절망하게 되고 결국 귀향을 결심하게 된다. 남죽은 자신의 이러한 절망적 의식을 연극 대사를 통해 토로한다.

> 「……이런 생활은 나를 죽여요. — 이 추위 무섬. 공기가 나를 협박해요. — 이 적막. 가는 날 오는 날 허구한날 똑같은 회색하늘 참을 수 없어요. 미치겠어요. 미치는 것이 손에 잡힐 듯이 알려요. 나를 사랑하거든 제발 집에 데려다 주세요. 원이예요. 데려다 주세요.[24]

유진 오닐의 희곡 「고래」의 한 구절을 마치 무대에서와 똑같은 감정으로 외친다. 이것은 자신의 현실을 무대에 올려놓고 바라본다는, 즉 일정한 거리를 두고 바라보는 것을 의미한다. 이 점은 자기문제를 자기 것으로 인식하지 않는다는 말과도 같다. 남죽이 감상적일 수 있는 것은 이 때문에 가능하다. 이처럼 절망에 빠져 있는 남죽을 바라보는 현보 역시 마찬가지다.

현보는 남죽에 대한 애정으로 그의 귀향 여비를 마련하기 위해 부정한 방법까지 동원한다. 하지만 현보는 남죽이 여비를 마련하기 위해 자신의 몸을 팔았을 뿐만 아니라 자신에게 성병까지 옮겨놓은 사실을 알고 남죽이 칠팔 년 전의 그가 아니라 '병들어 상하기 시작한' 꽃처럼 이미 타락해있다는 사실을 깨닫게 된다. 그러나 현보는 남죽에 대한 불쾌

---

24) 이효석, 「장미병들다」, p.44.

함과 배신감에도 불구하고 그녀를 원망하는 것이 아니라 동정한다.

> ……현보는 금할 수 없는 감회에 잠기며 잠시는 자기 몸의 괴로
> 움도 잊어버리고 오늘의 남죽을 원망하느니 보다는 그의 자태를 측
> 은히 여기는 마음이 끝없이 솟았다. 어린 꿈의 자라 가는 길은 여러
> 갈내일 것이나 그 허다한 실례 속에서 현보는 공교롭게도 남죽에게
> 서 가장 측은하고 뻣나간 한 장의 표본을 본듯도 하야서 우울하기
> 짝이 없었다.25)

여기서 현보가 이처럼 남죽에 대해 동정적 자세를 보이는 것은 남죽
의 타락을 '뻣나간 한 장의 표본', 즉 꿈을 잃어버린 타락한 여성의 실
례 가운데 하나로 객관화시켜 바라보기 때문이다. 여기서의 객관화는 문
제의 본질을 찾기 위한 객관화가 아니고 문제를 회피하거나 외면하려는
의도로 보여진다.

이효석은 유진오와 마찬가지로 카프가 지목한 동반자작가이다. 그러나
앞에서 카프의 이러한 지목이 아전인수격이었다라는 점을 살펴보았는데,
실제 이효석의 작품세계도 카프의 주장과는 달리 투철하게 동반자적 의
식을 보여주지 못하거나, 감상적이고도 추상적인 글귀로 꾸며져 있어서
동반자작가다운 기질이 작품 자체에 밀착되어 있지 못하다.26) 이러한 사
실은 그의 전향소설들이 구체적으로 보여 준다. 그의 전향소설 역시 애
수와 회한과 향수가 깃들어있는27) 감상성의 범주를 벗어나지 못하고 있다.

---

25) 이효석, 「장미병들다」, p.52.
26) 채훈, 「전기 이효석 작품고」(『청파문학』, 1974.2.)(『이효석 전집』 8권, p.189에서 인
용.)
27) 정명환, 「위장된 순응주의」(『창작과 비평』, 1968. 겨울호), p.720.

## (3)채만식의 경우 — 이념 보존하기

유진오와 이효석이 카프의 입장에서 볼 때 대표적 동반자작가였다면, 채만식은 앞의 동반자작가 논쟁에서도 엿보이는 바와 같이 비교적 카프의 영향력에서 벗어나 독자적으로 동반자적 활동을 해온 작가이다. 그의 이러한 독자적 태도는 앞의 동반자작가논쟁에서 살펴본 바와 같이 카프의 입장과 충돌하여 논쟁으로 비화되기도 하거니와, 어쨌든 그는 문학을 조직과 정치적 목적을 위한 수단으로 삼았던 카프의 실천적 문예운동에 동조하지 않으면서 독자적으로 프로문예에 전념한 작가이다[28] 이처럼 카프의 공식성과 추상성을 견제하면서 독자적 태도로 프로문학에 전심해오던 채만식은 1934년 기왕의 문학태도를 포기하고 '생활의 문학'으로 전환하게 된다. 그는 자신이 농촌의 중산가에서 태어난 소부르조아 인텔리로서 이론적으로만 프롤레타리아적 세계관을 파악하고 있을 뿐만 아니라 계급진영에 들어가 정치적 체험도 가지지 못했기 때문에 이제까지의 프로의식을 바탕으로 한 작품 대신에 앞으로는 역사소설, 소부르조아 인텔리의 몰락과정, 부르조아의 정치적 경제적 폭로, 기성문화의 폭로 등을 중심으로 창작활동을 할 것임[29]을 밝힌다. 이러한 창작태도의 전환은 객관적 정세의 악화와 이데올로기에 대한 자신의 신념을 문학적 형상화하는데 실패함에서 비롯된 것이라고 할 수 있다. 그의 이러한 의식적 변모를 반영하고 있는 것이 「치숙」이다. 치숙은 사회주의의 실체가 자세하게 묘사되고 있다.

「치숙」은 사회주의 운동을 하다 옥살이를 하고 나온 주인공의 좌절을 무지한 조카의 눈으로 포착[30]하고 있는 작품으로, 부정적 인물로 등장하는 조카가 긍정적 인물이라 할 수 있는 아저씨를 조소·비판하고 있다.

---

28) 따라서 그를 동반자작가가 아닌 '독자적 프로작가'로 보는 견해도 있다.(졸고, 「채만식 작품연구」( 숙명여대 석사논문, 1988), p.31.)
29) 채만식, 「似而非評論拒否」(<조선일보>, 1934.1.), p.11
30) 신동욱, 「채만식의 소설연구」, 『우리시대의 작가와 모순의 미학』, 개문사, 1982, p.250.

따라서 이 작품에는 표면적으로는 긍정적 인물과 부정적 인물이 전도되어 나타남으로써 작품의 주제가 역설적으로 표현되고 있다.

조카인 '나'는 사회주의 운동을 하다가 징역을 살고 나온 아저씨를 다음과 같이 조소한다.

> 우리 아저씨 말이지요, 아따 저 거시끼, 한참 당년에 무엇이냐 그 놈의 것, 사회주의 라더냐, 막걸리라더냐, 그걸 하다 징역 살고 나와서 폐병으로 시방 앓고 누웠는 우리 오촌 고모부 그 양반…….[31]

이렇게 아저씨라는 인물을 조소하는 조카는 어떤 인물인가. 일곱 살에 부모를 잃고 보통학교 사 년이 학력의 전부인 그는 일본인 밑에서 일하면서 식민지 상황을 적극적으로 받아들이고 있는 인물이다. 구체적으로 그는 '내지 여자한테 장가만 드는 게 아니라 성명도 내지 성명으로 갈고 집도 내지인 집에서 살고, 옷도 내지 옷을 입고, 밥도 내지식으로 먹고, 아이들도 내지인 이름을 지어서 내지인 학교에 보낼' 것까지 꿈꾸는 인물이다. 그처럼 현실의 모순을 인식하지 못하고 당연한 것으로 받아들이고 있는 그의 눈에 사회주의는 아저씨에게 '오 년이나 전중이'를 살게 함으로써 전과자라는 낙인과 폐병만을 남겼을 뿐만 아니라 '억지로 남의 것을 빼앗아 먹자고'드는 '생날불한당놈의 짓'이다. 왜냐하면 '나'의 생각에는 부자와 가난의 구별은 운수나 복 같은 우연이나 부지런하거나 게으르거나 하는 노력에 의해 결정되기 때문이다. 그러므로 그러한 우연이나 노력 같은 천리를 부정하고 부자들이 모아 놓은 것을 억지로 나누겠다는 것은 세상을 '통으로 도적놈의 판'으로 만들어 망하게 하는 이치에 닿지 않는 논리이다. 사회주의를 이렇게 해석하고 있는 나의 입장에서 사회주의를 금지하고 사회주의자들에게 징역을 살린 나라의 정책은 너무도 당연한 것이다.

---

31) 채만식, 「치숙」, 『채만식문학전집』7권 (창작과 비평사, 1989), p.261.

그럴 게지 글쎄. 아 해서 좋을 양이면야 나라에선들 왜 금하며 무
슨 원수가 졌다고 붙잡아다가 징역을 살리나요.

좋고 유익한 것이면 나라에서 도리어 장려하고 잘할라치면 상금도
주고 그러잖아요.

활동사진이며 스모며 만자이며 또 왓쇼왓쇼랄지 세이레이 낭아시
랄지 라디오체조랄지 이런 건 다 유익한 일이니가 나라에서 설도도
하고 그러잖아요.

나라라는 게 무언데? 그런 걸 다 분간해서 이럴건 이러고 저럴건
저러라고 지시하고, 그 덕에 백성들은 제각기 제 분수대로 편안히 살
도록 애써 주는 게 나라 아니요?[32]

뿐만 아니라 자신이 '전문학교나 대학을 졸업했으면 혹시 아저씨 모양
이 됐을지도 모를테니 차라리 공부를 많이 않고서 이 길로 들러선게 다
행'일 수밖에 없다. 이 부분에서 주목되는 점은 조카의 시선에 의해 역
설적으로 드러나고 있지만, 이 작품에서는 사회주의의 실체나 그것을 금
지한 국가의 정책에 대한 견해가 피력되고 있다는 것이다. 당시 작가가
사회주의 이론의 실체를 설파한다거나 국가의 금지 정책에 대해 어떤
입장을 표명한다는 것은 거의 불가능한 일이다. 채만식은 이 불가능한
작업을 부정적인 조카를 전면에 내세워 역설적으로나마 시도하고 있다.

작품 후반부에서 보면, 그런 그에게 사회주의를 하는 아저씨는 당연히
야유·조소의 대상이 되는 것이다. 즉 자신의 속된 욕망에만 관심을 표
하면서 타인, 사회, 시대 등에 대해서는 아예 무지하거나 접근을 회피하
는[33] 그의 눈에는 사회주의를 한다는 이유로 가족조차 돌보지 않고 나
중에는 병으로 앓아 눕기 조차한 아저씨가 오히려 어리석게 보이는 것
이다. 그의 입장에서는 그야말로 세상물정을 따라 사는 것이 최고인 것
이다. 그의 이와같은 무지한 태도에 아저씨는 다음과 같이 충고한다.

"네가 말하는 세상물정하구 내가 말하는 세상물정하구 내용이 다

---

32) 「치숙」, p.267
33) 이래수, 「채만식 소설 연구」(동국대 박사논문, 1986), p.89

르기도 하지만, 세상물정이란건 그야말로 그리 만만한게 아니다."

"네 ? "

"사람이란 건 제 아무리 날구 뛰어도 이 세상에 형적 없이 그러나 세차게 주욱 흘러가는 힘, 그게 말하자면 세상물정이겠는데, 결국 그것의 지배하에서 그것을 딿어가질 별수가 없는 거다."[34]

여기서 아저씨라는 인물이 말하는 '세상물정'은 현실 그 자체를 의미하는 것이 아니라 현실을 관통하는, 현실에 가려진 역사의 진보원리를 뜻한다고 할 수 있다. 그러므로 여기에서 역사발전을 합목적성을 믿는 주인공의 의식구조를 엿볼 수 있다. 이 점은 주인공이 여전히 이데올로기에 대한 신념을 버리지 않았음을 드러내는 것이기도 하다. 다음의 대화는 그래서 가능한 것이다.

"어떡허실 작정이세요 ? "

"작정이 새삼스럽게 무슨 작정이냐 ? "

"그럼 아저씨는 아무 작정 없이 살어가시우 ? "

"없기는 ? "

"있어요 ? "

"있잖구 ? "

"무언데요 ? "

"그새 지내오던 대루......."

"그러면 저 거시기 무엇이냐 도루 또 그걸…… ? "

"그렇겠지."[35]

조카인 '나'와의 대화에서 주인공 '아저씨'는 앞으로도 계속 사회주의를 할 것임을 암시하고 있다.

구 카프작가의 전향소설에서도 주인공이 전향한 이후, 즉 출옥한 이후에도 내면적으로는 여전히 이데올로기에 대한 신념을 버리지 않는 이와

---

34) 채만식, 「치숙」, p.275

35) 채만식, 「치숙」, p.276

유사한 특징이 나타나고 있음을 검토한 바 있다. 그렇다면 카프에 직접 소속되지 않아 보다 이데올로기의 포기가 비교적 자유로운 동반자자가의 소설에서 이처럼 카프작가와 유사한 경향이 나타나고 있는 점을 어떻게 이해해야 할까. 그것은 채만식의 초기 이데올로기의 획득과정과 밀접하게 연결되어 있다. 쉽게 얻은 것은 쉽게 버리고 어렵게 얻은 것은 버리는 것도 어렵다는 일반적인 논리를 그에게 적용시켜 볼 수 있다.

채만식이 사회주의 이념을 획득한 시기는 1927-29년에 걸친 실업기간 동안이다. 그는 「과도기」(1923)를 발표하면서 작가로서 활동하기 시작했는데 이때부터 이미 현실에 대한 비판의식과 문제의식을 가지고 있었다. 그러나 초기에 보여준 현실에 대한 관심과 비판적 의식은 개인의식의 수준을 벗어나지 못하고 허무주의로 흐르고 만다. 즉, 구질서의 모순이나 민족적 현실, 종교, 사상에 관심을 갖는 등 문제의식을 노출하지만 구체적 작가의식으로 정립되지 못하고 개인의식의 수준에 머무르고 만다. 이러한 초보적 비판의식은 사회주의 이념을 획득하게 되면서 크게 변모된다. 즉 현실을 바라보는 작가의 안목이 크게 변모하여, 습작기부터 자신의 체험을 작품에 다루었던 그는 이후부터 실직자로서의 생활난이나 가정의 몰락 등 자전적 요소나 체험적 요소를 개인적 차원을 넘어서 사회적 역사적 관점에서 형상화하게 된다. 그러나 이처럼 이데올로기에의 편향성을 보이면서도 한편으로 1929년 『별건곤』의 편집인으로 개벽사에 근무하게 되면서부터 그는 자신의 의식과 행동간의 괴리를 인식하고 갈등에 빠지게 된다. 그러므로 이후 채만식은 이데올로기에 대해 적극적 수용자세를 취하면서도 개인적 정황과 이론적 수양에의 미숙, 그리고 이미 싹트고 있던 중간계층으로서의 의식적 자각 등으로 인해 카프문인들처럼 실제운동의 대열에 나서지 않고 카프와는 상관없이 독자적 태도로 활동하게 된다.

이상에서 보면, 채만식의 경우 이데올로기의 획득과 그것을 바탕으로 한 창작활동이 '자기비판'을 통해 이루어졌다는 것을 알 수 있다. 이 점은 당시 이데올로기를 수용하거나 추수했던 여타의 작가들과 상당히 다른 점이라고 할 수 있다. 일제 강점기하 대부분의 사회주의의 세례를 받았던 작가들의 경우 현실 추수적인 경향이 짙다. 당시 사회주의 이데 올로기는 문학계를 휩쓸고 지나간 '일종의 유행'과도 같은 것이었다. 그것을 받아들일 때나 벗어날 때 모두 하나의 시류적인 것이었다는 것이다. 채만식 역시 사회주의 이데올로기의 획득은 그가 이념을 획득하기 이전에 한국에 이러한 사조가 만연되어 있었고 많은 작가나 지식인이 경도되어 있었던 만큼 시류적인 것으로 보아도 무리가 아니다. 그러나 중요한 것은 그것의 수용이 주체적이고 비판적으로 이루어졌다는 것이 다른 작가들과 다른 점이다. 따라서 그는 주체적으로 체득한 이데올로기 로부터 쉽게 벗어나지 못한다. 그러므로 채만식은 전향한 지식인의 문제를 취급하면서도 여전히 내면적으로는 이념을 포기하지 않은 지식인의 모습을 그릴 수 있었던 것으로 보인다. 채만식이 이처럼 동반자작가면서도 카프작가 못지 않게 이념에 대한 신뢰를 쉽게 저버리지 않았다면, 최정희는 이와는 반대적인 양상을 보여준다.


## (4) 최정희의 경우 ―종교에로의 완전전향

최정희의 「地脈」(『문장』, 1939.9)은 과거 사회주의 사상의 세례를 받았던 여주인공이 그것으로부터 벗어나 새로운 종교적 신념을 선택하는 것으로 되어 있다. 최정희는 한 때 카프에 가담했던 인물이다. 카프에 가담했던 인물의 경우 카프 1차·2차 사건을 거치면서 전향을 하게 되는데 최정희의 경우 카프 2차 검거사건으로 기소[36]되었다가 집행유예로 출옥한 것으로 되어 있다. 이러한 사실로 보면 최정희는 정치적으로는 비교적 강경파에 속했던 인물이 아니었나 생각된다. 그러나 문학적으로는 이와는 다른 양상을 보여주고 있다. 카프 2차 검거사건인 신건설사 사건이 일어난 것은 1934년 9월인데, 그 해 김기진이 「조선문단의 현재

---

36) 김윤식, 『한국근대문예비평사연구』(일지사, 1976), p.193 참조.

와 수준」이라는 글에서 좌익문학을 카프파와 동반자적 경향의 작가로 나누어 열거[37]하고 있는데 최정희의 경우 카프파가 아닌 동반자적 경향에 포함되어 있다. 이러한 사실은 그가 문학적으로는 이미 전향의 소용돌이에 휘말리기 이전에 카프와의 거리를 두고 있었다는 점을 말해주는 것이 아닌가 한다. 그런 때문인지 「地脈」은 여타 구카프작가들의 전향소설과는 아주 다른 양상을 보여준다. 구카프작가들의 전향소설의 경우, 과거 사회주의 운동에 가담했다가 전향한 인물이 등장하지만 여전히 현실을 부정하고 비판하는 등 내면적으로는 이념을 포기하지 않는 모습을 보여주고 있는데 반해, 「地脈」의 주인공은 사회주의에 감염되었던 과거를 회한의 감정을 가지고 되돌아볼 뿐만 아니라 새로이 종교에 귀의하는 어떻게 보면 완전한 의식의 변화를 보여준다는 점에서 그러하다. 구체적으로 보자.

여주인공 은영은 동경 M대학에 학적을 둔 인텔리로 여름방학에 잠시 돌아왔다가 어느 독서회에서 홍민규라는 인물을 알게 되고 그에 의해 사회주의 이론과 진보적 서적을 접하게 된다. 그 이후 동경으로 돌아가는 것도 포기하고 홍민규와 살림을 시작한 은영은 남편이 감옥에 가고 남편의 본처가 찾아오고 친정어머니가 돌아가고 심한 생활난 등 온갖 어려움에도 불구하고 낙망하지 않고 당당히 살아간다. 그러나 남편이 죽고 나서 두 딸을 둔 미혼모로서 법적 도덕적 보호를 받을 수 없게 된 그녀는 그에 따른 생활고로 인해, 자본론이니 노동조합조직론이니 어려운 책을 읽어가며 좋은 세상이 오리라던 과거의 꿈과 용기를 모두 잃고 두 딸을 살던 곳에 남겨둔 채 서울로 떠나온다. 동무의 소개로 기생 김연화 집에서 침모살이를 하게 된 그녀는 기생의 침모살이에서 오는 피곤과 환멸을 견디지 못하고 다시 부호의 첩인 부용의 집에서 기거하게 된다. 자신이 낳은 아이를 시골에 남겨 두고 사랑 없이 부호의 첩이 되

---

37) 위의 책, p.194 참조(본고에서는 작가의 정치적 입장보다는 작품의 경향을 중심으로 논하고자하므로 최정희를 동반자작가로 분류하기로 한다.)

어 전처의 자식을 기르는 부용에게서 동병상련의 감정을 느끼며 위로하던 그녀는 그곳에서도 생활문제와 호적에 오르지 못한 두 딸의 입학문제를 해결하지 못하고 결국 과거 자신을 사랑했던 남편의 친구 이상훈을 찾아간다. 그를 만나게 되면서 은영은 그의 구애에 마음이 흔들리지만 자신 앞에는 아이들 문제가 가로 놓여있음을 깨닫고 자신의 마음의 빈자리를 신앙으로 채우고자 한다. 신앙으로서도 이상훈에 대한 마음의 갈등과 고뇌를 해결하지 못한 그녀는 신부의 소개로 아이들과 함께 해주의 요양원으로 결국 떠난다.

이 소설의 스토리는 이상에서 보는 바와 같이 표면적으로는 한 인텔리 여성이 남편을 잃은 후 겪는 생활고와 정신적 갈등을 중심으로 전개되고 있다. 그러나 한편으로 보면 주인공이 겪어온 사상의 변화 과정을 그 이면에 드러나고 있다. 주인공 은영은 과거 사회주의의 세례를 받은 진보적 의식의 소유자였지만, 남편을 잃은 후 의식의 변화를 보여 준다. 그녀는 이상훈이란 인물을 만나게 되면서 '가장 옳다고 자신했던 과거의 내 생활 전체가 너무 무비판적이었던 것 같고 경박했던 것 같음'을 느끼기 시작한다. 그리고 마침내 과거는 한낱 경솔하고 무분별한 행동에 지나지 않았던 것으로 치부한다.

> 나는 내 잘못을 뉘우치는 한편 이러한 사회에 대한 불평 불만이 목구멍까지 치밀어 올랐다. 나는 세상의 온갖 규율, 풍속 인습 도덕의에 반발이 생기고 증오가 생겼다. 이것은 내가 한 때 — 분별없이 남이 하니까, 나도 하고 남이 좋다니까 나도 좋거니 하고 남이 싫다니까 나도 그렇거니 하든, 즉 다시 말하면 분위기에 휩쓸여서 기분적 행동을 하든 — 그 때에 가졌던 반발이나 증오가 아니였다. 이것이야말로 한 때에 그러한 경솔과 무분별한 행동으로 해서 받은 보수 - 그 쓰라린 체험에서 단련된 내 의지의 눈으로 정확히 보아서 하는 반발이었고 증오였다.[38]

여기서 '한 때'의 과거란 바로 진보적 사상에 경도되었던 시절을 말한

---

38) 최정희, 「지맥」(『문장』, 1939.9), p.73

다. 그러므로 자신이 남을 따라 분위기에 휩싸여 기분적 행동을 했다라고 하는 것은 과거 사상의 선택이 주관적 판단에 의한 것이 아니었고 시류에 의한 것임을 드러내는 것이다. 그리고 곧바로 카톨릭 신앙에 귀의하는 것으로 되어 있는데 이것은 바로 완전전향을 의미한다.

> 이렇게 된 나는 신(神)을 생각해보는 때가 있었다. 마음의 넓은 뷔인 자리를 신앙으로 채울 수 없을 까 하는 것을 생각해 보았다. 그래서 나는 개나리꽃도 거진 저가고, 세상은 녹음으로, 푸른 단장을 하게 되든 어느 날, 학원에 집어넣었든, 형주 설주를 대리고, 닷자곳자로 남산정있는 성모학교에 간 것이었다. 이것은 내가 아이들을 단지 그 학교에 넣자는 마음에서만이 아니였다. 나와 아이들과 함께 신의 품에 고달프지않고저함에 있다.[39]

1930년대 후반 등장한 한국 전향소설에서 이처럼 완전전향을 다룬 소설은 거의 없다.

전향이라는 개념은 각 나라의 문화적 정치적 풍토에 따라서 그 의미가 다르게 사용되어지고 있다. 유럽의 경우, 전향을 의미하는 역어는 "conversion"으로 이 말은 종교와 밀접한 관련이 있는 말로, 죄인이 자신의 죄를 깨달아 신에게 귀의하는 '회심' 또는 '개종'이라는 의미로 사용된다. 이 경우는 구체적으로 이교(異敎)로부터 정통적인 그리스도교에로의 개종이라는 점에서, 즉 'A로부터 B로의 개종'이라는 점에서 완전전향을 의미한다고 볼 수 있다.[40]

그러나 일본이나 우리나라의 경우 전향은 유럽에서처럼 종교보다는 사상문제와 밀접한 관련이 있다.(유럽에서도 1937년과 1939년에 스페인 내란과 독소동맹체결을 계기로 사상적 전향이 발생한 바 있다.) 우리나라의 전향문제는 일본의 전향문제의 연장선상에 있으므로 먼저 일본의 전향 개념을 살펴보면, 일본에 있어서의 전향은 일반적으로 소화초년에

39) 최정희, 「지맥」, p.74
40) 磯田光一, 『比較轉向論序說』(勁草書房, 1968), pp.3~4

있어서의 마르크스주의로부터의 전향을 의미한다. 일본의 소화시대에 일어난 이 전향은 권력의 강제에 의해 발생한 것으로서 거기에는 사상의 방기, 신념의 상실, 인격의 상실 같은 회한에 가득 찬 일본의 전향자의 이미지가 담겨져 있다. 1930년대를 전후해 발생한 한국의 전향도 이와 크게 다르지 않다. 한국의 경우는 특히 '권력의 강제에 의한 전향'에서 권력의 주체가 다름 아닌 일본이었기 때문에 전향한다는 것은 지식인으로서 치명적인 양심에 반한 행동으로 규정될 수밖에 없었다. 그래서 대부분의 지식인들은 앞의 졸고 1930년대 후기 한국 전향소설 연구에서도 살펴보았듯이 실제적으로는 전향했으면서도 내면적으로는 비전향이나 준전향적 태도를 고수하며, 전향자 또는 전향문제를 다룬 전향소설에서 그러한 양상을 구체화시키고 있다.

즉 30년대 후반기에 본격적으로 창작되기 시작한 전향소설을 보면, 작가자신의 전향체험이나 전향 후의 소시민적 삶을 다루는데 그치지 않고 과거의 삶을 되살리면서 전향을 극복하는 데 초점이 맞춰져 있다. 따라서 전향하느냐 하지않느냐 또는 완전전향이냐 준전향이냐 하는 고민과 갈등은 전혀 취급되지 않고 전향후의 갈등, 방황, 그리고 새로운 삶의 모색과정이 주로 형상화되어 있다. 1930년대 후기 발표된 한국 전향소설의 이러한 양상과 최정희의 「지맥」은 상당히 다르다고 볼 수 있다. 왜냐하면 최정희의 「지맥」은 전향문제를 비교적 표면화시켜 다루고 있을 뿐만 아니라 표면적인 것이라고 하더라도 주인공이 A에서 B로 완전한 사상전향을 보여주고 있기 때문이다. 이 점은 최정희가 카프 소속되어 있기는 하나 실제로는 동반자작가로 활동했음을 간접적으로 드러내는 것이며, 카프와 어느 정도 거리를 유지하고 있었기 때문에 사상전향이 비교적 자유로울 수 있었던 것으로 추측된다.

# 4. 결론

　한국문학사에서 1930년대를 전후하여 발생한 작가의 전향은 식민지지
식인으로서의 양심과 관련된다는 점에서 윤리적 차원을 벗어나기 힘들
다. 일제 강점기하 발생한 전향은 권력의 강제에 의한 사상의 포기라는
의미를 띠는 것으로 권력의 주체가 바로 일본 제국주의 자체였기 때문
이다. 그러나 작가들의 전향문제는 이처럼 윤리의 영역 하나로 모두 묶
을 수 있으면서도 윤리의 영역 그 안에서 전향 이전 그들이 서있던 위
치에 따라 다양한 형태로 나누어 볼 수 있다. 윤리적 문제를 극복하기
위해 작가들은 나름대로 전향의 논리를 만들어 낼 수밖에 없었는데, 카
프작가나 동반자작가 그리고 비카프작가의 경우 사회주의 이념을 바탕
으로 창작활동을 해왔으면서도 그에 대한 입장이 조금씩 달랐고, 이러한
작가들의 의식의 편차는 전향의 논리를 만들어내는데도 작용했다고 보
기 때문이다.

　이 가운데 동반자작가의 경우 카프라는 집단에 소속되어 있지 않았을
뿐만 아니라 앞의 동반자작가 용어의 사용과정 및 논쟁에서 살펴본바,
동반자작가의 대부분은 카프에 반감을 가지고 있었던 만큼 전향의 논리
및 그 양상 역시 카프작가와는 다른 특징을 보여 준다. 동반자작가의
전향소설에서 이를 구체적으로 확인할 수 있는데, 동반자작가의 전향소
설의 특징을 요약하면 다음과 같다.

　첫째, 과거 사상운동의 경력을 가진 등장인물, 즉 전향자의 삶의 양상
이 구카프작가들의 전향소설에 비해 다양한 모습으로 나타난다는 점이
다. 구카프작가들의 전향소설은 소설마다 약간의 편차는 있지만 대부분
전향자가 전향이후 접하게 된 현실에 저항하며 전향문제를 극복하려는
의지를 담고 있다. 이와 다르게 동반자작가의 전향소설에서는 전향자가
현실과 타협하지 못하고 갈등 방황하면서도 현실극복에의 의지 없이 그
속에 갇혀있는가 하면, 일정한 거리를 두고 현실을 감상적으로 바라보기
도 한다. 그런가하면 어떤 인물들은 전향한 이후에도 여전히 이념에 대

한 집착을 버리지 못한 모습을 보여 주기도하고, 과거를 비판적으로 회고하면서 새롭게 종교의 세계로 나아가기도 한다.

둘째, 전향문제나 전향자의 과거에 대한 묘사가 보다 표면화 구체화되고 있다는 점이다. 구카프작가의 전향소설에서는 사상운동을 하거나 감옥살이를 한 등장인물의 과거가 암시적이거나 단편적으로 묘사되어 있을 뿐 과거에 대한 언급이 거의 회피되고 있는데, 동반자작가의 전향소설에는 전향자가 과거를 되돌아보거나 회고하는 등 전향문제가 비교적 표면화되는 가운데 그들의 과거가 비교적 자세하게 드러나고 있다.

셋째, 현실에의 저항, 또는 극복보다는 등장인물의 생활 속에서의 적응문제가 중점적으로 다루어지고 있다는 점이다.

이상에서 요약한 이러한 특징은 동반자작가가 구카프작가와는 다르게 보다 윤리의식에서 자유로웠으며, 이에 따라 전향문제를 보다 객관적으로 바라볼 수 있었음을 보여 주는 것이라고 하겠다.

# II. 1940년대 전향기의 지식인의 논리

-백철의 「전망」을 중심으로-

## 1. 머리말

한국문학사에서 프로문학의 퇴조로부터 일제말기에 이르는 기간은 이른바 轉形期로서 프로문학의 퇴조에 의한 주조의 공백과 이에 따른 중심사상의 모색의 시기로 특징지을 수 있다.[41) 그런데 여기서 이 전형기는 프로문학의 굴절과 좌절이라는 사상적 변화의 시각에서 바라볼 때 다시 세 시기로 구분할 수 있다. 즉 1930년대 전반부터 1940년대 친일문학의 단계까지의 시기를 프로문학의 퇴조기, 사상의 포기와 굴절로서의 전향기, 그리고 신체제론에의 전향기로 나누어 볼 수 있다. 이 가운데 사상의 포기와 굴절로서의 전향기는 사상을 내면화시키거나 포기를 선언했을 지언정 식민지지식인으로서의 마지막 양심마저 포기한 것은 아닌 최소한의 여지는 남아 있는 시기였다. 하지만 1940년을 전후로 소위 國策文學으로 나아가게 되면서 작가들은 최소한의 양심마저 버리고 신체제론으로 완전 전향하게 된다. 당시 사상의 포기와 굴절로서의 전향

---

41) 김윤식, 『한국근대문예비평사연구』(일지사, 1976), p.203

의 단계에서 신체제론으로의 전향의 단계로 나아가면서 마련된 논리가 세대론 및 동양사론, 그리고 일본정신에 야합논리와 과학주의의 포기[42]이다.

이와 같은 신체제론으로의 전향논리는 비평사의 맥락에서 비중있는 연구가 진행되어 왔다. 이에 어느 정도 구체적인 윤곽이나 전모가 드러난 것이 사실이다. 본고의 목적은 그럼에도 불구하고 아직 미비한 부분들에 대한 논의를 통해서 지금까지의 논의들에 대한 완성도를 높이자는 데에 있다.

이러한 본고의 목적에서 볼 때 주목되는 작품이 백철의 「展望」이다. 이 소설은 잘 알려져 있는 바와 같이 이 시기의 세대론과 관련되어 있는 작품이다. 세대론은 프로문학 퇴조 이후 방향감을 상실한 채 식민지적 검열문화풍토에 익숙해져가고 있던 중견층에 대해 신인층이 방향전환을 위한 하나의 방법론으로 순수논의를 들고 나옴으로써 범 문단적 문제로 확대되었던 논의인데, 순수논의 너머에는 친일이 놓여 있던 바 사상사적으로도 중요한 의미를 지닌다. 이 작품은 바로 이 세대론을 바탕으로 쓰어진 소설로 비평의 경우 논리성을 띠다보니 생략될 수밖에 없었던 당시 작가의 진정한 인간적 갈등이나 고뇌, 내면심리 등을 구체적으로 보여 준다. 따라서 본고는 백철의 「전망」을 분석함으로써 비평에서 드러나지 않았던 당시 지식인 작가의 섬세한 의식의 면모를 추적해보고자 한다.


## 2. 「전망」의 논리

「展望」은 우선 형식적인 면에서 특이한 작품이다. 중편의 분량에 가까운 이 작품은 시, 일기, 독백, 신문기사 등이 혼합되어 있어 일반적인

---

42) 위의 책, p.203

소설과는 다른 형식을 취하고 있다. 작가는 이에 앞서 「종합문학의 건설과 장편소설의 현재와 장래」(『조광』 4권 8호)라는 글에서 앞으로의 문학은 장편소설이 중심이 되어야 함을 강조하면서 특히 '시와 단편과 희곡과 수필과 일기와 논문까지가 합류하야 일체를 이룬' 종합문학으로서의 장편소설을 제의하였다. 이 소설은 이러한 자신의 주장을 실험한 작품이라고 할 수 있다.

「전망」이 취하고 있는 종합문학으로서의 형식적 특징 가운데 특히 독백 부분에서는 독자에게 직접 말을 걸거나 노골적으로 자신을 드러내는 화자의 모습이 나타나고 있어 주목된다. 이 작품에서 이렇게 자신이 모습을 노골적으로 드러내는 화자는 여기서 자신을 이 소설을 써 내려가는 작가인 동시에 자신을 '백'이라고 구체적으로 칭하고 있는 것처럼 거의 작가와 유사하다. 일단 화자는 작가에 의해 창조된 존재라는 점에서 작가와 별개로 볼 수밖에 없지만 이 작품에서는 화자가 작가와 거의 구분되지 않는다.

이처럼 작품 표면에 자신의 모습을 드러내는 유형의 화자는 서구에서는 이미 19세기 이후에 모습을 감추었고 되도록 자신의 모습을 감추려는 화자들이 소설에 정착되었다. 우리문학에서도 1920년대 이후에는 거의 이러한 유형의 화자는 등장하지 않는다. 이 점을 감안할 때 이처럼 일반적인 경향과 달리 의도적으로 직접적이고 노골적 유형의 화자를 등장시키고 있는 것은 작가의 특별한 의도가 담겨진 기법적 전략으로 볼 수 있다. 여기서 작가는 무엇을 의도한 것일까.

이 작품은 전체 3편으로 구성되어 있다. 1편은 殘花辭, 제 2편은 風雲記, 제 3편은 少年交友錄이다. 제 1편은 김형오라는 인물이 자살한 날 아침 화자인 내가 그의 죽음에 울분을 감추지 못하는 것으로 시작된다. 형오의 죽음으로 내가 결국 한 달을 자리에 누워 앓게 되는데 이처럼 그의 죽음을 애통해 한 것은 단순히 그와의 이별 때문이 아니라 그의 죽음이 '한 시대의 이별'을 뜻하기 때문이며 형오의 생활을 담은 소설을 중도에서 하차할 수밖에 없기 때문이다. 나에게 있어 형오라는 인물은 자신을 포함하여 '이 시대의 전략하는 인테리의 전형적인 타입'이라는 점에서 상징적인 존재였다. 그러므로 나는 「김형오」라는 제목으로 소설을 구상해왔을 뿐만 아니라 그의 자살이 소설의 대단원을 이룰 것이라고 생각해온 바다.

그렇다면 자신과 같은 동세대의 지식인을 대표하는 김형오는 구체적으로 어떠한 인물인가. 이 소설을 써 내려가는 작가이자 화자인 나는 김형오에 대한 묘사를 그가 남긴 시(詩)로 대신하고 있다.

「동경에서 내가 K전문을 택한 것은 전국에서 가장 들기 어려운 이 학교의 입학시험을 내가 어느 정도로 쉽게 돌파할 수 있는 가를 시험해보는 장면으로 택해본 것밖에 별로 의미가 없다. 그것은 내가 일부러 작난으로 문과를 택한 것으로도 짐작할 수 있으리라. 천하를 배판할 청년의 눈에는 철학이나 문학은 작난감으로 밖엔 뵈자 않았다. 政治! 그것이 나에겐 야심의 전부였다. 그리고 그 정치의 야심을 말할 수 있는 무대로서 동경을 택했을 뿐이다. 마치 「스탄달」의 소년주인공 「쥬리안」이 자기가 ×××무대로서 「파리」를 선택한 것과 같이!

「그러나 어찌하랴! 중대한 것은 시대는 일찍이 쥬리안의 파리를 찾아가던 시대가 아니다. 유황숙은 결코 나의 여관을 찾아오지 않던 것이다. 소년시절부터 품고 오던 그 야심과 정열을 풀길이 없어 나날이 앙앙한 불평을 금치 못하고 지나던 때 하룻날 하숙의 이 층에 앉아 울정을 금치 못하는 청년의 눈 아플 오월의 행열이 조수와 같이 가두에 넘쳐 흘러가다.

「이것이 정치다! 청년은 부지 간 소리를 내어 부르짖었다. 자, 가두로 뛰어 나가자!

「물론 그 때에도 그 정치가 내가 소년 때부터 생각하던 영웅의 정치가 아닌 줄은 짐작했으나, 그 대신 이것이 새로운 시대의, 정치라고 청년은 불붙는 정열을 가슴에 안고 그대로 가두의 행열 속에 뛰어들다.

「세기의 노래는 해마다 도시의 가두를 흘러갔고 그 때마다 청년은 행열의 선두에서 정열에 떠서 웨치고 노래하고 뛰어 나갔다. ……그리하여 오래지 않아 청년에게 올 것이 왔다. 오 년 동안의 그 부자유한 세계의 생활!」[43)

이 글에는 일찍이 정치에 관심을 가졌던 김형오가 일본에서 유학하는
도중 사상운동에 가담했을 뿐만 아니라 그 일로 오 년 동안의 수형 생
활을 겪은 과거의 행적이 구체적으로 드러나고 있다. 김형오의 시는 여
기에서 끝나지 않고 이러한 과거에 대한 반성으로 이어진다. 자신이 앞
서 말한 정치적 체험이후 심각한 고민에 빠져 있는데, 그것은 사상 자
체에 대한 고민이 아니라 남의 사상을 그저 단순히 뒤따른 것에 대한
참회와 굴욕에 찬 고민이다. 즉 '내 것이 아니고 남의 것이라는 것을 깨
닫는 날부터 거기에 대한 관심과 열정이 없어지는 정도가 아니라 일시
라도 거기에 뛰어든 것을 후회하고 고민하고 나중은 우연히 그 사상이
내 앞에 나타난 것을 원망하고 질투하는 일종의 사상적 질투'로 인한
고민이다.

여기서 사상으로부터 벗어났다는 점에서 김형오의 태도는 일종의 전
향에 속한다. 특히 사상운동을 했던 과거를 참회의 심정으로 비판적으로
되돌아본다는 점에서 스스로 과거를 적극적으로 청산하는 적극적 전향
의 논리라고 할 수 있다. 물론 오 년 동안의 수형 생활이라든지 동경에
그대로 머물러서는 안 된다는 명령을 받고 귀향한 대목에서 권력에 의
한 외적강제가 작용했음을 간접적으로 알 수 있다. 그러나 이 경우 권
력에 의해 단순히 사상을 포기하는 것으로서의 전향과는 그 양상이 다
르다고 할 수 있다. 이 점은 작가 백철을 연상시킨다.

백철은 카프 2차 검거사건으로 기소되었다가 집행유예로 출감한 직후
그 유명한 전향선언문, 「비애의 성사(城舍)」를 발표하기에 이르는데, 그
는 이 글에서 자신의 전향이 시대의 변화에 대한 순응 차원임을 밝힌
바 있다. 여기서 시대의 대세라는 것은 '정치주의'를 버리고 '문학의 진
실'로 돌아가는 것을 일컫는데 이러한 변화는 이미 카프 내부에서 자발

---

43) 백철, 「전망」(『인문평론』, 1940.1), pp.205~206

적으로 이루어진 것이라는 점을 강조하였다. 카프의 해체와 프로작가의 전향 등 프로문인들에게 닥친 위기와 혼란과 관련하여 프로문학 내부에서는 카프문학 이념인 마르크스주의가 주체화된 이념이 아닌 관념적으로 수용된 문학 이념이었고, 작가들이 이렇게 외래사상을 단지 관념적으로만 수용함으로써 객관적 정세가 악화되자 최후의 위기를 맞이하게 되었다는 자기반성이 일어난 바 있는데, 백철은 이 점을 바로 자신의 전향의 논리로 삼고 있는 것이다. 이처럼 전향의 이유를 외적 강제가 아닌 내부의 문제로 돌릴 경우 식민지 지식인으로서의 윤리적 양심에서 비교적 자유로워지는 것은 너무도 당연한 일이다.

한편, 이처럼 자기 스스로 과거를 반성하고 후회하는 김형오의 고뇌의 본질은 이와 다른 데에 있다. 그가 정치를 그의 이상으로 삼고 있었다는 점이다. 그는 붉은 성문을 나올 때도 정열과 이상을 잃지 않았다. 그러나 귀향할 때 그를 어느 누구도 영웅으로 받아주지 않자 그는 절망감에 빠지게 된다. 이것은 그에게 정치적 좌절을 의미하기 때문이다. 결국 병마와 고독에 빠져 헤매며 아들 기영이에게서 마지막으로 생애의 의미를 찾던 그는 신문에서 중일전쟁 발발 기사를 보고 새로운 광명을 느끼게 된다.

제 2편은 이 중일전쟁을 바라보는 화자와 김형오의 견해가 중심 내용을 이루고 있다. 먼저 화자의 전쟁에 대한 입장은 한마디로 흥분과 기대를 감추지 못할 만큼 긍정적이라는 것이다. 화자에게 있어 귀향 후의 생활은 일종의 도피생활로서 정치를 버리라는 주장에는 심리적 거리를 느낄 만큼 정치에의 관심을 버리지 못해온 터다. 그러므로 전쟁은 그에게 공포와 불안과 함께 기대와 희망이 어우러지는 복잡한 감정으로 다가온다. 왜냐하면 전쟁은 그에게 있어 바로 그가 하고 싶어하던 정치의 연장이므로 정신의 회복의 기미마저 느끼게 하기 때문이다. 결국 화자는 중국의 몰락 보도를 어둡고 낡은 것을 허무는 대신 명랑하고 화려한 새로운 근대의 건설이라는 상징적 보도로 해석하는데 까지 이른다.

그러나 김형오가 느끼는 전쟁은 이와 다르다. 김형오는 전쟁, 즉 중일전쟁에서 마지막으로 어떤 희망이라도 발견하려고 하지만 어떤 광명도 찾지 못한다. 자신을 이 시대의 낙오자로 생각하는 그는 전쟁에서 의미를 찾고 과거에 느끼던 흥분을 회복하려하나 과거 사상운동을 하던 때의 정열이 돌아오지 않음을 느끼고 절망하게 된다. 그것은 열렬히 만세를 부르면서도 얼굴표정은 열정적 행동과는 다르게 공허함에 차있는 출정 군인처럼, 자신도 역시 전쟁과는 아무런 관련이 없다는 인식 때문이다. 오히려 그는 우연히 만난 중국여인에게서 새로운 희망을 발견한다. 그녀는 자신과 같은 이 시대의 불행의 상징이기 때문이다. 불행한 운명이라는 점에서 그녀에게 동병상련의 감정을 느끼게 된 행복의 순간도 잠시 그는 갑작스러운 홍수로 그녀를 잃게 되자 결국 유서를 쓰고 자살한다.

이상에서 보는 바와 같이 화자와 김형오 간에 유사점과 차이점이 나타난다. 유사점은 둘 다 정치를 최고의 이상으로 삼고 있었다는 점이다. 뿐만 아니라 이들에게 사상이란 정치가로서의 열정을 충족해줄 대상으로서 이러한 수준 이상도 이하도 아니라는 것이다. 이 점은 백철 자신의 모습에 다름 아니다. 김윤식이 백철이 받아들인 사회주의의 실체가 서구교양주이라는 관념 형태에 지나지 않았음을 지적[44]한 바와 같이 정치적 열정을 위한 수단으로서의 사상이란 단지 관념에 지나지 않을 뿐이다. 그러나 전쟁에 대한 반응에 있어서는 두 인물간에 시각차를 보여준다. 화자는 전쟁에서 정치적 열정을 회복함과 동시에 파괴 뒤에 오는 새로운 건설이라는 점에서 긍정적으로 반응한다. 그러나 김형오의 경우 전쟁에 대한 흥분은 일시적일 뿐, 그것에 대한 주체 의식의 부재를 느낄 뿐이다. 전쟁을 바라보는 이러한 관점의 차이는 이 시대의 전락하는 인텔리를 대표하는 화자인 '나'와 김형오가 결정적으로 갈라지는 부분이다. 특히 김형오의 죽음으로 화자는 과거에 대한 참회와 굴욕감에 가득

---

44) 김윤식, 「1930년대 후반기 카프문인들의 전향유형 분석」(『한국학보』 59집, 1990. 여름), p.11

찬 김형오적 고뇌에서 벗어나 미래에 대한 새로운 전망을 이끌어 내기까지 한다. 제 3편에서는 화자가 김형오적 고뇌의 세계로부터 벗어나기까지의 과정과 화자가 전망하는 긍정적인 미래상이 제시되고 되고 있다.

> 김형오는 나의 앞에 나중까지 그런 절대의 존재였다. 한편으로 보면 아지고 그 형오와 그가 살던 시대에 대하여 鄕愁와 같은 애착을 내가 그대로 느끼고 있었는 때에 김형오의 자살이 벽력과 같이 왔다. 나는 그 벽력의 불떵어리를 정면으로 뒤집어쓴 「벽락맞은 나무」였다. 거기에는 물론 다른데서 생긴 우연의 원인도 있었겠지만 하엿던 그 뒤에 내가 열홀동안은 죽게 앓고 남아지 달포의 세월을 아무 의식도 없이 몽유병 상태에 지냈다는 사실을 내가 이 작품 처음에 기록한 바와 마찬가지다. 내 생활에 이런 한달 동안 남아지의 부랭크가 진 것이다.
> 그러나 이런 부랭크의 생활이 한 시대를 떠나는 슬픈 경험인 동시에 내게 어떤 생활이 오기 전에 일시 절대의 안정이 필요하다는 그 (胎動期)와 같은 것이라면 나는 이 때의 고통을 달게 밟으려고 한다.[45]

화자가 김형오의 죽음을 계기로 과거와 결별하는 동시에 새로운 삶의 시작을 준비하고 있음을 알 수 있다. 화자의 새로운 삶은 영철이라는 소년을 통해 구체화된다. 화자는 영철이라는 새로운 인물에 대한 관찰을 통해서 현실에 대한 새로운 인식과 미래에 대한 전망을 보여 준다. 그에 의하면 김형오는 구 시대의 인물이며 새로운 시대의 인물은 과학자의 자질을 보여 주는 영철이와 같은 인물이 되어야 한다는 것이다.

> 김형오는 벌써 오늘에 올 타입이 아니고 과거를 대표한 인물이었다. 역시 이제부터는 영철군과 같은 인물이 금후의 시대를 대표한 타입이다. 그것은 이제부터의 영웅은 모도가 수학자나 박물학자가 된다는 생각은 아니다. 김형오와 같이 정치에 야심을 두고 나가는 인물이라도 그 생활의 태도에는 영철군의 빛나는 지혜와 과학자의 이성과 냉정을 잃지 않고 나가는 타입이 아닐가? 내가 영철군의 생활에 지

---

45) 백철, 「전망」, p.234

금까지 내 생활에서 경험하지 못한 새 것을 찾아내는데 비상한 흥미를 느끼고 정열을 가지고 희망을 두는 것은 그 때문이다.[46]

여기서 수학이나 박물학, 그리고 과학의 세계는 철학적 가치판단으로부터 자유로운 실재의 세계다. 그러므로 화자가 수학자나 박물학자 과학자의 이성에 신뢰를 보낸다고 하는 것은 현실을 인식하거나 미래를 전망하는데 있어서 모든 정치적 윤리적 도덕적 가치판단을 제거한다는 말과도 같다. 이것은 결국 식민지 지식인으로서의 관점을 포기하는 것이다. 이처럼 식민지지식인으로서의 관점을 떠나 시야를 조선이 아닌 동양으로 확대할 경우 동양의 정세는 그야말로 '명랑하게' 보이는 것이며, '동양의 찬란한 미래'에 대해 '화려한 전망'을 할 수 있게 되는 것이다.

이상에서 살펴본 바와 같이 이 소설에는 화자인 '나'와 김형오, 김형오의 아들인 영철 등 세 인물이 등장한다. 김형오와 영철은 각각 구세대와 신세대를 대표한다는 점에서 대립적 인물이라고 할 수 있다. 화자는 김형오와 같이 구세대에 속하는 인물이면서도 이 중간에서 견인차 역할을 하는 인물로 설정되어 있다. 이미 이 소설이 그의 세대론을 작품화한 것으로 지적[47]된 바 있거니와, 이러한 세 인물의 설정을 통해 교묘하게 세대론에 대처해 나가는 백철의 자기 합리화의 일단을 엿볼 수 있다.

프로문학의 퇴조에서 시작된 문단의 전형기라는 외적 상황으로부터 역시 자유로울 수 없었던 백철은 이미 카프 2차 검거사건으로 기소되었다가 출감한 직후 전향을 선언한 바 있다. 이 때 그가 전향의 구실로 내세운 것 가운데 한 가지는 시대의 변화에 순응하기 위해서라는 것이었다. 구체적으로 시대의 변화라는 것은 '정치주의'로부터 '문학의 진실'로 후퇴한 카프문인들의 경향을 일컫는 것이었는데, 자신 역시 이러한 변화의 대세를 받아들여 정치주의로부터 한발 물러선다는 것이었다. 이

---

46) 백철, 「전망」, p.251
47) 김윤식, 『한국근대문예비평사 연구』, 앞의 책, p.380

처럼 이미 한 차례를 전향을 선언한 바 있는 그가 '시대적 우연', 즉 '事實을 受理'[48]하는 것으로의 전향을 시도하기 위해서는 나름대로 자기 합리화의 과정이 필요했을 수밖에 없다. 화자와 김형오라는 인물을 통해서 그는 자기합리화의 과정과 논리를 마련하고 있다. 이 점에서 보면 화자와 김형오 모두 백철의 분신이라고 할 수 있다. 화자는 현재의 백철 자신이며, 김형오는 과거의 일차 전향하던 시절의 모습이라고 할 수 있다. 사실을 수리하는 데로 나아가기 위해서는 과거는 과거로서의 의미를 지닌 채 역사 속으로 사라져야 한다. 김형오의 죽음은 바로 그런 점에서 과거와의 단절을 의미한다. 과거와 단절되어야 비로소 식민지 지식인으로서의 관점을 떠나서 새 시대를 바라 볼 수 있기 때문이다.

화자는 바로 과거와 단절된 지식인, 그럼으로써 중일전쟁에서 동양사적 의의를 발견할 수 있는 지식인이며, 과거적 인물인 김형오와 새시대의 인물인 영철이의 가운데 서 있는 인물이다. 그러므로 지나간 과거와 아직 다가오지 않은 미래 사이에 있는 현재적 인물인 화자의 역할은 김형오와 영철이 왜 각각 구 시대와 미래의 인물인지 밝혀주고 논평하는 역할이다. 이것으로 볼 때 작가의 의식이 작품의 내용뿐만 아니라 형식까지도 결정짓고 있는 것임을 알 수 있다.


## 3. 결론

지금까지 본고는 1940년대 신체제로의 전향기를 맞이하여 당시 지식인이 어떠한 논리로 이 시기에 대처해나갔는가 하는 점을 백철의 「전망」을 중심으로 살펴보았다. 「전망」은 친일을 수용하기 이전의 막다른 곳에 이르른 문단의 논리, 즉 세대론을 작품화한 것으로서 당시 문인들의

---

48) 백철은 「시대적 우연의 수리─사실에 대한 정신의 태도」(<조선일보> 1938. 12)라는 글에서 사변(중일전쟁)이 발생한 동양의 현실을 하나의 사실로 받아들여 문학자나 지식인이 여기서 의미를 찾아야함을 역설한 바 있다.

논리를 상징적으로 보여 준다는 점에서 주목되는 작품이다. 특히 신세대가 아닌 30대의 입장에서 제시된 것이라는 점에서 특히 주목된다.

카프 2차 검거사건을 계기로 전향을 체험한 바 있는 30대에게 있어그야말로 친일로 나아가는 길목에 놓여 있는 세대론에 대해 어떤 입장표명을 한다는 것은 윤리적으로 쉽게 가능한 일이 아니었다. 백철이 세대론에 대해 별로 관여하지 않은 점은 이러한 점을 입증해 준다. 백철은 세대론에 대해 갖고 있는 비평상의 한계를 소설로서 극복하고자 했던 것으로 보인다. 즉 세대론적 논리로 나아가기 위해서는 평론이 아닌소설이 필요했던 것이 아닌가 생각된다. 종합문학으로서의 「전망」의 형식은 바로 이러한 관점에서 이해가 가능해진다. 이 소설의 문학사적 의미는 당시 세대론의 또 다른 작품화인 정비석의 「삼대」와의 비교 하에서 보다 명확히 밝혀질 것이다.

# Ⅲ. 1930년대 후반 전향기에 나타난 생활문학의 가능성과 한계

## 1. 머리말

1920년대 중반 이후 한국문학의 커다란 주류를 형성해왔던 프로문학은 이념의 실천이라는 행동문학을 그 특징으로 했다. 그러나 30년대 초반 세계적으로 불어닥친 파시즘의 대두와 일제의 사상탄압으로 카프의 해산을 겪게 되고 전향을 강요당하게 됨에 따라 통일된 문학적 경향을 상실한 채 개별적인 창작활동을 통해 자신의 문학세계를 모색하게 된다. 이때 박영희, 백철 등 몇몇 작가들은 자신의 문학경향을 완전히 바꾸기도 하지만 대개의 작가들은 이념이나 사상의 포기를 강요당한 전향의 소용돌이 속에서도 현실대결을 위한 새로운 인식 틀을 모색하려는 꾸준한 노력을 보여준다. 즉 구 카프작가들은 1930년대 후반 문단 전체를 지배한 위기의식과 방향감각의 혼란 속에서 내면적으로는 프로작가로서의 문학적 지향성을 포기하지 않는 의식적 면모를 보여준다. 이러한 새로운 문학적 모색의 한가지 방법으로 등장한 것이 생활문학이라 할 수 있다.

카프 2차 검거사건을 계기로 실천적 운동을 포기할 수밖에 없었던 구 카프작가들은 '사회에서 가정으로, 사회인에서 생활인으로 귀환'[49]하게 된다. 그들이 사회에서 가정으로 돌아왔다는 것은 사상운동을 포기하고 가족의 세계, 즉 생활의 세계로 귀환했음을 의미한다. 전향체험 이후 작가들은 이 생활의 세계를 새롭게 인식하기 시작한다. 물론 생활의 세계는 늘 있어왔던 세계이다. 그러나 과거 프로작가들은 실천적 이념을 존중하는 카프조직의 강령에 따라 생활의 세계, 즉 일상성의 세계는 등한히 해왔다. 뿐만 아니라 실천적 이념에 몰두함에 따라 프로문학은 현실을 외면하고 이념만을 제창하는 한계를 드러낸 바 있다. 이에 실천적 이념이 포기된 상황이지만 작가들은 이 생활문학을 통해 과거 프로문학의 한계를 극복하는 동시에 새로운 문학방향을 모색하고자 한다.

따라서 본고에서는 1930년대 후반 전향기에 나타난 생활문학을 검토함으로써 1930년대 후반 구 카프작가들이 전향의 소용돌이 속에서 어떻게 문학적 현실을 타개하고자 노력했는지 그 성과와 한계를 짚어 보려고 한다. 이러한 작업은 프로문학이 카프 해체 이후 어떻게 굴절·모색의 과정을 겪었는 가를 드러낸다는 점에서 나름대로 의미를 갖는다고 할 수 있다.

먼저 생활문학이 등장하게된 배경과 생활문학의 의미를 먼저 검토함으로써 생활문학에 대한 이해를 돕고자 한다.

## 2. 생활문학의 의미

생활문학은 말 그대로 생활의 세계, 즉 일상성의 세계를 다룬 문학이라 할 수 있다. 카프 조직의 와해로 더 이상 실천적 문학활동이 불가능한 상황에서 출옥 후 생활의 세계로 귀환하지 않을 수 없었던 소시민

---

49) 이상갑, 「1930년대 후반기 창작방법론 연구」(고려대 박사논문, 1994), p.87.

작가들은 자기생활과의 대결이 불가피해지자 생활의 세계 속에서 문학적 모색의 실마리를 찾고자 한다. 과거 카프 시절 현실의 본질과 그 발전 과정을 드러낸다는 미명아래 계급적 현실에 몰두하여 생활의 세계, 또는 일상성의 세계를 무시해 왔던 구 카프작가들에게 이 생활세계에 대한 인식은 어둠 속에서 발견한 한줄기 빛과도 같은 것이었다.

그렇다면 현실은 무엇이고 생활은 무엇인가. 이 점에 있어서 임화의 '생활의 발견'이란 글은 매우 시사적이다. 그는 이 글에서 현실과 생활의 개념에 대한 정리뿐만 아니라 문단에서 이런 개념들이 어떻게 적용이 되었고 각각 드러낸 문제점은 무엇인지 까지 자세히 논하고 있다.

그는 이 글에서 현실을 '현상으로서의 생활과 본질로서의 역사를 한꺼번에 통합한 抽象物'50)이라고 정의하고 생활의 세계는 현실로부터 분리, 대립되는 것이 아니라 바로 현실의 일부분을 차지하는 것이라고 생활의 세계에 대한 긍정적 인식을 보여 주고 있다. 뿐만 아니라 추상적인 개념인 현실에 비해 오히려 그 구체적 현상을 가리킨다는 점에서 이 생활의 세계 속에서 과거의 프로문학을 반성할 수 있는 실마리를 찾고 있다. 즉 과거의 프로문학에서는 현실을 표현한다는 목적으로 사상과 정신에 열중했던 나머지 그것이 형태를 빌어 표현되는 생활은 무시해왔음을 지적하고 있다. 이러한 시각에서 그는 세태소설이나 내성소설을 분석하고 있다. 그런데 세태소설이나 내성소설이 생활의 의미를 새롭게 인식하고 있다는 점에 나름의 의미를 부여하고 있으면서도 그는 실제 외부나 내부의 관점에서 이런 생활을 묘사한 세태소설이나 내성소설이 지나치게 생활만을 묘사하고 있는 점에 대해서는 부정적으로 평가하고 있다. 즉 작가들이 생활을 새롭게 인식하기 시작했다면, 그것은 현실을 마지못해 대신하는 세계로서의 생활이 아니라 그 속에서 새로운 의미를 발견할 수 있는, 현실로서의 중대한 의미를 함축하는 생활51)이어야 한다는 것이다.

이처럼 생활에서 새로운 의미를 찾고자 한 작가가 한설야다. 한설야는

---

50) 임화, 「생활의 발견」, 『문학의 논리』(서음출판사, 1989), p.200.
51) 위의 글, p.202.

이 생활현실이야말로 앞으로의 창작활동에서 훌륭한 제재가 될 수 있음을 역설하고 있다.

> 今後 誠實히 주로 創作에 힘쓰려고 생각한 나는 내가 開拓하기에 가장 좋은 處女地를 스스로 방기하고 있었든 데에 想到하게 되었습니다. 내가 스스로 足跡을 찍어온 나의 生活과 直接 間接으로 機緣을 가지고 있는 周圍環境과 그리고 내가 가장 깊은 印象을 가지고 있는 故鄕을 再認識 再吟味할 것을 나는 속깊이 다짐두었습니다. 그것은 自古로 豊富한 想과 潑剌한 才氣를 가지지 못한 나와 같은 作家가 恒常 自己와 自己周圍를 凝視再現함에서 幾多의 特筆한 大作名作을 내었다는 史實의 發見과 그리고 朝鮮現實의 一局部로서 내 故鄕은 幾多의 훌륭한 題材를 가지고 있다는 事實의 摸索에서 나는 決心을 더욱 굳게 하였습니다.[52]

한설야 역시 생활을 현실의 일부분으로 인식하고 있음을 알 수 있다. 한편, 이글은 작가가 과거의 운동으로서의 문학에서 창작으로서의 문학의 범주로 돌아왔음을 간접적으로 읽을 수 있는 부분이기도 하다. 운동으로서의 문학이란 무엇이었는가. 사상을 담는 문학을 함에 있어 객관적 현실의 당파적 반영이 중시되는 문학을 의미했다. 따라서 운동으로서의 문학에서 창작으로서의 문학의 범주로 돌아왔다는 것은 계급성이나 당파성을 벗어난다는 의미와도 같은 것이다. 즉 현실을 묘사하되 계급성이나 당파성을 염두에 두지 않겠다는 의미로 해석이 가능하다.

그렇다면 작가 앞에 놓인 현실이란 것은 어떤 것인가. 카프 2차 검거사건으로 검거되었던 카프문인들은 2년 여의 사건 처리 기간을 거쳐 모두 집행유예로 석방된다. 석방 이후 귀가나 귀향한 작가들이 맞닥뜨린 현실이란 계급성이나 당파성의 시각으로 바라볼 수 있는 그런 객관 현실이 아니고 신변 생활 그 자체이다. 그러나 조금만 뒤로 물러나 생각한다면 생활은 앞에서 말한 바와 같이 '朝鮮現實의 一局部'일 수 있다

---

52) 한설야, 「고향에 돌아와서」(『조선문학』, 1936.8)

는 논리이다. 따라서 운동으로서의 문학을 벗어 던진 마당에 이 생활문제야말로 작가들에게 새로운 활로가 되었고 생활문학은 바로 여기에서 비롯된다.

생활문학이라는 용어는 이미 신경향파 초기에 등장한 바 있다. 김기진이나 양주동, 陶南등은 신경향파 문학을 '생활문학'으로 규정한 바 있다. 그러나 신경향파 문학에 사용된 '생활'이라는 단어는 전향소설에서 말하는 생활과는 그 의미가 다르다고 할 수 있다. 신경향파에서 사용했던 '생활'이라는 용어는 당시의 민족의 현실상태를 말하는 것이었다. 즉, 20년대의 조선의 현실생활이라는 명백하면서도 포괄적이고 모호한 것이었다. 당시의 지식인들에게 국가상실이라는 엄연한 사실은 생활에 대한 구체적인 접근이나 분석을 가로막았다. 국가상실이란 현실은 바로 논리 이전의 눈물의 현실이었던 것이다. 따라서 당시 신경향파 비평가들에게 생겨난 것은 생활에 대한 부정의식이다. 당시의 현실생활은 진정한 현실생활이 될 수 없고 진정한 생활을 영위하기 위해서는 지금까지의 생활을 모두 부정하거나 파괴해야만 한다고 믿었던 것이다.[53] 따라서 일상생활을 의미하는 카프시대의 생활의 의미와는 차이가 있다. 즉 신경향파에서 말하는 '생활'의 의미가 민족의 현실이라는 포괄적이고 모호한 것이었다면, 1930년대 후반에 등장한 생활이라는 용어는 민족의 정치적 사회적 현실을 제외한 일상생활 그 자체를 의미한다고 할 수 있다.

그러나 여기서 한가지 주목되는 점은 둘 다 공통적으로 지식인의 현실과의 상관관계 속에서 이 생활의 의미가 논의되었다는 것이다. 신경향파에게 생활이라는 단어는 일종의 유행어로서 빈번하게 사용되었던 것으로 보이는데, 현실적 여건에 불만을 품고 생활의 변화를 바라는 지식인들에게 이 생활이라는 단어는 유행처럼 번져나갔다.[54] 그리고 생활에 대한 관심이 진화론이나 사회주의사상과 결합함에 따라 개혁의 의미까

---

53) 홍정선, 「신경향파 비평에 나타난 '생활문학'의 변천과정」(서울대 석사논문, 1981), pp.38~45
54) 위의 글, p.38

지 내포하게 된다.

　1930년대 후기 문학에서 등장한 생활의 개념 역시 카프 2차 검거사건을 계기로 실천적 조직적 운동을 포기한 구 카프작가들이 사상운동을 포기하고 소시민 지식인으로 돌아왔을 때, 소시민 지식인의 현실과의 상관관계 속에서 탄생한 개념이다. 1930년대를 전후한 한국의 진보적 지식인들에게 이 생활문제는 그들의 특성을 규정짓는 아주 중요한 문제였다. 다음의 글은 이러한 사실을 구체적으로 설명해주고 있다.

　　直接社會運動線上에서 退却, 或은 遠隔해진 知識階級은 擧皆 文化事業을 標榜하고, 或은 啓蒙事業을 目標로 새 出發을 試驗해 보앗스니, 이것도 朝鮮같은 局限된데서는 그 範圍가 크지 못하였다. 첫재로 經濟的 힘이 부족한 것이며 둘재로는 大衆의 敎養水準과 經濟力이 역시 貧乏하야 兩者間에 調和되지 못하였든 것이다. 或은 新聞, 雜誌, 及出版業이나 敎育事業等으로 彼此가 큰 關心을 가지고 도하였고 그리하야 그 中에는 多數의 財産을 消費한 일까지 있으나 社會의 購買力이 乏絶한 朝鮮的 現狀에서는 그거나 저거나 거진 經營難으로 活氣를 띠 여보지 못한채 凋殘하여 버리였든 것이다.
　　그러는 동안에 朝鮮의 小市民層 中産階級의 沒落은 加速度的으로 增加하여 이 階級의 屬한 知識階級은 成就한 일은 하나도 없고, 生活難은 닥쳐오게 되매, 비로소 實生活에 當面하게 되니 그 政勢가 急迫하였음에 焦燥하였다. 앞으로 그냥 나가려하나 勇氣가 없고 뒤로 물너스려하나 그것조차 容易한 일이 아니였다. 그러는 동안 生活의 危險을 當到하니, 그렇다고, 동저고리 바람으로 「구루마」를 껄고 단이지도 못하고 다만 無職이 가로 노여있으니, 이것이 그들의 第四의 苦悶이다. 外國 같으면, 思想的으로 苦悶하는 知識階級은, 그 眞理에서 彷徨은 할지언정, 生活에는 그다지 窮乏치 않었다. 그들은 著作으로서 補充하였다. 그러나 出版界가 幼稚하고 民衆의 消費力, 購買力이 없는 朝鮮에서는 그것조차 絶望하지 않으면 아니된다.[55]

---

55) 박영희, 「朝鮮知識階級의 苦悶과 그 方向」(『개벽』, 1935. 1), p.9

즉 조선의 지식인들이 사상운동을 그만두고 현실로 돌아왔을 때 그들을 기다리고 있는 것은 바로 생활난이었다는 것이다. 이것으로 보면, 생활난은 당시 대부분의 지식인들이 회피할 수 없는 문제였기에 이러한 범주로부터 벗어날 수 없는 소시민 지식인작가들의 경우 생활세계에 대한 관심을 갖게 된 것은 어쩌면 당연한 일이 아닐까 추측된다. 한편, 작가들이 계속 현실과의 긴장관계를 유지할 수 있도록 하는 이념의 문제는 여기서도 무시될 수 없는 문제였다. 그러므로 작가들은 이미 실천적 운동은 포기했지만 내면화된 이념을 바탕으로 생활세계 속에서 현실과 타협하지 않는 저항정신을 보여 준다. 1930년대 후반 구 카프작가들에 의해 씌어진 생활세계를 배경으로 한 소설들에는 이와 같은 작가들의 의식이 구체적으로 형상화되어 있다.

## 3. 생활문학의 양상

생활문학에 속하는 작품으로는 한설야의 「임금」(『신동아』, 1936.3), 「딸」(『조광』, 1936.4), 「철로교차점」(『조광』, 1936.6),「귀향」(『문장』, 1939.2), 「이녕」(『문장』, 1939.5), 「숙명」(『조광』, 1940.11), 그리고 이기영의 「고물철학」(『문장』, 1937.7)등이 있다. 이 작품들에 등장하는 주인공들은 한결같이 과거 사상운동을 했던 것으로 추측되는 인물들이다. 그들은 이념을 포기할 수밖에 없는 현실로 인해 이제 룸펜으로 전락해 살아가고 있는 인물들이다. 과거 사상운동에의 전력을 가진 이들에게 남아있는 세계는 신변세계이다. 사상운동을 하느라 돌보지 않았던 가족을 보살펴야 하고 가족의 생계를 책임져야 하는 것이다. 이 생활문제는 이들에게 새로운 관심거리로 부각된다.

「임금」의 주인공 역시 바로 그런 인물이다. 이 소설의 주인공 경수는 과거에는 사상운동을 하였으나 이제는 무책임하고 무능력한 룸펜으로 전락한 인물이다. 그의 가족들은 가장인 경수가 벌지 않으면 '배를 골를 수밖에 없는'처지에 놓여 있다. 그러나 그는 하는 일 없이 빈둥거리며 매음부나 찾아다니는 생활을 한다. 그런 그를 아내는 '세상의 값없는 한 사람'으로 여기지만 그는 아이가 폐렴으로 죽게된 일조차 아랑곳하지 않고 모든 것을 세상 탓으로 돌려버린다. 그런데 자신의 아들이 굶주림 끝에 철로교차점에서 썩은 사과를 주어 먹다가 기차역에 잡힌 사건을 계기로 그는 새로운 의식의 변화를 겪게 된다. 역장으로부터 부모의 무책임함을 지적 받음과 동시에 고발하겠다는 말을 듣게 되자 그는 이런 사고를 없애자면 아이들에 대한 부모의 감독보다는 회사가 자체적으로 '후미끼리방(수직꾼)'을 두어야 한다고 주장하고, 그것을 동네 전체의 문제로 확대시킨다. 즉 치수공사장에서 일하는 친구들을 떠올리며 그들과 함께 집단적 행동을 할 것을 다짐한다. 그런데 여기서 이와 같은 집단적 행동을 다짐하는 주인공의 의식은 바로 사상운동을 하던 시절의 적극적 의식을 연상시킨다. 즉 '옳은 길이며 부끄러움을 무릅쓰고 가 볼만한 신념과 양심이 새로 솟'아 주인공은 '맨 밑바닥을 걸어가자! 거기서부터 다시 떠나기로 하자!'라며 의식의 변화를 보여 준다. 여기서 '맨 밑바닥' 또는 '거기'가 가리키는 곳은 생활의 세계다. 이처럼 이 소설에 등장하는 주인공은 소시민 전향자에서 적극적 의식을 다시 회복한 인물로서 자신의 이념을 실현할 세계로서 생활의 세계에 대한 새로운 인식을 보여 준다.

「임금」의 속편인 「철로교차점(후미끼리)」은 룸펜으로 방랑생활을 하다가 치수공사장의 노동자로 변신한 주인공이 후미끼리에서의 기차사고를 목격하고 나서 이를 계기로 '후미끼리방'의 설치문제를 마을의 공동문제로 확대시켜 이를 성사시킨다는 내용이다. 여기서 주인공 경수가 이렇게 룸펜생활을 청산하고 새롭게 변신할 수 있었던 것은 노동이라는 생활현장에 직접 뛰어들게 되면서부터이다. 노동은 그에게 과거 '잊어지지않는 호화로운 시절'에 가졌던 사기와 믿음과 힘을 되살아나게 하는 소중한 것으로 인식된다. 후미끼리방 설치문제에 대해 적극적 태도를 보일 수 있었던 것은 이처럼 노동에 대한, 즉 신변의 생활세계에 대한 새로운 인식 때문이다.

이렇게 노동현장에서 새로운 삶을 시작한 경수는 사고가 많기로 이름난 동네 '후미끼리' 쪽에서 올라오는 장꾼들의 대화를 엿듣고는 자신의 쌍둥이 아들이 사고를 당해 죽었을지도 모른다는 생각을 하게 된다. 집으로 달려와 자기 집의 평온 무사한 광경을 확인한 그는 다시 후미끼리로 가서 죽은 아이가 후미끼리에서 놀다 사고를 당한 것이 아니라 이곳을 건너다 사고를 당했다는 목격자들의 얘기를 듣게 된다. 그는 이 일을 계기로 '저를 위하여서나 남을 위하여서나 한가지로 충실한 몸이 되어 보았으면 하는 의욕'이 타오르게 된다. 결국 주민과 함께 '조철회사'를 상대로 그는 후미끼리방 설치를 요구하고 이를 성사시킨다. 전편 「임금」에서 생활세계에 대해 새로운 관심과 인식만을 보여주었다면 이 작품에서는 인식이 변화된 이후 주인공이 어떻게 생활세계 속에서 자신의 생각과 의지를 실천해나가는 가 하는 구체적인 모습을 보여주고 있다.

한설야의 중편 「귀향」 역시 출옥한 전향자의 귀향과 귀향 후 뿌리를 내리기까지의 과정을 그린 작품으로 과거와 현재의 시간이 교차되는 가운데 아버지 유단천과 기덕의 갈등과 화해의 과정을 통해 주인공의 의식적 지향점이 제시되고 있다.

주인공 기덕은 과거 사상운동을 하다가 옥중생활을 마치고 7년 만에 출옥했지만 여전히 적극적 의식을 버리지 않은 인물이다. 그러나 기덕 앞에 놓여 있는 현실은 거듭되는 사업의 실패로 재산을 모두 잃고만 가족의 파산이다. 기덕은 이제 까지 9년째 사상문제로 아버지와 대립해오던 인물이다. 그러나 파산을 당하게 된 가족의 현실은 그를 결국 귀향하게 한다. 여기서 기덕의 귀향의 의미는 다음과 같이 제시되고 있다.

> 내가 집으로 돌아오는 것은 과거의 생활과 생각을 버리는 것을 의미하는 것일까? 정양과 시기와 가정에 구실을 부처가지고 그러저럭 자나가기 위해서일까?
> (중략)

그는 속으로 머리를 저었다. 마음 밑에 물어 보나 예나 이제나 그 생각에는 변함이 없다. 다만 시간과 력사는 일순도 쉬지않고 옮기고 흐르는 것이니 이 흐름을 어떻게 좀 더 적확히 잡아볼가 하는 것이 지금에 있어서 가장 긴요한 당면문제일 뿐이다.[56]

이 글에서 기덕의 귀향은 단순히 가족과의 생활로 돌아가는 것이 아 닌 변하지 않은 신념을 기반으로 하고 있음을 알 수 있다. 뿐만 아니라 그의 귀향이 개인적 차원의 것이 아니라 역사의 흐름을 정확히 붙잡으 려는 사명감에서 비롯된 것임이 드러나고 있다. 그러므로 이 작품에서 주인공이 귀향 후 접하게 되는 생활의 세계는 주인공의 버리지 않은 신념을 실현할 또 다른 적극적 공간으로서의 의미를 띠게 된다.

이 점에서 볼 때 이 부분은 작가의 현실 또는 역사발전에 대한 인식 을 엿볼 수 있는 부분이다. 따라서 아버지 유단천과 아들 기덕의 갈등 과 화해, 그리고 기덕의 아들과의 재회는 이러한 작가의 인식을 구체화 하기 위하여 설정된 것이라 볼 수 있다. 즉 사상문제로 대립하던 아버 지와 아들의 화해, 그리고 기덕의 자신의 아들과의 재회를 중심으로 전 개되고 있는 이 작품의 내용에서 유단천 일가의 가족사를 통해서 역사 발전의 법칙을 구체적으로 드러내려는 작가의 의도를 엿볼 수 있다. 이 점은 특히 아버지 유단천이라는 인물이 아들 기덕을 적극적 전향으로 이끄는 존재가 아니라 아들과 대립해오던 자신의 주장을 포기하고, 가족 과의 생활로 돌아온 이후에도 신념을 버리지 않는 아들 기덕의 입장이 나 태도를 지지하는 점에서 구체적으로 드러나고 있다.

그런데 이러한 인식을 바탕으로 한 주인공의 신념은 현실 속에서 구 체적 실천의지로 까지 발전하지 못한다. 즉 기덕은 빚을 갚고 가정을 몰락으로부터 구해야 한다는 의지를 내보이고 있지만 결국 어떠한 구체 적 행동도 보이지 않는다. 다만, 그는 가난한 농촌 현실을 바라보며 그 것이 '다시 풍유해지기 위한 가난', '살지기 위해 여윈 것'이라고 생각할

---

56) 한설야, 「귀향」 (『야담』, 1939.4), p.33

뿐이다. 이 점은 현실문제를 구체적 실천을 통해서가 아니라 '변증법적 부정'이라는 역사발전법칙에 내맡김으로써 해결하고자하는 태도로서 이는 주인공의 관념성을 보여주는 것이라고 할 수 있다. 즉 현실과 이념이 부조화하더라도 이념의 우위를 굳게 지키며 현실을 참고 기다려 그것을 극복하겠다는 의지의 표현이라고 하겠다. 그러므로 주인공의 의식이 전혀 후퇴하지 않았음에도 불구하고 구체적 전망은 보여주지 못하고 있다. 이기영의「고물철학」에서도 이점은 마찬가지이다.

이기영의「고물철학」에서도 생활의 세계는 소시민 지식인이 자신의 소시민성에 대한 자각과 비판을 통해 실천적 행동으로 나아가는 적극적 공간으로 제시되고 있다. 주인공 긍재는 '전문을 나왔다는 간판으로써 문화인이라고 지칭하고, 양복점을 경영하는 형에게서 생활비를 타먹으면서, 매인데 없이 룸펜생활'을 하면서도 여전히 글을 쓰는 등 내면의 이념을 버리지 않고 있는 인물이다. 그러나 그는 생활문제에 직접 부딪히면서 이론과 실천의 괴리에 대한 자기반성을 하게 된다. 즉 자신이 현실에서 아무런 실천적 행동도 하지 못하면서 신념을 소유하고 있다는 이유로 남을 비판하고 자만에 빠졌던 것이 결국 지식인의 소시민성에 지나지 않았다는 사실을 깨닫게 된다. 이때 주인공이 이러한 자기비판을 통해 지향하는 것이 실천적 행동이다. 이 실천이라는 것은 바로 생활 속에서의 실천이다. 이 점은 전향자가 생활문제를 해결하기 위해 직접 생활전선에 뛰어드는 것을 하나의 실천으로 보았던「귀향」의 세계와 유사하다. 즉 긍재의 논리는 '내가 흘리는 땀으로 생활을 개척'하겠다는 것으로 이론만을 소유한 채 현실을 비판하던 관념적 태도를 청산하고 생활 속에 직접 뛰어들어 현실에 대응하겠다는 것이다. 여기서 주인공이 생활을 영위하기 위한 노동을 이념의 실현으로서의 실천과 동일시하고 있음을 알 수 있는데, 그가 고물상을 시작하면서 신념을 새로이 발견하게 되었다고 자부하는 것은 이 때문이다.

이와 같이 생활의 세계 속에서 이념을 실현하겠다며 자신감을 보이는 것은 어찌 보면 생활세계와의 타협에 대한 자기합리화에 지나지 않는다.

하지만 「귀향」에서와 같이 자신이 속해있는 생활의 세계를 부정되어야 할 현실로 바라봄으로써 그 반대의 가능성을 제시하고 있는 점, 즉 '새 것이 헌 것 속에서 생기구 헌 것이 새 것 속에서 생긴다'는 현실에 대한 변증법적 인식은 소극적이나마 미래에 대한 긍정적 전망을 제시하는 것이라고 하겠다.

「임금」, 「철로교차점」, 「귀향」, 「고물철학」등이 생활세계 속에서 이념을 실천하는 인물을 형상화하였다면, 「딸」, 「이녕」, 「숙명」등에서는 육체의 강인한 생명력 또는 생활력에 대해 애착을 갖는 인물을 그리고 있다. 이 작품들에서는 앞의 경우에서처럼 실천적 의지를 보이기보다는 현실에 대한 비판이나 저항을 보여주는 인물들이 등장하고 있다. 즉 주인공들은 대체로 소시민 지식인으로 살아가면서도 현실에 굴복하지 않고 최소한의 저항이라도 보여주는 인물들이다.

「딸」의 주인공은 '사람은 분노와 불만과 불평을 갖일 줄 알아야 하며 그리고 더 나아가서는 자기를 누르고 없인 넉이는 그것에 대하여 반항할줄 알아야 한다'는 현실에 대해 적극적 의식을 소유한 인물이다. 그런데 그는 딸의 출생 앞에서 여권을 부르짖던 아내마저 성차별 의식을 버리지 못하고 있다는 사실을 깨닫고 그러한 아내의 태도의 근본적 원인을 사회에 돌린다. 하지만 이처럼 현실의 부정적 측면을 인식할 뿐 주인공은 아무런 적극적 행동도 하지 않는다. 다만 현실에 대한 간접적 저항이라할 수 있는 딸에 대한 애착이나 기대심리만을 나타낼 뿐이다. 이러한 간접적 저항은 「이녕」에서는 쪽제비를 내려치는 상징적 사건으로 표현되고 있다.

주인공 민우는 반년 전에 출옥한, 실제로는 전향자지만 내면으로는 여전히 현실과의 타협을 거부하는 인물이다. 즉 그는 취직을 하기 위해 '보호관찰소'를 찾아다니기도 하지만 내심으로는 현실과 타협하고 순응해 가는 그런 전향자들이 사는 세상을 '진창'이라고 생각하는 비판적 의식을 소유한 인물이다. 그러나 이런 비판적 의식은 행동으로 이어지지 못한다. 주인공은 이미 생활세계의 한가운데 놓여 있는 소시민 지식인에 지나지 않기 때문이다. 말하자면 그는 감옥에 있는 동안 '글보다 장작 펠 도끼가 더 필요하다는 걸 육신으로서 체험'했을 뿐만 아니라 출감 후에는 '회심이 들어서 취직운동을'하는 등 이제 사상운동가가 아닌 생활인에 불과한 것이다. 그러므로 주인공은 이러한 자기모순에 갇혀 삶의 방향을 상실하고 있는 인물이다. 이 같은 자기모순에서 벗어나는 것은 바로 쪽제비 사건을 통해서다. 닭을 노리고 닭장에 들어간 쪽제비를 작대기로 내리치고 나서야 비로소 민우는 어제 아침보다 매우 유쾌한 낯빛으로 집을 나설 수 가 있게 된 것이다. 여기서 쪽제비를 내리치는 행위는 주인공이 생활의 세계에서 할 수 있는 최소한의 저항의 의미를 지니는 것이다. 물론 이러한 행위는 자존심이나 자기모순의 극복 등 내면세계에 관한 것이라는 점에서 현실문제를 근본적으로 해결하기에는 무력한 것이다. 그러나 과거 사상운동을 했다는 자부심 때문에 현실에 적응하지 못하거나 비판만을 일삼는 관념적 태도에 비한다면 상징적으로나마 보다 적극적인 태도의 일면을 보여주는 것이라고 할 수 있다. 이와 같이 생활세계를 인정하고 그 속에서 적극적인 삶의 방향을 모색하는 전향지식인의 모습은 「숙명」에서도 확인된다.

주인공 치술은 생활현실에 적극 뛰어들지도 못하고 그렇다고 과거 사상운동가로 활동하던 때와 같이 그것을 거부하지도 못하는 인물이다. 치술의 이런 우유부단한 태도는 철저한 생활인인 아내에게 비판의 대상이 된다. 즉 여러 가지 지혜를 짜내어 세상과 맞서나가는 아내에게 치술은 '언제 어느때 무슨 일에든지 줄기차게 나가지 못하는' 인물이며 '평생제걸 남주었으면 주었지 남의 것을 공으로 먹었으면 하는 욕심'이 없는 소극적 삶의 태도를 가진 인물인 것이다. 결국 치술은 아내의 적극적 삶의 태도 속에서 새로운 삶의 방향을 발견하게 된다. 그것은 바로 강인한 생명력 또는 생활력에의 긍정이다. 적극적 전향의 거부와 생활의 요구 사이에서 삶의 방향을 상실한 채 유약한 소시민성만을 노출했던 주인공은 강인한 생명력과 생활력에의 긍정을 통해 자신의 소극적 태도를 극복, 지양하게 된다.

이상에서 본 바와 같이 생활문학 속에서 주인공들은 과거의 실천적 현실 대신에 이 생활의 세계 속에서 새로운 삶의 방향과 의의를 찾아가는 모습을 보여주고 있다. 그러나 한편으로 이 작품들은 이념과 현실의 괴리라는 창작상의 문제점을 드러내고 있다.

작품을 창작하는 과정에 있어서 작가의 의도 또는 의식적 지향은 객관적 현실과 상호 작용한다. 그러므로 작가가 이념을 고수하고 언표한다고 하더라도 현실에서 그것이 아직 실현되지 못하고 있거나 그보다 진전되어 있을 경우 작가가 언표하는 정치적 견해와 작품 사이에 괴리가 생기기도 하고 작가의 주관적 신념에 의해 현실을 초월하기도 한다.[57] 생활문학의 경우 과거 프로문학에 대한 반성과 함께 어려운 시대상황에서도 일제 식민지 지식인으로서의 내적 자존심을 견지하고 새로운 현실 대응방법을 모색했다는 점에서 긍정적 측면을 지닌다. 하지만 이처럼 작가의 의도 또는 신념이 객관적 현실과 괴리되어있음으로 인해서 ,즉 생활의 세계와 조화될 수 없는 이념으로 인해 창작상의 한계를 보이고 있다.

구체적으로 보면, 「임금」, 「철로교차점」, 「귀향」, 「고물철학」등의 경우 주인공은 한결같이 과거 자신이 소유했던 신념을 버리지 못한 인물들로 자신이 맞이하게 된 생활의 세계 속에서 그러한 신념이나 이념을 실현하고자 한다는 것이다.

「임금」의 경우 이 소설에 등장하는 주인공은 소시민 전향자에서 이념을 다시 회복한 인물로서 자신의 이념을 육체적 노동이나 집단적 행동 같은 실천적 행위를 통해 실현하고자 한다. 그러나 주인공이 처해 있는 일상성의 세계, 즉 신변세계는 이념의 실천, 또는 실현과는 잘 조화되지 않는 세계이다. 따라서 주인공의 그러한 노력은 관념성이나 추상성의 차원을 벗어나지 못하고 있다. 속편인 「철로교차점(후미끼리)」 역시 지나치게 주인공의 이념적 적극성이 비약되고 있다.

---

57) 이상경, 「이기영 소설의 변모과정 연구」(서울대 박사논문, 1992), p.11

아무도 믿을 사람은 없다. 또 도와줄 사람도 없다. 그러니만치, 처지가 같은 관계주민에 믿음과 기대가 실리어졌다. 오직 그들만이 있을 뿐이다.

그들 여덟 사람은 확실히 힘이 약하다. 힘이 무척 세어야 할 이 마을에서 그들은 힘이 약함을, 그리고 힘을 보태야 함을 어느 때보다도 절실히 느꼈다.

오직 관계주민만이 힘이 될 수 있다.

주민대회로!

막달은 골목의 강아지는 호랑이를 향하고 돌아선다.[58]

주인공인 동시에 작가의 목소리라고 할 수 있는 이 대목에서 보면 과거 프로문학에서 드러났던 도식성이 그대로 반복되고 있음을 알 수 있다. 이러한 점은 1930년대 중반 이후 작가 한설야의 문학적 태도와 밀접한 관련을 가진다. 장편『황혼』에서 이미 '머리의 人間으로부터 歷史發展의 基本的 任務를 擔當하는 下層에의 推移途上에 잇는 基本階級의 人間典型'을 그리겠다는 의도 하에 '경재'와 '여순'이라는 인물의 설정을 통해 소시민지식인의 부정적 측면과 인텔리출신의 여주인공이 공장직공이 되어 그들과 함께 생활하고 싸워나가는 긍정적 측면을 보여준 바 있거니와, 「임금」과 「철로교차점」에 드러나는 작가의 시각은 이와같은『황혼』의 의미와 깊이 관련된다. 즉『황혼』에서 나타난 바와 같이 지식인의 소시민성에 대한 비판과 그러한 비판을 통한 작가의 의도가 육체적 노동 또는 집단적 노동으로 나타난 것이다. 작가의 이러한 경향은 전향 이후 생활의 세계로 복귀하면서 표면적으로는 생활세계에서의 새로운 모색을 시도하는 것으로 비춰지지만, 실제로는 과거 자신이 도달했던 「과도기」의 세계로 복귀하려는 태도라고 밖에 볼 수 없다. 그러나 이러한 육체적 노동이나 집단적 행동은 과거 「과도기」의 세계에서와 같은 의미를 가질 수 없다. 주인공이 사상운동을 포기하고 생활의 세계에 발을 들여놓은 전향지식인이라는 점에서 이러한 육체적 노동이나 집단

---

58) 한설야, 「철로교차점」(『조광』, 1936.6), p.169

적 행동은 생활문제의 차원을 벗어날 수 없기 때문이다. 그럼에도 불구하고 작가는 이것을 과거 프로문학에서의 이념적 실천의 의미와 일치시키고 있다. 즉 육체노동이나 집단적 행동을 과거 이념을 기반으로 한 실천적 행동과 일치시키고 있다.

결국 「임금」과 「철로교차점」에서 노동의 실천을 새로운 지향세계로 설정한 시도는 과거의 관념성이나 도식성을 그대로 재현한 것이라는 점에서뿐만 아니라 이러한 실천적 이념의 강조로 인해 오히려 생활세계에서의 새로운 모색이 포기되고 있다는 점에서 많은 문제점을 내포하고 있는 것으로 생각된다.


## 4. 결론

1930년대 후반 전향의 소용돌이 속에서 실천적 이념을 포기할 수밖에 없는 상황을 맞이한 프로작가들은 새로운 현실대응방법을 모색하게 된다. 그 가운데 생활의 세계에 발을 들여놓은 작가들은 이 생활의 세계를 바탕으로 새로운 문학방향을 모색하게 되는 데 그것이 바로 생활문학이다. 이 생활문학은 구 카프작가들이 실천적 의미로서의 이념은 포기하였지만 내면화된 이념을 바탕으로 그 이념의 존재방식에 대한 지속적인 탐구에서 비롯된 것으로 작가로서의 최소한의 자존심 지키기나 자신감의 회복과 관련 된다.

구체적으로 살펴본 바, 생활세계 속에서의 실천이나 저항을 다룬 이 작품들에서 작가들은 적극적 전향을 비판하거나 전향지식인의 자기비판이라는 여타 전향작가들의 작품의 소극적 태도에서 벗어나 보다 적극적인 현실 대결의지를 보여주고 있다. 이 점은 이념을 간직하거나 보다 의식이 강화된 인물의 등장으로 나타나고 있는데, 여기서 이처럼 과거와 같은 이념적 인물의 등장은 현실에 일방적으로 지배당하지 않고 보다 적극적인 대결의지를 보여준다는 점, 그리고 이념과 생활세계의 정합가능성을 실험하는 등 현실에 대한 새로운 대결방법을 모색하고 있다는 점에서 긍정적으로 평가되지만 과거의 관념성이나 도식성을 그대로 재현하고 있다는 점에서는 나름의 한계를 보여주고 있다.

# ►참고문헌◄

## 1. 기본자료

### 1) 잡지 및 신문

;『개벽』,『광업조선』,『동아일보』,『문장』,『사상휘보』,『신동아』, 『여성』,『인문평론』,『예술』,『조광』,『조선문학』,『조선일보』,『조선 중앙일보』,『중외일보』,『청색지』,『춘추』,『풍림』,『현대문학』

### 2) 단행본

김남천,『맥』, 을유문화사, 1988.
_____,『소년행』, 학예사, 1939.
이효석,『이효석 전집』(1권,8권),창미사, 1983.
임　화,『문학의 논리』, 서음출판사, 1989.
채만식,『채만식 문학 전집』(7권), 1989.
한기형·임규찬 편,『카프비평자료총서(I~IV)』, 태학사, 1990.

## 2. 참고자료

### 1) 논문 및 평문

권보드래,「1930년대 후반의 프롤레타리아 작가소설 연구」, 서울대 석
　　　　사논문, 1993.
권영민,「카프의 조직과 해체」,『문예중앙』, 1988. 가을.
김동환,「1930년대 한국 전향소설 연구」, 서울대 석사논문, 1987.
김명한,「일제의 사상통제와 그 법 체계」, 서울대 석사논문, 1986.

김용선, 「김남천 전향소설 연구」, 한국교원대 석사논문, 1991.

김외곤, 「1930년대 한국 현실주의 소설 연구」, 서울대 석사논문, 1990.

_____, 「근대문학의 주체개념 비판」, 서울대 박사논문, 1995.

김윤식, 「1930년대 카프문인들의 전향유형 분석」, 『한국학보』 59집, 1990. 여름.

_____, 「1930년대 한국평단의 문예시평과 문학이념의 관련양상에 대한 연구」, 『한국학보』 제 67집, 1992. 여름.

김인옥, 「한설야 후기소설 연구」, 『어문논집』 제 5집, 숙명여대, 1995.

_____, 「채만식 작품 연구」, 숙명여대 석사논문, 1988.

김재용, 「환상에서 환멸로 - 카프작가의 전향문제」, 『역사비평』 22호, 1993. 가을.

_____, 「카프 해소·비해소파의 대립과 해방후의 문학운동」, 『역사비평』 2호, 1988. 가을.

_____, 「일제하 프로 소설사론 연구」, 연세대 박사학위논문, 1992.

나병철, 「1930년대 후반기 도시소설 연구」, 연세대 박사논문, 1987.

남민영, 「김남천과 한설야의 1930년대 소설연구」, 연세대 석사논문, 1990.

노상래, 「박영희 연구」, 『영남어문학』 25집, 1994.

_____, 「전향론 연구」, 『영남어문학』 26집, 1994.

문영진, 「김남천 해방전 소설 연구」, 서울대 석사논문, 1989.

서경석, 「1920~30년대 한국 경향소설 연구」, 서울대 석사논문, 1987.

_____, 「한설야 문학 연구」, 서울대 박사논문, 1992.

서준식, 「전향, 무엇이 문제인가」, 『역사비평』 22호, 1993. 가을.

송하춘, 「1930년대 후기소설 논의와 실제에 관한 연구」, 『세계의 문학』, 1990. 여름.

송호숙, 「한설야 연구」, 연세대 석사논문, 1989.

유문선, 「동반자 작가의 전향에 관한 시론」, 『관악어문연구』 제 8집, 서울대 국어국문학과, 1983.

이강언, 「'동반자작가'의 형성과 유진오의 초기작품」, 『인문과학예술
　　　　논총』제 2집, 대구대, 1983.

이동하, 「1940년대 전후소설에 나타난 지식인상」, 『국어국문학』, 1986.

이상갑, 「'단층파' 소설 연구」, 『한국학보』 66집, 1992. 봄.

_____, 「1930년대 후반기 창작방법론 연구」, 고려대 박사논문, 1994.

이상경, 「이기영 소설의 변모과정 연구」, 서울대 박사논문, 1992.

이선영, 「『황혼』의 소망과 리얼리즘」, 『창작과 비평』, 1993. 봄.

장상길, 「한설야 소설 연구」, 서울대 석사논문, 1990.

장성수, 「1930년대 경향소설 연구」, 고려대 박사논문, 1989.

정명환, 「위장된 순응주의」, 『창작과 비평』, 1968. 겨울.

정호웅, 「리얼리즘문학 연구사 검토」, 『한국학보』 50집, 1988.

조남현, 「1920년대 한국경향소설연구」, 서울대 석사논문, 1974.

_____, 「동반자작가의 성격과 위상에 관한 연구」, 『인문논총』 26, 서
　　　　울대인문대, 1992. 6.

차원현, 「한국 경향소설 연구」, 서울대 석사논문, 1987.

채호석, 「김남천 창작방법론 연구」, 서울대 석사논문, 1987.

채　훈, 「전기 이효석 작품고」, 『청파문학』, 숙명여대, 1974.

하정일, 「카프문학과 민족해방운동」, 『역사비평』, 1989. 가을.

홍정선, 「신경향파 비평에 나타난 「생활문학」의 변천과정」, 서울대
　　　　석사논문, 1981.

## 3. 단행본

▶ 국내서

권영민, 『한국 민족문학론 연구』, 민음사, 1988.

_____ 편저, 『월북문인 연구』, 문학사상사, 1989.

김윤식, 『한국 근대문학 양식 논고』, 아세아 문화사, 1980.

_____, 『한국 근대문학 사상사』, 한길사, 1984.

_____, 『한국 근대문학 사상 비판』, 일지사, 1984.

_____, 『한국 근대문예비평사 연구』, 일지사, 1988.

_____, 『회월 박영희 연구』, 열음사, 1989.

_____, 『한국 현대현실주의소설 연구』, 문학과 지성사, 1990.

김윤식 · 정호웅 편, 『한국 근대리얼리즘작가 연구』, 문학과 지성사, 1988.

김윤식 · 정호웅 엮음, 『한국문학의 리얼리즘과 모더니즘』, 민음사, 1989.

김윤식 · 정호웅 공저, 『한국 소설사』, 예하, 1993.

김영민, 『한국문학비평논쟁사』, 한길사, 1992.

김재남, 『김남천 문학론』, 태학사, 1991.

김재용, 『민족문학운동의 역사와 이론』, 한길사, 1990.

김천혜, 『소설구조의 이론』, 문학과 지성사, 1990.

김학성 · 최원식외, 『한국 근대문학사의 쟁점』, 창작과 비평사, 1990.

민족문학사연구소 엮음, 『민족문학과 근대성』, 문학과 지성사, 1995.

박명용, 『한국 프롤레타리아문학 연구』, 글벗사, 1992.

배성찬, 『식민지시대 사회운동론 연구』, 돌베개, 1987.

백　철, 『문학자서전』 상, 박영사, 1975.

_____, 『조선신문학 사조사』, 백양당, 1949.

_____, 『진리와 현실』, 박영사, 1975.

서중석, 『한국 현대민족운동 연구』, 역사비평사, 1991.

역사문제연구소 문학사연구모임 지음, 『카프문학운동 연구』, 1989.

오생근, 『현실의 논리와 비평』, 문학과 지성사, 1994.

이덕화, 『김남천 연구』, 청하, 1991.

이선영 편, 『회강 이선영 교수 화갑기념 논총 : 1930년대 민족문학의
　　　　　　인식』, 한길사, 1990.

_____, 『리얼리즘을 넘어서』, 민음사, 1995.

이재선, 『한국 현대소설사』, 홍성사, 1979.

임종국, 『친일문학론』, 평화출판사, 1963.

임헌영,『문학과 이데올로기』, 실천문학사, 1988.

임헌영·김철외,『변혁의 주체와 한국문학』, 역사비평사, 1989.

정호웅 외,『장편소설로 보는 새로운 민족문학사』, 열음사, 1993.

조남현,『소설원론』, 고려원, 1982.

_____,『한국 지식인소설 연구』, 일지사, 1984.

최유찬·오성호,『문학과 사회』, 실천문학사, 1994.

하응백,『김남천 문학 연구』, 시와시학사, 1996.

한국소설학회 편,『현대소설시점의 시학』, 새문사, 1996.

한국현대문학연구회,『한국 근대장편소설 연구』, 모음사, 1992.

레온 트로츠키,『문학과 혁명』, 공지영·전진희 옮김, 한겨레, 1989.

레이몬드 윌리엄즈,『이념과 문학』, 이일환 역, 문학과 지성사, 1982.

F.K.STANZEL,『소설의 이론』, 김정신 옮김, 탑출판사, 1990.

G. 루카치,『우리 시대의 리얼리즘』, 문학예술연구회 역, 인간사, 1986.

_____ 외,『리얼리즘 미학의 기초이론』, 이춘길 편역, 한길사, 1985.

_____,『소설의 이론』, 반성완 역, 심설당, 1985.

_____,『현대리얼리즘론』, 황석천 역, 열음사, 1986.

리차드 H.미첼,『일제의 사상통제』, 김윤식 옮김, 일지사, 1982.

미셸 제라파,『소설과 사회』, 이동열 역, 문학과 지성사, 1977.

竝木眞人외 편집부 엮음,『1930년대 민족해방운동』, 거름, 1984.

벤자민 I·슈워츠,『중국 공산주의운동사』, 권영빈 역, 형성사, 1983.

S.리몬—케넌,『소설의 시학』, 최상규 역, 문학과 지성사, 1985.

스테판 코올,『리얼리즘의 역사와 이론』, 여균동 역, 미래사, 1982.

S. 채트먼,『이야기와 담론』, 한용환 옮김, 고려원, 1991.

윌리스 마틴,『소설이론의 역사』, 김문현 옮김, 현대소설사, 1991.

村上嘉隆,『계급사회와 예술』, 유염하 옮김, 공동체, 1987.

▶국외서

磯田光一, 『比較轉向論序說』, 勁草書房, 1968.

吉本陸明, 『藝術的抵抗と挫折』, 未來社, 1959.

本多秋五, 『轉向文學論』, 未來社, 1979.

思想の科學研究會 編, 『轉向(上)』, 平凡社, 1960.